# 숄로호프 단편선

Михаил Шолохов

**DONSKIE RASSKAZY, SUDBA CHELOVEKA**
**by Mikhail Aleksandrovich Sholokhov**

세계문학전집 188

# 숄로호프 단편선

## Михаил Шолохов

**미하일 숄로호프**

이항재 옮김

**민음사**

**일러두기**

1 본문의 각주는 모두 옮긴이주이다.

# 차례

# 인간의 운명

전쟁이 끝난 뒤, 처음으로 찾아온 돈강 상류의 봄은 전에 없이 따뜻하고 활기로 가득 찼다. 3월 말경에는 아조프해 부근에서 훈훈한 바람이 불어오더니, 이틀이 지나자 벌써 돈강 왼편 둑의 모래사장은 깨끗하게 알몸을 드러냈다. 분지와 협곡에 가득 쌓였던 눈이 녹아서 초원에는 물이 불어 오르고, 초원의 작은 강들은 얼음을 깨고 미친 듯이 넘실댔다. 그래서 길들은 통행하기가 거의 불가능해졌다.

이렇게 도로 사정이 나쁜 때에 나는 부카노프 마을에 가야만 했다. 거리는 그다지 멀지 않았지만——겨우 60킬로미터쯤 되었다.——이 정도의 거리를 가기도 그리 쉬운 일이 아니었다. 나와 길동무는 해가 뜨기 전에 출발했다. 멍에와 끌채를 연결하는 끈을 팽팽하게 당기며, 꼴을 배불리 먹은 말 두 마리가 육중한 사륜마차를 가까스로 끌고 갔다. 눈과 얼음이 뒤범벅된 질퍽한 모래펄 속으로 마차 바퀴통까지 빠져 들어갔다. 한 시간이 지나자 말의 옆구리와 허벅지 그리고 엉덩이의 가느다란 가죽끈 밑에 하얀 땀 거품이 송송 맺혔다. 아침의 신선한 대기 속에서 말의 땀 냄새와 아주 더러워진 마구의 뜨뜻한 타르 냄새가 취할 정도로 코를 찔렀다.

말들이 특히나 힘들어하는 곳에서는 마차에서 내려 걸어갔다. 장화 밑은 질퍽한 눈 때문에 절벅거렸고, 걷기가 여간 힘들지 않았다. 아직도 양쪽 길 가장자리에는 태양 빛에 수정처럼 반짝이는 살얼음이 죽 깔려 있어서, 길 가장자리를 따라 걷기란 더욱 어려운 노릇이었다. 여섯 시간쯤 지나서야 우리는 30킬로미터를 가서 예란카강을 건널 수 있는 나루터에 다다랐다.

여름이면 듬성듬성 바닥을 드러내는, 모호프 마을 건너편에 있는 조그만 강이 오리나무가 우거지고 물에 잠긴 목초지에 1킬로미터의 폭으로 범람해 있었다. 세 명 이상은 탈 수 없는 바닥이 평평한 낡은 보트를 타고 이 강을 건너야만 했다. 우리는 말들을 돌려보냈다. 맞은편 강가에 있는 집단농장의 창고에서 작년 겨울에 두고 온 낡고 구식이 된 '빌리스' 자동차가 우리를 기다리고 있었다. 운전사와 나는 적이 불안해하면서 낡은 보트에 올라탔다. 짐을 든 길동무는 강둑에 남아야 했다. 간신히 보트를 띄우자, 썩어서 여기저기 구멍이 난 밑바닥에서 마치 작은 분수처럼 물이 새어 들기 시작했다. 우리는 가능한 수단을 다 동원하여 이 비참한 보트의 구멍을 틀어막고 도착할 때까지 물을 퍼냈다. 한 시간 후에 우리는 예란카 강 건너편에 도착했다. 운전사는 마을에서 자동차를 몰고 와서는, 보트로 다가가 노를 잡으며 말했다.

"만일 이 저주스러운 놈의 통이 물 위에서 산산조각이 나지 않는다면 두어 시간쯤 지나서 도착하게 될 테니, 그 전에는 아예 기다리지도 마슈."

부락은 멀리 떨어져 있었다. 배를 매어 두는 곳 근처에는 늦가을이나 아주 이른 초봄에 사람이 살지 않는 곳에서나 느낄 법한 정적이 깔려 있었다. 강에서는 습한 공기와 코를 찌르는 듯한 썩은 오리나무의 독한 냄새가 풍겨 왔고, 이제 막 눈에서 벗어난 대지의 영원히 싱싱하고 미세하게 감지되는 향기가 멀리 라일락 빛의 뿌연 안개에 잠긴 호표르 강변의 초원에서 부는 미풍에 실려 왔다.

멀지 않은 강변 모래사장에 윗가지로 엮어 만든 울타리가 쓰러져 있었다. 나는 그 위에 앉아 담배를 피우고 싶었지만, 슬프게도 솜을 넣어 누빈 웃옷 오른쪽 호주머니에 손을 넣고 나서야 '벨로모르'[1] 담뱃갑이 물에 흠뻑 젖은 것을 알았다. 강을 건너는 도중에 물에 깊이 잠긴 보트의 뱃전을 파도가 세차게 때려서 내 옆구리로 흙탕물이 튀었다. 그때 나는 담배에 대해 생각할 겨를도 없이 노를 내던지고 배가 가라앉지 않도록 조금이라도 더 빨리 물을 퍼내야만 했다. 이제야 나는 자신의 실수에 크게 화를 내면서 호주머니에서 젖은 담뱃갑을

---

1) 러시아의 대중적인 담배 상표.

조심스럽게 꺼냈고, 그 자리에 쭈그리고 앉아서 물에 젖어 갈색으로 변해 버린 담배를 한 개비 한 개비씩 윗가지로 엮은 울타리 위에 널어놓았다.

한낮이었다. 태양은 5월의 태양처럼 뜨겁게 빛났다. 나는 담배가 빨리 마르기를 기다렸다. 길을 떠나면서 솜을 넣은 군용 웃옷과 바지를 입은 것이 후회스러울 정도로 태양은 뜨겁게 내리비쳤다. 겨울이 지나 처음으로 맞는 참으로 따스한 날이었다. 귀덮개가 달린 낡은 군용 모자를 머리에서 벗겨 낸 뒤, 정적과 고독에 완전히 몸을 내맡긴 채 홀로 이렇게 울타리 위에 앉아서, 힘들게 노를 젓고 나서 물에 젖은 머리칼을 산들바람에 말리며, 담청색 하늘에 두둥실 흘러가는 불룩한 흰구름에 무심코 눈길을 주는 것은 유쾌한 일이었다.

바로 그때, 나는 마을의 끄트머리에 있는 농가 뒤쪽에서 한 남자가 길가로 나오는 것을 보았다. 남자는 키로 보아 대여섯 살쯤 되어 보이되, 그 이상은 들어 보이지 않는 조그만 소년의 손을 잡고 있었다. 그들은 피곤한 듯 나루터 쪽으로 발을 질질 끌며 걷다가 자동차를 발견하고 내 쪽을 바라보았다. 훤칠한 키에 구부정한 남자가 가까이 다가와 잘 들리지 않는 낮은 목소리로 말했다.

"안녕하슈, 형씨!"

"안녕하세요." 나는 그가 내민 커다랗고 거친 손을 잡았다.

남자가 소년을 향해 몸을 숙이며 말했다.

"얘야, 아저씨께 인사드려야지. 아마 아저씨도 네 아빠처럼 운전수일 거다. 아빠와 넌 화물자동차만 타고 다녔지만, 이 아저씨는 저기 저 조그만 자동차를 몰고 다니는 거야."

소년은 아름다운 하늘처럼 반짝이는 자그마한 눈으로 나를 똑바로 바라보더니 살짝 미소를 띠면서 스스럼없이 연분홍빛 고사리 손을 내게 불쑥 내밀었다. 나는 가볍게 그 고사리 손을 흔들며 물었다.

"스타리크,<sup>2)</sup> 손이 왜 이렇게 차지? 밖은 따뜻한데 넌 춥니?"

소년은 어린아이답게 감동적으로 쉽게 남을 믿으면서 내 무릎에 바짝 달라붙더니 깜짝 놀라서 희읍스름한 눈썹을 살짝 치켜 올렸다.

"내가 어째서 노인이에요, 아저씨? 난 분명히 소년인데. 또 하나도 춥지 않아요. 손이 찬 건 눈 장난을 해서 그래요."

등에서 홀쭉한 배낭을 벗어 던지고 피곤한 듯이 내 옆에 앉으면서 소년의 아버지가 말했다.

"이 꼬마 승객은 보통 골칫덩어리가 아닙니다! 이 녀석 때문에 지쳐 버렸어요. 내가 크게 한 걸음 내디디면, 저 녀석은 벌써 뛰기 시작하는 겁니다. 그래서 할 수 없이 저 보병과 보조를 맞추어야 해요. 한 번 발을 내디뎌야 할 곳에서 나는 세 번 걸음을 내딛지요. 그래서 우리는 말과 거북이처럼 보조를 맞추지 못하고 계속 걷는 거죠. 아시겠지만 저 애를 감시도 해야 합니다. 조금이라도 눈을 돌리면, 저 녀석은 글쎄 커다란 웅덩이를 따라 터벅터벅 걷거나 사탕 대신에 고드름을 깨서 빨고

---

2) 러시아어로 '노인'이란 의미이지만, 구어체에선 친근한 사람을 부를 때 흔히 사용한다. 여기에선 '애야', '꼬마야' 정도의 뜻.

있지 뭡니까. 정말이지 저런 승객과 여행을 한다는 것, 그것도 걸어서 다닌다는 건 남자가 할 짓이 못 되지요."

그는 잠시 말을 멈추고 나서 물었다.

"아, 그런데 형씨, 당신은 상사를 기다리는 거요?"

운전수가 아니라고 말하는 게 거북해서 나는 이렇게 대답했다.

"기다려야만 합니다."

"저쪽에서 오나 보죠?"

"예."

"곧 보트가 도착할까요?"

"두어 시간쯤 지나야 될 겁니다."

"꽤 기다려야 되겠구먼. 그건 그렇고, 난 어디 급히 갈 데도 없고 해서 쉬다가 이 옆을 지나는데, 내 동료 운전수가 아무 일도 하지 않고 앉아 있는 게 보였소. 그래서 이렇게 와서 담배나 한 대 같이 피우려고 생각했지요. 혼자서는 담배를 피우는 것도 죽는 것도 괴로운 일이오. 그런데 당신은 궐련을 피울 만큼 잘사는가 보구려. 궐련이 젖어 버렸군. 형씨, 젖은 담배는 치료받은 말처럼 별 볼 일 없는 거요. 내 쌈지 담배라도 피우는 게 더 나을 게요."

그는 국방색 여름 바지 호주머니에서 둘둘 만 진홍빛의 닳아 빠진 담배쌈지를 꺼내 활짝 펼쳤다. 나는 그 귀퉁이에서 '레베잔 중학교 6학년 학생들이 존경하는 전사님께'라고 새겨진 글귀를 읽을 수 있었다.

우리는 독한 쌈지 담배를 피우기 시작했고 한참 동안 아무 말도 하지 않았다. 나는 그가 소년과 함께 어디로 가는지, 이렇게 도로 사정이 나쁜 때에 왜 애를 데리고 다니는지 묻고 싶었다. 그런데 그가 먼저 내게 물어 왔다.

"그런데 당신은 전쟁 내내 핸들을 잡았소?"

"거의 내내 잡았지요."

"전선에서?"

"예."

"그렇구먼. 형씨, 나 역시도 전선에서 고통을 맛볼 대로 맛보았다오."

그는 커다랗고 까만 두 손을 무릎 위에 얹고 등을 구부렸다. 나는 곁눈질로 그를 힐끗 쳐다보았는데 어쩐지 마음이 편치 않았다. 마치 재를 흩뿌린 것 같고, 쳐다보는 게 괴로울 정도로 늘 죽음의 고통으로 가득 찬 눈을 본 적이 있는가? 내가 우연히 만난 말동무가 바로 이런 눈을 가지고 있었다.

윗가지로 엮은 울타리에서 구부러진 마른 잔가지를 부러뜨리더니, 그는 일 분쯤 말없이 모래 위에 잔가지로 어떤 함축성을 띤 모양을 그렸다. 그러고 나서 말문을 열었다.

"이따금 나는 밤에 잠을 못 이루고 공허한 눈동자로 어둠을 응시하며 이렇게 생각하오. '왜 너 인생은 나를 이다지도 망쳐 놓았느냐? 왜 너 인생은 이다지도 나를 고통스럽게 만들었느냐?' 그러나 어둠 속에서도 빛나는 태양 아래에서도 대답이 없어요……. 또 앞으로도 대답은 없을 거요!"

갑자기 생각난 듯이 그는 어린 아들을 부드럽게 밀치면서 말했다.

"얘야, 물가에 가서 놀거라. 애들이란 항상 넓은 바다에서 무언가 얻는 법이지. 다만, 발이 물에 젖지 않도록 조심해라!"

다시금 우리가 말없이 담배를 피우고 있을 때, 나는 슬쩍 아버지와 아들을 살펴보면서 내가 보기엔 뭔가 이상한 상황을 놀라운 기분으로 조용히 눈여겨보았다. 소년은 수수하게 옷을 입었지만 썩 훌륭했다. 닳아 빠진 모피로 안을 대고 주름을 잡은 가볍고 조그만 재킷을 걸치고 있었고 조그만 부츠는 모직 양말 위에 신을 수 있도록 만들어져 있었으며, 오래전에 해진 재킷의 소매는 매우 솜씨 있게 꿰매어져 있었다. 이 모든 것은 여자의 솜씨, 재간 있는 엄마의 손길을 말해 주고 있었다. 그런데 아버지는 달랐다. 군데군데 불에 탄, 솜을 넣어 누빈 웃옷은 아무렇게나 기워져 있었고, 오래 입어 낡아 빠진 카키색 바지 위에 댄 헝겊은 남자의 엉성한 바느질 솜씨로 시침질되어 있었다. 남자는 새것이나 다름없는 군인용 장화를 신고 있었지만 두꺼운 모직 양말은 좀이 슬어 있었다. 그것들은 여자의 손길이 닿지 않은 것이었다……. 이때까지만 해도 나는 '저자는 홀아비이거나 제 아내와 행복하게 살고 있진 않겠군.' 하고 생각했다.

그런데 그가 아들에게 눈길을 주고 나서 잠시 탁하게 기침을 하더니 다시금 말문을 열었다. 나는 열심히 귀를 기울였다.

"처음에 내 인생은 평범한 것이었소. 나는 보로네시 현 출신이고, 1900년에 태어났지요. 시민전쟁 때에는 적위군의 키크비제[3] 사단에 있었다오. 굶주림의 해였던 1922년에 쿠반[4]으로 가서 부농들을 위해 죽도록 일했지요. 그래서 살아남은 겁니다. 부모와 누이는 굶어 죽었어요. 나는 외톨이가 되었지요. 혈육이라곤 세상천지에 한 사람도 없었어요. 그런데 일 년 후에 쿠반에서 돌아와 조그만 농가를 팔아 치우고 보로네시로 갔습니다. 처음엔 목공조합에서 일했고, 그 후 공장에 들어가 대장장이 일을 배웠지요. 곧 결혼을 했습니다. 아내는 고아원에서 자랐어요. 고아였지요. 내겐 참으로 과분한 여자였소! 온유하고 명랑하며 순종적이지만 똑똑한 여자였지. 나보다 훨씬 나았어요. 어렸을 적부터 큰 실수 없이 지내는 방법을 터득했고, 이것이 그녀의 성격에 그대로 나타났어요. 옆에서 보면 그다지 예쁜 얼굴은 아니지만, 나는 옆에서 그녀를 바라보지 않고 정면에서 바라보았지요. 내겐 이 세상에서 그녀보다 더 아름답고 사랑스러운 여자는 없었고, 앞으로도 없을 거요!

일터에서 집에 돌아오면 피곤해서 이따금 악마처럼 성질도 나지요. 그렇지만 그녀는 내 욕설에도 무례하게 대꾸하지 않았소. 부드럽고 조용한 그녀는 내가 편안하게 쉴 수 있도록 최선을 다하고, 어려울 때라도 일부러 나에게 맛있는 음식을 준비해 주는 겁니다. 그녀를 바라보면 마음이 평온해지지요. 얼마 후에 그녀를 안고 나는 이렇게 말합니다. '미안해, 사랑하는 이린카. 내가 당신에게 욕한 것 말이야. 이해하지, 여보. 오늘 일터에서 일이 잘 풀리지 않았거든.' 그러면 우리에겐 다시

___

3) 바실리 이시도로비치 키크비제(1894~1919)는 10월혁명에 뒤이은 시민전쟁의 영웅으로 사단장을 지냈다.
4) 카프카스 북서쪽에 위치한 지역.

금 평온이 깃들고, 내 마음은 편안해졌소. 여보시오, 형씨, 당신은 이것이 일을 하는 데 어떤 의미를 갖는지 아오? 아침에 나는 벌떡 일어나 공장에 나가게 되고, 내가 하는 모든 일이 재빠르게 일사천리로 진행되는 겁니다! 현명한 아내이자 친구를 얻는다는 건 바로 이런 거요.

월급을 받으면 이따금 동료들과 술을 마셔야만 하지요. 가끔 나는, 옆에서 보면 무서울 정도의 갈지자 걸음걸이로 집에 오곤 합니다. 좁은 길은 말할 것도 없고 큰길조차 좁아만 보이고 모두 그게 그것 같아 보입니다. 당시 나는 악마처럼 건강하고 힘이 센 남자였지요. 두주불사했지만 항상 내 발로 걸어서 귀가했소. 이따금 마지막 구간을 1단 기어로, 즉 네 발로 기어올 때도 있긴 했지만, 어쨌든 집에 도착하지요. 그렇지만 이런 경우에도 그녀는 내게 비난이나 큰소리를 치는 법이 없고, 또 소란도 일으키지 않았다오. 다만 나의 이린카는 술 취한 내가 성내지 않도록 조심스럽게 웃었을 뿐입니다. 그녀는 내 구두를 벗기고 속삭입니다. '벽 쪽으로 누워요, 안드류샤. 안 그러면 잠자다가 침대에서 떨어져요.' 그러면 나는 귀리 자루처럼 쓰러지고, 모든 것이 눈앞에서 아물댑니다. 머리맡에 앉은 그녀가 나를 다독거리고, 무언가 사랑스러운 말을 속삭이고, 날 애석하게 여기는 소리를 잠결에 들을 뿐이지요…….

아침에 그녀는, 일터에 나가기 두어 시간 전쯤에 발을 쭉 뻗을 수 있도록 내 발을 침대에서 빼 주지요. 그녀는 숙취 시에 내가 아무것도 먹지 않는 걸 알고 소금에 절인 오이나 가볍게 먹을 수 있는 무언가를 마련해 놓고 각진 커다란 컵에 보드카 한 잔을 따르면서 말합니다. '취했어요, 안드류샤. 더 이상은 안 돼요, 여보.' 내가 어찌 그런 신뢰를 저버릴 수 있겠소? 보드카를 한 잔 마시고 나는 말없이 눈으로 그녀에게 감사를 표하며 입맞춤을 하고 서둘러 일터로 갑니다. 만약 그녀가 술 취한 나에게 비난의 말을 퍼붓거나 큰 소리를 지르며 욕설을 해 댔다면 다음 날도 분명히 술에 취했을 거요. 여편네가 어리석은 가정에서는 그런 일이 흔히 일어나지요. 나는 그런 경우를 많이 봐서 알고 있소.

곧, 우리에겐 아이들이 생기기 시작했소. 처음에 아들이 태어났고, 일 년 뒤에 두 계집애가 더 태어났어요……. 이즈음에 나는 동료들과 교제를 끊고, 월급을 고스란히 집으로 가져왔습니다. 식구 수로 보아 꽤 큰 가족이 되었고, 이제 나는 술을 마실 여유가 없어진 겁니다. 휴일엔 맥주를 한 조끼 마시고, 딱 그걸로 끝냈지요.

1929년에 나는 자동차에 흥미를 갖게 되었지요. 나는 운전을 배워서 화물자동차의 운전대를 잡았습니다. 그 후 나는 공장으로 돌아가고 싶지가 않았어요. 핸들을 잡는 일이 더 즐겁게 여겨졌지요. 나는 그렇게 십 년 동안을 살았고, 그 세월이 어떻게 흘렀는지도 모릅니다. 마치 꿈속에서처럼 십 년이란 세월이 흘러간 거요. 십 년이란 세월은 정말 아무것도 아니었소! 나이가 지긋한 사람 아무에게나 인생을 어떻게 살아왔는지 얘기하라고 해 보시오. 그는 한마디도 못 할 거요! 과거는 안개에 휩싸인 어렴풋한 초원과도 같은 거지요. 아침에 초원을 따라 걸을 땐 주위의 모든 게 명료했다가도 20킬로미터쯤 걸으면 벌써 안개가 초원을 뒤덮고 있고, 이 때문에 이미 숲과 잡초, 경작지와 목초지를 구분 못 하게 되지요.

나는 이십 년 동안 밤낮을 가리지 않고 일했소. 돈도 잘 벌어서 우리는 남들만큼은 살았지요. 아이들은 우리를 기쁘게 했습니다. 셋 모두 '만점'을 받으며 공부했어요. 장남인 아나톨리는 중앙 신문에 날 정도로 수학에 재능을 보였지요. 형씨, 어째서 그 애가 수학에 그처럼 재능을 나타냈는지 나 자신도 모르오. 다만 나는 매우 기뻤고, 말할 수 없이 그 녀석이 자랑스러웠다오.

십 년 동안 모은 약간의 돈으로 나는 전쟁이 일어나기 전에 조그만 방 두 개와 조그만 창고, 조그만 복도가 있는 작은 집을 지었지요. 이리나는 새끼 염소 두 마리를 사들였고요. 우리에게 그 이상 무엇이 필요했겠소? 애들은 카샤[5]에 우유를 곁들여 먹고, 거처할 집과 의복이 있고, 모든 일이 잘되어 갔죠. 다만, 내가 집을 나쁜 곳에 지었다는 거요. 나는 비행기 제조 공장에서 얼마 떨어지지 않은 곳에 600평방미터의 택지를 할당받았어요. 내 오두막집이 다른 장소에 있었더라면 아마 내 인생도 달리 풀렸을 거요.

바로 이때 전쟁이 일어났소. 다음 날 군사위원회로부터 소집 통지서가 날아왔고, 사흘째 날에는 군용열차를 타러 갔지요. 우리 네 식구 모두——이리나[6]와 아나톨리, 그리고 두 딸

---

5) 쌀, 옥수수, 밀 등을 섞어 만든 수프.
6) 이리나의 애칭이 이린카이다.

나스텐카와 올류시카——가 나를 전송했어요. 애들은 모두 정말로 훌륭하게 행동했습니다. 당연한 일이지만 딸들은 한두 방울 눈물을 살짝 비쳤지요. 아나톨리는 추위를 느끼듯이 어깨를 떨었을 뿐이고요. 그때 아나톨리는 벌써 열일곱 살이 다 되었었지요. 내 사랑하는 이리나는…… 십칠 년을 함께 살았지만 나는 한 번도 그녀의 그런 모습을 보지 못했소. 간밤에 내 어깨와 셔츠는 그녀의 눈물로 온통 젖었고, 아침이 되어서도 마찬가지였어요……. 기차역에 도착했는데 나는 그녀가 너무나 가엾어서 차마 바라볼 수가 없었소. 울어서 부어터진 입술, 머릿수건 밑에 헝클어진 머리칼, 실성한 사람의 눈처럼 초점이 없고 흐릿한 두 눈이란……. 지휘관이 내게 승차를 명령하자 그녀는 내 가슴에 쓰러져 두 손으로 내 목을 꽉 껴안고, 마치 밑동이 잘린 나무처럼 부들부들 떠는 거요……. 애들이 그녀를 진정시키는데 나는 아무것도 할 수가 없었어요! 다른 여자들은 남편이나 애들과 얘기를 나누고 있는데, 내 아내는 가지에 붙은 잎사귀처럼 내게 찰싹 달라붙어 온몸을 부들부들 떨 뿐 한마디도 하지 못하는 겁니다. 나는 그녀에게 말했지요. '진정해, 사랑하는 이리나! 내게 작별 인사도 안 하는 거요.' 그녀는 흐느끼며 한마디씩 말했소. '내 사랑하는 안드류샤…… 우리는 다시 만나지 못할 거예요…… 나와 당신은…… 더 이상…… 이 세상에서는…….'

내 가슴은 그녀를 향한 연민으로 갈기갈기 찢어지는데 그녀는 고작 그렇게 말했소. 나 역시 그녀와 헤어져서 마음이 아프고, 내가 팬케이크를 먹으러 의붓어미 집에 가는 것이 아니라는 것쯤은 그녀도 알았어야만 해요. 나는 부아가 잔뜩 치밀었소! 난 강제로 그녀의 손을 떼어 내고 살짝 그녀의 어깨를 밀쳐 냈지요. 살짝 밀친 것 같은데 내 힘이 너무 세었나 봅니다. 그녀는 두세 발 뒷걸음치더니 다시금 종종걸음으로 내게 다가와 손을 뻗는 거요. 나는 그녀에게 크게 소리를 질렀어요. '아니 무슨 작별 인사가 그 모양이야? 당신은 나를 산 채로 매장하려는 거야?!' 그러나 다시 그녀를 포옹했을 때, 나는 그녀가 제정신이 아닌 것을 알았소……."

말하는 중에 그는 갑자기 이야기를 멈추곤 했다. 나는 잇단 정적 속에서 그의 목구멍에서 나는 꺽꺽거리는 소리를 들었다. 상대방의 흥분이 내게 전해져 왔다. 나는 곁눈질로 이야기하는 사람을 힐끗 쳐다보았다. 마치 생기가 없고 꺼져 버린 듯한 그의 두 눈에는 눈물 한 방울도 비치지 않았다. 그는 풀이 죽어 고개를 숙인 채로 앉아 있었고, 힘없이 축 처진 커다란 두 손만이 가늘게 흔들렸고, 턱과 굳은 입술이 떨리고 있었다…….

"형씨, 그만둬요. 생각해야 뭘 합니까!" 나는 조용히 말문을 열었다. 하지만 그는 내 말을 듣지 못한 듯 어떤 거대한 의지로 흥분을 누르고 갑자기 쉰, 이상스럽게 변한 목소리로 말했다. "죽기 직전까지, 내 생애 마지막 한 시간 전까지 나는 그때 그녀를 떠민 것에 대해 용서를 빌 거요!"

그는 다시 오랫동안 말이 없었다. 궐련을 둘둘 말려고 했지만 신문지가 찢어지는 바람에 연초가 무릎에 흩어졌다. 마침내 그는 그럭저럭 궐련을 만들어서 여러 번 게걸스럽게 빨아

댄 후 콜록거리면서 말을 이었다.

"이리나에게서 떨어지면서 나는 손바닥으로 그녀의 얼굴을 감싸고 입맞춤을 했는데, 입술이 얼음처럼 차가웠소. 아이들과 작별을 한 후 나는 차량으로 달려가 이미 움직이고 있는 기차의 발판 위로 뛰어올랐지요. 날 실은 기차는 천천히 출발하여 내 가족들 옆을 지나쳤습니다. 바라보니, 고아가 된 내 애들은 한 무리가 되어 내게 손을 흔들며 웃으려고 했지만 웃지는 못하더군요. 이리나는 가슴에 두 손을 꼭 대고 있었고 입술은 백묵처럼 희었어요. 그녀는 입술로 뭔가를 속삭이고 나를 바라보면서 눈을 깜빡이더니 몸을 앞으로 굽혔소. 마치 강풍을 안고 발을 내딛고 싶어하는 것처럼……. 그녀는 평생 내 기억 속에 그렇게 남아 있다오. 가슴에 꼭 댄 두 손, 창백한 입술, 눈물로 가득 찬 커다랗게 뜬 눈…… 꿈속에서도 나는 항상 그런 그녀의 모습을 본다오……. 그때 왜 나는 그녀를 밀쳐 냈을까? 지금도 그것을 생각할 때마다 무딘 칼로 내 가슴을 에는 듯하오.

우리는 우크라이나의 벨라야 체르코피 읍 근처로 배치되었지요. 난 지스-5[7])를 받았소. 그걸 타고 전선으로 나갔지요. 참, 전쟁에 대해선 당신에게 할 얘기가 없소. 처음 상황이 어땠는지는 당신도 보아서 알고 있을 테니 말이오. 가족들한테 자주 편지를 받았지만, 전선에 있던 나는 가끔씩만 편지를 보냈지요. 병사들은 흔히 이렇게 쓰곤 하지요. '모든 것이 잘되

---

7) 스탈린 공장에서 만들어진 트럭.

어 가고 있다. 지금은 그럭저럭 싸우고 있고 비록 후퇴를 하고 있지만, 곧 전력을 가다듬어 독일놈들을 때려눕힐 것이다.' 더 이상 무엇을 쓸 수 있겠소? 진절머리 나는 시절이었고 편지 쓸 시간조차도 없었지요. 사실 나는 연민의 줄을 뜯는 것을 싫어했고, 요령이 있든 없든 간에 매일 여편네나 여자 친구들에게 편지를 쓰고 종이에 눈물 콧물 흘리는 넋두리를 참지 못했어요. '몹시 힘들다오. 나는 매 순간 죽을지도 모르오.' 이렇게 쓰는 병사도 있었소. 바지를 입은 이런 암캐는 푸념을 늘어놓고 동정을 구하지만, 전선에 있는 우리보다 후방에 있는 여자나 애들이 더 어려움을 겪고 있다는 사실에 대해선 이해하려고 하지 않는 거요. 국가가 그따위들을 믿고 있었다니! 우리나라의 여자들과 애들이 역경에 굴하지 않기 위해 어떤 어깨를 가져야만 했소? 바로 그들이 굴복하지 않고 끝까지 버틴 거요! 훌쩍거리기나 하는 이 겁쟁이들은 연민의 정을 자아내는 편지나 써서 발 디딜 곳조차 잃어버린 일하는 여인의 가슴에 못을 박는 거요. 이런 편지를 받은 불쌍한 여자들은 낙심하여 일을 할 수가 없지요. 맞소! 우리네 남자나 우리네 군인들은 모든 것을 인내하고 어려울 때 모든 것을 견뎌 내기 위해 존재하는 거요. 만일 자신 속에 남성적인 기질보다 여성적인 기질이 더 많다면, 깡마른 엉덩이를 더 화려하게 가리고, 뒷모습이라도 여자 같아 보이도록 걸쳐 입고 사탕무를 뽑고 암소 젖을 짜기 위해 꺼져 버리라지요. 그런 작자는 전선엔 필요가 없어요. 그런 사람 말고도 구린내 나는 작자들이 얼마나 많습니까? 나는 한 일 년 동안 전투에 참가할 운명이 아니었나 봅니다……. 그동안에 나는 두 번 부상을 당했는데 두 번 모두 경상이었소. 한 번은 손의 살점에, 다른 한 번은 발에 부상을 당했는데, 첫 번째는 비행기에서 쏜 총탄에, 두 번째는 포탄의 파편에 입은 부상이었소. 독일군이 내 차를 향해 위에서 옆에서 막 총을 쏴 댔다오. 형씨, 처음에 나는 운이 좋았소. 계속 운이 좋았다가 결국엔 절망적이었지만……. 1942년 5월에 아주 난처한 상황에서 나는 로조벤키 부근에서 포로로 잡혔지요. 당시 독일군은 강력하게 진격했고, 우리 측의 122밀리미터 곡사포대는 포탄이 거의 동이 났소. 내 차엔 꼭대기까지 포탄이 실렸고, 군복이 어깨에 착 달라붙을 정도로 나도 포탄을 적재하는 데 열심이었소. 전선이 임박했기 때문에 급히 서둘러야만 했소. 왼쪽에선 탱크들이 우르릉거리고, 오른쪽과 앞쪽에선 총알이 비 오듯 쏟아졌어요. 이미 위기가 닥쳐오고 있었지…….

'통과해 보겠나, 소콜로프?' 하고 우리 중대장이 물었지. 그러나 물을 필요가 어디 있겠소. 저기에서 내 전우들이 죽어 가고 있을 텐데, 내가 여기에서 양 엄지손가락이나 빙빙 돌려야겠소? '무슨 말씀입니까? 통과해야만 하고, 자신 있습니다.' 하고 나는 대답했소. '좋아, 그럼 서둘러서 전속력으로 달려 봐.' 하고 중대장이 말했다오. 나는 전속력을 냈지요. 내 생전에 그처럼 빨리 달린 적은 없었소! 감자를 나르는 게 아니고 포탄을 실었으니 조심해서 운반해야 한다는 걸 모르는 바 아니었지만, 전우들이 빈손으로 싸우고 있고, 모든 길이 대포 사격으로 쑥밭이 된 지금, 조심은 무슨 조심입니까? 6킬로미터

쯤 달려 포병대가 주둔하고 있던 골짜기 쪽으로 가기 위해 막
짐수레 길로 접어들었을 때, 우리 측 보병이 그레이더 좌우측
에서 텅 빈 들판을 따라 달려가고 있는 것을 보았지요. 이미
연달아 지뢰가 터지고 있었어요. 내가 무엇을 할 수 있겠소?
그렇다고 되돌아갈 수도 없는 노릇 아니오? 나는 전력을 다하
여 밀어붙였지요. 포병대까지는 1킬로미터쯤 남았고, 이미 나
는 짐수레 길을 달리고 있었는데, 형씨, 나는 목적지에 도착할
운명이 아니었나 보오…… 중거리포의 중포탄이 내 자동차
부근에 떨어진 게 틀림없을 거요. 나는 폭음도 그 어떤 소리
도 듣지 못했고, 다만 머릿속에서 뭔가가 끊어지는 것 같았는
데, 그 이상은 아무것도 기억나질 않소. 그때 내가 어떻게 살
아남았는지 전혀 알지 못하오. 또 내가 도랑에서 8킬로미터쯤
떨어진 곳에서 얼마 동안이나 쓰러져 있었는지 지금도 알 수
없소. 의식을 되찾았지만 나는 일어설 수가 없었어요. 내 머리
는 잡아 뜯기는 듯하고, 열병에 걸린 것처럼 온몸이 부들부들
떨리고, 두 눈은 어둠침침하고, 왼쪽 무릎에선 뭔가가 삐걱삐
걱거리고 내리 이틀 동안 마구 얻어터진 것처럼 온몸에 통증
이 느껴졌소. 나는 땅에 엎드려 오랫동안 허우적거리다가 간
신히 일어났지요. 하지만 내가 어디에 있고, 내게 무슨 일이
일어났는지를 또 알 수가 없었어요. 기억이 깨끗이 사라져 버
린 거요. 다시 눕는 게 두려웠소. 다시 누우면 더 이상 일어나
지 못하고 죽게 될까 봐 무서웠던 게지요. 일어서니까 내 몸은
폭풍우 속의 포플러처럼 이리저리 흔들거렸소. 다시 의식을
회복하고 정신을 차려 주위를 찬찬히 둘러보려고 했을 때, 마

치 누군가가 내 심장을 펜치로 쥐어짜는 것 같았어요. 주위엔 내가 실어 온 포탄들이 떨어져 널려 있었고, 그 부근에 내 자동차가 산산조각이 나서 거꾸로 전복되어 있었소. 내 뒤편에서는 여전히 전투가 벌어지고 있었고…… 상상할 수 있겠소?

뭘 숨기겠소. 그 자리에서 내 다리는 저절로 꺾이고, 도끼로 찍힌 것처럼 풀썩 고꾸라졌지. 그제서야 나는 내가 포위된 것을, 보다 정확히 말해 파시스트들의 포로가 된 것을 알았소. 이런 일은 전쟁 중에 흔히 일어나는 일이지요…….

참말이지, 형씨, 본의 아니게 포로로 잡힌 걸 이해하기란 쉬운 일이 아니오. 그런 걸 경험하지 않은 사람이 누가 있겠소. 하지만 일이 그렇게 될 수밖에 없었음을 인간적으로 이해시키기란 결코 쉬운 일이 아니지요.

그건 그렇고, 난 누운 채로 탱크들이 으르렁거리는 소리를 들었소. 독일제 중형 탱크 네 대가 전속력으로 내가 포탄을 싣고 떠나왔던 곳을 향해 내 옆을 통과했지……. 내가 어떤 기분이었겠소? 잠시 후, 포를 적재한 트랙터가 줄을 이었고, 야전 취사대가 통과했고, 뒤를 이어 그렇게 심하진 않지만 적에게 두들겨 맞은 일 개 중대 정도의 보병이 지나갔어요. 나는 눈 끝으로 그들을 바라보고는 다시금 뺨을 땅에 대고 두 눈을 감았다오. 그들을 쳐다보는 게 고통스럽고 괴로웠소…….

모두 지나갔다고 생각하고 머리를 쳐들었는데, 내게서 100미터쯤 떨어진 곳에서 독일군 자동소총수 여섯 명이 걸어오고 있습디다. 그들은 도로에서 방향을 바꾸더니 내 쪽을 향해 똑바로 걸어왔소. 정적이 흘렀지요. '이젠 죽었구나.' 하고 생각했소. 누워서 죽고 싶지는 않아서 쪼그렸다가 일어섰지요. 그들 중 한 사람이 어깨에서 자동소총을 벗겨 냅디다. 인간이란 참 이상하지요. 그 순간에 내 마음에는 공포도 두려움 같은 것도 없었어요. 나는 그저 독일군 병사를 바라보고 생각했을 뿐이오. '이제 저자는 나를 향해 총을 쏠 것이다. 어딜 쏠까? 머리일까, 가슴일까?' 마치 독일군 병사가 내 몸뚱이 어디에 구멍을 내느냐가 중요한 것만 같았소.

다부진 체격에 검은 머리칼, 얇고 우아한 입술을 가진 젊은 녀석이 눈을 가늘게 떴소. '이 녀석은 깊이 생각하지 않고 날 죽이겠군.' 하고 나는 속으로 생각했지요. 정말로 그랬소. 그 자는 자동소총을 척 들어 올렸고, 나는 말없이 그의 눈을 똑바로 바라보았지요. 그런데 그보다 나이가 많아 보이는, 말하자면 나이가 지긋한 다른 병사가 뭐라고 소리치더니 젊은이를 옆으로 밀쳐 내고 내게 다가와 자기 나라 말로 중얼거리면서 내 오른팔 팔꿈치를 굽히고 힘줄을 건드리는 거요. 그는 힘들여 '우─우─우─!' 하고 말하면서 도로를, 태양이 지는 방향을 가리키며 '노새야, 앞으로 가서 우리 독일을 위해 열심히 일해라.' 하는 겁니다. 괜찮은 놈이었지만 역시 개자식이었어요!

그런데 까만 머리칼의 병사가 내 군화를 뚫어져라 바라보았소. 내 군화가 좋아 보였나 봅니다. 그는 내 군화를 손으로 가리키며 '벗어.' 하고 명령했어요. 나는 땅바닥에 앉아 군화를 벗어서 그에게 건넸소. 그는 내 손에서 군화를 냅다 낚아챘어요. 그러더니 고함을 치고 자기 나라 말로 욕설을 퍼부으면서 다시 자동소총을 들지 뭡니까. 나머지 병사들이 웃음을 터뜨렸어요. 그러고 나서 그들은 나를 홀로 내버려 두고 가 버렸어요. 도로까지 가는 동안 그 검은 머리칼의 병사만이 세 번씩이나 나를 뒤돌아보면서, 마치 자기가 내 군화를 뺏은 게 아니라 내가 자기 군화를 뺏기라도 한 것처럼 눈을 번뜩거렸소.

형씨, 정말이지 어느 쪽으로 가야만 할지 난감했소. 일단 나는 도로로 나가 서쪽으로 발을 옮겼지요. 포로 상태에서 말이오! 그때 나는 잘 걸을 수가 없었어요. 한 시간에 1킬로미터 이상은 걸을 수 없었소. 나는 앞으로 걸음을 떼려고 했지만, 옆으로 휘청거리면서 마치 주정뱅이처럼 도로를 따라 몸을 질질 끌며 움직였소. 얼마를 걸었는데, 내가 속해 있던 사단의 우리 편 포로들의 대열이 나를 따라잡았어요. 열 명의 독일군 자동소총수가 포로들을 내몰고 있었소. 대열이 나와 나란히 되었을 때 한 자동소총수가 한마디 말도 없이 손으로 내 머리를 세게 내리쳤어요. 만일 내가 넘어졌다면, 그자는 내게 집중 사격을 가해 땅에 쓰러뜨렸을 거요. 그러나 우리 편 포로들이 재빨리 나를 붙들어서 대열 가운데로 밀어 넣고 반 시간 동안 내 팔을 부축해서 걸었소. 내가 의식을 회복했을 때, 포로들 중의 한 사람이 속삭였어요. '하느님이 당신을 쓰러지지 않도록 하셨어! 젖 먹던 힘까지 내서 걸어. 그렇지 않으면 저놈들은 당신을 쏘아 죽일 거야.' 그래서 나는 있는 힘을 다해 걸었소. 해가 지자마자 독일군들은 보초를 강화했고, 트럭에 스무 명가량의 자동소총수를 증원하여 우리를 더 빨리 걷도록 몰아붙였소. 중상자들은 나머지 사람들을 따라갈 수가 없었어요. 독일군들은 도로 위에서 중상자들을 즉각 총살했지요.

두 명이 도망가려고 했지만, 이들은 달밤의 텅 빈 들판에서는 몇 킬로미터 떨어진 곳에서도 쉽게 발견된다는 걸 몰랐던 거요. 물론 이들도 총살당했지요. 한밤중에 우리는 반쯤 타 버린 어떤 마을에 도착했소. 밤을 나기 위해 독일군들은 지붕이 부서진 교회로 우리를 몰아넣었어요. 돌바닥에는 지푸라기 하나 없었소. 우리는 모두 외투도 없이 군복 윗도리와 바지만 입고 있었으므로 밑에 깔 것이 아무것도 없었어요. 심지어 어떤 사람들은 무명 속셔츠만 입었을 뿐 군복 윗도리마저도 없었어요. 이들은 대부분 젊은 지휘관들이었소. 사병처럼 보이려고 군복 윗도리를 벗어 던진 거요. 포수(砲手)들도 군복 윗도리를 벗고 있었어요. 그들은 반쯤 벗은 상태로 대포 주위에서 일을 하다가 포로로 잡힌 거요.

　밤에는 우리 모두가 흠뻑 젖을 정도로 세찬 비가 쏟아졌소. 중포탄이나 비행기 폭격으로 교회의 둥근 지붕은 날아가 버렸고, 천장은 파편으로 완전히 거덜 나 있어서, 제단에서조차도 물기 없는 장소를 찾을 수 없었소. 글쎄, 우린 이런 교회 안에서 깜깜한 우리 속의 양처럼 밤새 빈둥빈둥 보내야만 했지요. 한밤중에 나는 누군가가 내 손을 살짝 건드리며 '동무, 부상당했소?' 하고 묻는 소릴 들었어요. '어쩔 수 없지.' 하고 내가 대답했더니, 그는 자신이 군의관인데, 어떻게든 나를 도울 수 있을 것 같다고 말하는 거요. 나는 왼쪽 어깨가 삐걱거리고 부었으며, 몹시 아프다고 그에게 호소했지요. '군복 윗도리와 속셔츠를 벗으시오.'라고 그는 단호하게 말했소. 나는 모든 것을 벗었지요. 그는 가느다란 손가락으로 어깨와 손을 진

찰했는데, 정말이지 눈앞이 캄캄했소. 나는 이빨을 갈며 말했어요. '당신은 사람을 다루는 의사가 아니라 수의사야. 환부를 어찌 그리 진찰하오. 참으로 몰인정한 사람이군.' 그는 살살이 만져 보고 아주 독하게 말합디다. '당신이 할 일은 잠자코 있는 거요! 참으시오. 앞으로 더욱 아플 거야.' 그러고 나서 그는 내 손을 세게 잡아당겼는데 정말이지 눈에서 빨간 불똥이 떨어졌어요.

정신을 차리고 나서 내가 물었지. '불행한 파시스트 양반, 당신은 뭘 한 거요? 내 손은 으스러졌어. 당신이 그렇게 찢어 발겨 놓은 거야.' 그가 살짝 웃더니 이렇게 말합디다. '오른손으로 날 칠 거라고 생각했는데, 당신은 순한 사람이야. 당신 손은 부러진 게 아니라 탈골된 거요. 그래서 내가 뼈를 맞추어 놓은 거지. 자, 이제 기분이 좀 낫지 않소.' 실제로 나는 통증이 어딘가로 사라지는 걸 느낄 수 있었어요. 나는 그에게 진심으로 감사를 표했지요. 그는 어둠 속에서 앞으로 걸어가며 조용히 물었소. '부상자들 없소?' 바로 이런 사람이 진짜 의사요! 포로로 잡혀서나 어둠 속에서도 그는 위대한 일을 해냈던 거요.

불안한 밤이었소. 우리를 둘씩 교회로 몰아넣으면서 무시무시한 호송대원이 용변을 보러 갈 수 없다고 이미 경고했지요. 불행히도 우리 가운데 신앙심이 깊은 사람 하나가 급히 용변을 봐야만 했소. 그는 참고 또 참았지만 결국 울음을 터뜨렸어요. '나는 성전을 더럽힐 수가 없어! 나는 신자이고 크리스천이오! 그러니 어쩌란 말이요, 형제들?' 하고 그가 말했어요. 알다시피 우리가 어떤 민족이오? 어떤 사람들은 웃고, 다른 사람들은 욕설을 해 대고, 또 다른 사람들은 그에게 농담 조로 충고를 했어요. 그는 우리 모두를 즐겁게 했지만, 이 긴 시간의 너저분한 사건은 끝이 아주 좋지 않았다오. 그는 문을 두드리기 시작했고, 밖으로 나가게 해 달라고 요청했고, 그의 요청은 받아들여졌소. 한 파시스트가 문밖에서 열린 문 사이로 연발 사격을 가해 그 신실한 신자와 세 명이 더 사망했고, 중상을 입은 다른 한 명은 아침 녘에 죽어 버렸지요.

우리는 죽은 사람들을 한 장소에 안치해 놓고, 모두들 앉아서 깊은 생각에 빠졌소. 처음엔 매우 침통했어요. 얼마 후에 사람들은 작은 소리로 말하고 속삭이기 시작했지요. 누가 어디, 어떤 지역 출신이고, 어떻게 포로가 되었는지를 말이오. 어둠 속에서 같은 소대원들이나 같은 중대원들은 어쩔 줄을 몰랐고, 어떤 사람은 다른 사람의 이름을 조용히 부르기 시작했어요. 나는 내 옆에서 조용조용히 얘기하는 소리를 들었소. '내일 우리를 더 멀리 호송하기 전에 저자들이 우리를 일렬로 세우고 군사위원, 공산당원, 유대인을 호명하면 소대장인 당신은 숨을 생각 하지 마! 당신이 숨는다고 일이 풀리지는 않을 테니까. 군복 윗도리를 벗었다고 일반 사병으로 통하리라 생각하나? 그렇게는 안 될걸! 난 당신을 보호하지 않을 거야. 나는 맨 먼저 당신을 가리킬 거야! 당신이 공산당원이고 날 선동해서 공산당에 입당하도록 한 것을 난 알고 있어. 이제 당신이 한 일에 대해 책임을 져.' 내 가까이에 나와 나란히 앉아 있는 사람이 왼쪽에서 이렇게 말하는 거요. 그의 맞은편에 앉아 있는 어떤 젊은이가 대답했어요. '크리지뇨프, 난 항상 네가 나쁜 녀석이라고 의심했다. 특히 네가 자신의 무식함을 핑계 삼아 입당하기를 거부했을 때 더욱 그랬지. 그러나 네가 반역자가 될 수 있으리라곤 결코 생각하지 않았다. 이제 너도 칠 년 복무를 다 마치지 않았나?' 그는 자기 소대장에게 천천히 말했어요. '그래, 제대해서 어쨌다는 거요?' 그들은 오랫동안 말이 없었소. 이윽고 목소리로 보아서 소대장인 듯한 사람이 조용히 말했소. '나를 밀고하지 마라, 크리지뇨프 동지.' 그러자 상대방이 살짝 웃었어요. '동지들은 전선에 남아 있어. 난 당신의 동지가 아니야. 나에게 부탁하지 마쇼. 어쨌거나 난 당신을 일러바칠 거야. 누구나 자기 몸을 우선 돌보는 거지.'

그들은 입을 다물었소. 나는 이 비열한 짓거리에 열이 받쳐서 온몸이 부들부들 떨렸소. '개자식 같은 네놈에게 소대장을 밀고하도록 하지는 않겠다! 네놈은 이 교회 밖으로 나가지 못할 거야. 저들이 먼저 네 발을 질질 끌어낼 거다!' 이렇게 나는 생각했지요. 날이 조금씩 밝아 오고 있었소. 내 옆에는 커다란 얼굴을 한 그놈이 머리 뒤에 손을 받치고 옆으로 누워 있었고, 그놈 옆에는 깡마르고 안색이 창백한 들창코의 한 친구가 속셔츠만 입은 채 무릎을 감싸고 앉아 있었어요. '이 친구는 저 뚱뚱하고 불깐 말 같은 놈을 다룰 수가 없겠는걸. 내가 저놈을 끝장내야만 하겠군.' 하고 나는 생각했지요. 나는 소대장을 살짝 건드리고 귓속말로 물었어요. '당신이 소대장이오?' 그는 아무 말 없이 고개를 끄덕였소. '이놈이 당신을 밀고하려고 하는 거지요? 발버둥치지 못하도록 그놈의 다리를 잡으시오! 자, 빨리빨리!' 이렇게 말하고 나는 그 녀석을 덮치고 손가락으로 그놈의 목을 죄었지요. 그놈은 소리칠 수가 없었지. 몇 분 동안 목을 조르고 나서 나는 엉거주춤 일어났지요. 반역자는 옆으로 혀를 축 늘어뜨린 채 죽어 있었소!

이 일을 전후해서 나는 기분이 나빴소. 사람이 아니라 기어다니는 어떤 파충류를 목 졸라 죽인 것처럼 나는 몹시 손을 씻고 싶었소…… 생전 처음으로 살인을 했고, 그것도 우리 편을 죽인 거요…… 그렇지만 그런 놈이 어찌 우리 편이오? 그놈은 적군보다도 더 나쁜 반역자였소. 나는 일어나서 소대장에게 말했지요. '동무, 여기를 뜹시다. 교회는 넓으니까.'

크리지뇨프란 놈이 말한 대로, 아침이 되자 독일군들은 우리 모두를 교회 주변에 정렬시켰소. 자동소총수들이 우리를 에워싼 후, 세 명의 독일 친위대 장교가 위험인물들을 골라내기 시작했어요. 그들은 누가 공산당원, 지휘관, 군사위원인가 물었지만, 아무도 나서는 사람이 없었소. 우리 중 거의 반수가 당원이었고, 지휘관, 군사위원이었으므로 밀고할 만한 나쁜 놈들이 없었지요. 200명이 넘었는데, 그중에서 네 사람만이 붙들렸소. 한 사람은 유대인이고 세 사람은 러시아 사병들이었어요. 러시아 사병 셋은 모두 검고 곱슬곱슬한 머리칼 때문에 화를 당했지요. 독일군들이 그들에게 다가와 '유대인이지?'라고 물었어요. 그들은 러시아인이라고 대답했지만, 독일군들은 그 말을 믿으려 하지 않았소. '열 밖으로 나가.' 이게 전부였소.

이 가련한 친구들은 총살당했고 우리는 더 멀리 호송되었소. 나와 같이 반역자를 목 졸라 죽였던 소대장은 포즈난[8]에 도착할 때까지 내 주변에서 맴돌았고, 첫째 날에는 걸으면서 이따금 내 손을 꼭 잡곤 했어요. 포즈난에서 우리는 어떤 이유로 해서 헤어졌지요.

형씨, 이유는 당신도 알겠지만, 나는 이미 첫째 날부터 우리 부대로 탈출할 것을 곰곰이 생각했소. 그러나 나는 확실하게 탈출하기를 원했지요. 포즈난에 도착하여 포즈난 수용소에 배치될 때까지는 적당한 기회를 한 번도 잡을 수가 없었소. 포즈난 수용소에서 그럴싸한 기회가 찾아왔지요. 5월 말에 우리는, 이미 죽은 우리 측 전쟁 포로들의 무덤을 파기 위해 수용소 근처의 조그만 숲으로 가게 되었어요. 당시에 우리 동료들은 이질로 많이 죽었지요. 포즈난의 점토를 파내면서 주위를 살펴보니, 우리를 감시하는 경비병 두 명이 앉아서 간식을 먹고 있고, 다른 한 경비병은 햇빛을 받으며 깜빡 졸고 있더라고요. 나는 삽을 내던지고 조용히 덤불숲을 향해 걸었소……. 그다음에 나는 태양이 뜨는 쪽을 향해 곧장 뛰고 또 뛰었지요.

경비병들은 내가 없어진 것을 그렇게 빨리 알아채진 못했소. 하루 밤낮에 거의 40킬로미터를 주파할 수 있었던 힘이 내 비쩍 마른 몸 어디에서 나왔는지 나 자신도 모를 일이오. 그러나 나는 이 탈출 기도에서 아무것도 얻지 못했어요. 그 저주스러운 수용소에서 이미 멀리 도망친 지 나흘째 되는 날

---

8) 서부 폴란드의 와타 강변에 있는 도시.

에 붙잡힌 거요. 수색견들이 내 흔적을 추적하여 귀리 밭에서 날 발견했소.

동틀 무렵에 나는 빈 들판을 걷는 게 무서웠소. 숲까지는 3킬로미터밖에 남지 않아서 하루 쉬려고 귀리 밭에 숨어 있었던 거지요. 나는 손바닥으로 낟알을 비벼서 조금 씹어 먹고, 낟알을 예비 식량으로 호주머니에 가득 채워 넣었소. 바로 이때 개 짖는 소리와 부르릉거리는 오토바이 소리가 들려왔소……. 개 짖는 소리가 점점 가까워져서 내 가슴은 철썩 내려앉았지. 최소한 얼굴만이라도 물어뜯기지 않으려고 나는 땅에 납작하게 엎드려서 두 손으로 얼굴을 가렸지요. 개들이 내게로 달려와서 일순간에 내 누더기 옷을 갈기갈기 찢어 버렸어. 나는 홀랑 발가벗겨졌소. 개들이 멋대로 나를 귀리 밭에 굴렸고, 마침내 수캐 한 마리가 내 가슴에 앞발을 올려놓고 내 목을 노리며 명령을 기다렸지요.

독일군들이 두 대의 오토바이를 타고 달려왔소. 우선 그들은 직성이 풀릴 때까지 나를 두들겨 패고 나서 내게로 개들을 내몰았지. 피부와 살점이 조각조각 떨어져 나갔소. 발가벗겨지고 온몸이 피로 흥건해진 채 나는 수용소에 도착했소. 탈영죄로 한 달 동안을 독방에서 지냈지요. 그러나 난 여전히 살아남았어…… 살아남았단 말이오!

형씨, 떠올리기조차 고통스럽지만, 포로 생활에서 겪었던 것을 얘기하기란 더욱더 괴로운 일이오. 독일에서 겪어야만 했던 비인간적인 고통과 동료들이 수용소에서 얼마나 고통스럽게 죽어 갔는가를 어찌 회상할 수 있겠소. 가슴에는 이미 심장이 없는데 목에서는 숨이 할딱거리고, 참으로 숨쉬기조차 힘들었지요…….

이 년간 포로 생활을 하는 동안에 안 가 본 곳이 없었소! 이 동안에 나는 독일의 절반을 돌아다녔지요. 삭소니아에 가서 규산염 공장에서 일했고, 루르 지역에서는 탄광에서 석탄을 운반했고, 바바리아에서는 땅굴 작업으로 곱사등이 될 정도로 심하게 삽질을 했고, 튜린기아에서도 머물렀지요. 그 밖에도 독일 땅 이곳저곳을 돌아다녀야만 했소. 형씨, 자연은 가는 곳마다 달랐지만, 우리의 형제들은 가는 곳마다 어김없이 총살당하고 구타당했소. 신의 저주를 받은 이 악당과 빌어먹을 놈들은 우리를 엄청나게 두들겨 팼지요. 우리나라에서는 가축도 그 정도로 심하게 두들겨 맞지 않을 거요. 그놈들은 개머리판이나 각목은 말할 것도 없고, 주먹으로 때리고 발로 차고, 고무 봉으로 치고 손에 잡히는 모든 쇠뭉치로 우리를 때렸지요.

러시아인이라고 해서 얻어터졌고, 아직도 세상에 살아 있다고 해서 얻어터졌고, 천한 놈처럼 그자들을 위해 일한다고 얻어맞았소. 또 잘 보지 못한다고, 잘 걷지 못한다고, 잘 돌지 못한다고 구타당했지요. 한번은 거의 죽을 정도로 얻어맞았는데, 마지막 피가 목에 걸려 질식하거나 맞아서 죽을 정도로 마구 때렸소. 아마 독일에는 우리 모두를 위한 솥도 부족했을 거요.

어디서나 급식은 꼭 같았지요. 반은 톱밥인 150그램의 대용식량과 순무로 만든 묽은 뜨물이 급식이었소. 어떤 곳에선 끓인 물을 주고 어떤 곳에선 주지 않았어요. 무슨 얘기를 더 하겠소. 스스로 판단해 보시오. 전쟁 전에 나는 86킬로그램이었는데, 가을에는 50킬로그램도 안 나갔소. 피골이 상접했지요. 앙상한 뼈다귀를 움직일 만한 힘도 없었어요. 말 한마디 못 하고 일만 했고, 짐마차의 말도 힘에 부칠 정도로 많은 일을 했소.

9월 초에 우리 142명의 소비에트 전쟁 포로는 큐스트린 시 근교의 수용소에서 드레스덴과 가까운 B-14 수용소로 이송되었소. 그 무렵, 이 수용소에는 2000여 명의 우리 측 전쟁 포로가 있었지요. 우리 모두는 채석장에서 일했고, 독일의 돌멩이를 손으로 캐내어 자르고 깨뜨렸어요. 한 사람당, 말하자면 자기 몸도 잘 가누지 못하는 한 사람에게 할당된 일일 규정량은 4입방미터였지요. 시작은 그랬지요. 두 달이 지나자 우리 제대(梯隊) 142명 중에서 57명만이 살아남았어요. 형씨, 어찌 말로 다 하겠소? 지독하지 않소? 우리는 동료들을 묻어 줄 시간도 없었다오. 그때 수용소에는 독일군들이 이미 스탈린그라드를 점령했고, 시베리아로 진격하고 있다는 소문이 나돌았지요. 슬픔에 슬픔이 겹친 거요. 그놈들이 허리가 휠 정도로 심하게 일을 시켜서 우리는 땅에서 눈도 떼지 못했소. 마치 낯선 독일 땅에 있게 해 달라고 우리가 청원이라도 했다는 듯이 말이오. 수용소의 경비원들은 매일 술을 마시고, 고래고래 노래를 불러 대고, 흥겹게 지껄이며 즐거워했어요.

그런데 어느 날 저녁에 우리는 일터에서 바라크로 돌아왔소. 하루 종일 비가 내려서 우리가 입고 있던 누더기 옷이 흠

빡 젖어 버렸어요. 찬바람에 우리 모두는 개처럼 벌벌 떨었고, 이빨이 달각달각 부딪혔어요. 무엇을 말리거나 몸을 덥힐 곳도 없었소. 게다가 굶어 죽는 사람도 있었고, 그보다 더 나쁜 경우도 있었소. 그러나 저녁에 먹을 것도 배급되지 않았어요.

나는 젖은 누더기 옷을 벗어 판자 침상에 내던지며 말했소. '저들에겐 4입방미터의 돌을 캐낼 필요가 있지만, 우리는 각자의 무덤을 위해 1입방미터의 돌만 캐내도 충분하다.'고 말이오. 단지 그렇게 말했을 뿐인데, 우리 포로들 중에도 비열한이 있었던 모양이오. 나의 이 신랄한 말이 수용소 소장에게 전해졌지 뭡니까.

우리 수용소의 소장, 그자들 말로 라거퓌러[9]는 독일인 뮐러였소. 그는 작달막한 키에 뚱뚱하고 연한 흰 머리칼을 하고 있었는데, 전체적으로 보아 다소 허여멀겋었지요. 머리칼도, 눈썹도, 속눈썹도 희었고 심지어 툭 튀어나온 눈조차도 흰색이었소. 그는 러시아어로 말했는데 나나 당신처럼, 마치 볼가강 유역의 주민처럼 '오'를 분명하게 발음했지요. 그는 무시무시한 욕쟁이였어요. 이 저주받을 놈이 어디에서 이 짓을 배웠는지 모릅니다. 그는 블록크——그들은 바라크를 이렇게 불렀지요.——앞에 우리를 정렬시키고 친위대원들과 함께 열 앞으로 와서 오른손을 쭉 내뻗곤 했어요. 오른손에 가죽 장갑을 끼고 있었는데, 장갑 속에는 손가락이 다치지 않도록 납 패킹이 들어 있었지요. 그 녀석은 한 사람씩 걸러 코를 때려 피를

---

9) 숙영지 통솔자 정도의 뜻.

흘리게 했어요. 그놈은 이 짓을 '감기 예방책'이라고 불렀소. 매일 그 짓을 했지요. 수용소에는 모두 네 개의 바라크가 있었소. 오늘은 첫 번째 바라크에서 '감기 예방책'을 실시하고, 내일은 두 번째 바라크에서, 모레는 세 번째 바라크에서 연달아 그 짓거리를 하는 거요. 시간을 정확히 지키는 악당인지라 쉬는 날도 없이 그 짓거리를 해 댔소.

내가 입방미터 건에 대해 말한 다음 날, 바로 이 수용소 소장이 나를 호출했소. 저녁에 통역관과 경비병 두 명이 바라크에 와서 '소콜로프 안드레이가 누구야?' 하고 묻더군요. 나는 대답했지요. '빨리 뒤따라와, 소장님께서 친히 널 찾으신다.'고 말하더군요. 나는 왜 그가 날 찾는지 알았소. 죽이려는 거지요. 나는 동료들과 헤어졌어요. 모두들 내가 죽으러 간다는 사실을 알았소. 나는 심호흡을 하고 따라갔소. 수용소 뜰을 걸으면서 나는 잠시 별을 바라봤고 별과도 작별하며 생각했지요. '네 고통도 이제 끝이구나, 안드레이 소콜로프. 수용소 번호 321번의 인간아.' 이린카와 애들을 생각하니 왠지 슬픔이 복받쳤어요. 그 후 이 슬픔도 누그러졌고, 군인답게 총구를 대담하게 바라보고, 내 마지막 순간에 삶과의 작별이 내겐 여전히 고통이라는 것을 적들이 알아채지 못하도록 나는 용기를 내기 시작했소…….

수용소 소장실의 창가엔 꽃이 있었고, 우리나라의 훌륭한 클럽처럼 깨끗했어요. 수용소의 수뇌부들이 모두 식탁에 앉아 있었소. 다섯 명이 앉아서 독한 술을 마시며 비계를 안주로 먹고 있었어요. 식탁 위엔 이미 마개를 따 낸 커다란 술병과 빵, 비계, 물에 담근 사과, 뚜껑을 딴 다양한 저장 식품이 든 깡통들이 널려 있었어요. 순간 나는 이 모든 식충이들을 둘러보고——형씨는 믿지 않겠지만——거의 토할 것 같은 강한 욕지기를 느꼈소. 늑대처럼 굶주린 나는 인간이 먹는 음식을 오랫동안 먹지 못했는데 거기엔 얼마나 많은 음식이 있었던지…… 가까스로 욕지기를 참아 내고 나는 간신히 식탁에서 눈을 돌렸소.

내 바로 앞에서 반쯤 취한 뮐러가 앉아 권총으로 장난을 하며, 이 손에서 저 손으로 권총을 던져서 옮기고 있었어요. 뮐러는 뱀처럼 나를 쳐다보며 눈 한 번 깜박이지 않았소. 어쨌든 나는 차렷 자세를 취하고 닳아 빠진 뒤축을 딱 하고 맞부딪치며 우렁차게 보고했지요. '전쟁 포로 안드레이 소콜로프, 소장님의 부르심을 받고 대령했습니다.' 그가 내게 물었소. '그래, 러시아인 이반인가. 4입방미터를 채석하는 게 많다고?' '그렇습니다, 소장님, 많습니다.' 소장이 계속해서 말하는 거요. '무덤을 위해선 1입방미터면 충분하다고?' '그렇습니다, 소장님. 아주 충분하고도 남을 겁니다.'

소장이 일어서서 말했소. '나는 너에게 심심한 경의를 표한다. 이제 네가 한 말의 대가로 내가 직접 널 사살하겠다. 여기는 불편하니 뜰로 나가자. 거기서 넌 네 죄를 인정하게 될 것이다.' 난 '뜻대로 하십시오.'라고 그에게 말했소. 그는 잠시 서서 생각을 하더니 권총을 내던지고 독한 술을 한 잔 가득 따르더니 빵 한 조각을 집어 그 위에 얇은 비계를 얹어서 이 모든 것을 내게 건네며 말했소. '죽기 전에 마셔라, 러시아인 이

반. 독일군의 승리를 위해.'

나는 그의 손에서 술잔과 안주를 받아 들려고 했소. 그러나 이 마지막 말을 듣는 순간 난 마치 불에 덴 것 같았소. 나는 혼자 생각했지요. '도대체 러시아 군인인 나더러 독일군대의 승리를 위해 건배하라고! 소장, 네가 원하는 게 또 뭐냐? 어쨌든 내겐 죽는 일만 남았다. 그러니 너나 보드카를 갖고 꺼져 버려라!'

나는 책상 위에 술잔과 안주를 놓고 말했지요. '환대에 감사합니다만, 저는 술을 마시지 못합니다.' 그는 미소를 짓더니, '우리의 승리를 위해 마시고 싶지 않은가? 그렇다면 너 자신의 죽음을 위해 마셔라.' 하고 말합디다. 내가 잃을 게 뭐가 있었겠소? '그럼, 나 자신의 죽음과 고통을 면하기 위해 마시겠습니다.'라고 말했지요. 그러고 나서 나는 잔을 들고 두 모금에 잔을 쭉 비우고 안주는 손대지 않았어요. 손바닥으로 부드럽게 입술을 훔쳐 내고 나는 말했소. '환대에 감사합니다. 나는 기꺼이 죽을 준비가 됐습니다. 소장님, 갑시다. 총살을 거행하시죠.'

그러나 그는 찬찬히 나를 바라보며 '죽기 전에 안주도 먹어라.' 하고 말하는 거요. 내가 대답했지요. '나는 첫 잔을 비운 후엔 안주를 먹지 않습니다.' 그는 둘째 잔을 따라 내게 건넸소. 나는 둘째 잔도 다 비웠지만 다시 안주는 건드리지 않고 의연하게 쏘아보며 생각했지요. 뜰로 나가기 전에, 죽기 전에 술이나 실컷 마시리라고 말이오. 소장은 자신의 흰 눈썹을 위로 치켜올리더니, '왜 안주를 안 먹는가, 러시아의 이반? 비겁

해지지 마라!' 하고 말하더군요. '죄송합니다, 소장님. 나는 둘째 잔 후에도 안주를 먹지 않습니다.' 하고 나는 내 입장을 말했지요. 그는 볼을 부풀리더니 씨근덕거리다가 이윽고 웃음을 터뜨리고 독일어로 재빨리 말하더군요. 아마도 내 말을 친구들에게 통역해 주었나 봅니다. 그 친구들 역시 웃음을 터뜨리고 의자를 움직이면서 얼굴을 내게로 돌렸소. 이미 나는 그들이 날 약간 다르게, 좀 부드럽게 바라보고 있음을 알아챘지요.

소장은 셋째 잔을 내게 따랐는데, 웃는 바람에 그의 손이 떨렸어요. 나는 이 잔을 천천히 비우고 빵 한 조각을 베어 물고 나머지를 책상에 올려놓았어요. 이 저주스러운 놈들은, 비록 굶어 죽을 지경이었지만 자기들이 던져 준 찌꺼기를 내가 다 먹지 않는 것을 보고, 또 내가 고집과 러시아인의 품위, 자존심을 갖고 있는 것을 보고, 또 자신들이 애썼지만 날 돼지로 바꾸지 못한 걸 알고 나서 날 향해 웃음을 터뜨렸소.

이후에 소장은 외관상 진지한 표정을 짓고 내 가슴에 걸린 두 개의 철제 십자가를 바로잡아 주며, 식탁에서 비무장한 채로 걸어 나와 말했소. '이봐, 소콜로프. 넌 진짜 러시아의 군인이다. 너는 용감한 군인이야. 나 역시 군인이며 호적수들을 존경한다. 나는 너를 사살하지 않을 것이다. 게다가 오늘은 우리의 용감한 군대가 볼가강으로 진격해서 완전히 스탈린그라드를 점령했다. 이는 우리에게 커다란 기쁨이다. 그래서 나는 관대하게 네 목숨을 살려 준다. 네 블로크로 돌아가라. 이것은 네 용감성에 대한 보상이다.' 그리고 소장은 책상 위에서 그다지 크지 않은 빵 한 조각과 비계 덩어리를 내게 주었소.

나는 있는 힘을 다해 빵을 움켜잡고, 왼손으론 비계를 들고는 이 뜻밖의 변전에 너무나 놀라서 고맙다는 말도 하지 못하고 왼쪽으로 돌아서 출구로 걸어 나오면서 속으로 생각했소. '이제 소장은 내 어깨 사이로 총을 쏠 것이고, 나는 이 음식물을 동료들에게 갖고 가지 못할 것이다.' 그러나 일이 잘되었지 뭐요. 이번에도 죽음은 날 비껴 지나갔고, 나는 죽음의 냉기만을 느꼈을 뿐이오……

나는 소장의 방에서 당당하게 걸어 나왔는데, 뜰로 나오자 아찔한 현기증이 일어났소. 바라크로 비틀거리며 들어가서 나는 인사불성이 되어 시멘트 바닥에 쓰러졌지요. 어둠 속에서 동료들이 나를 깨웠어요. '어찌 된 건지 얘기해 봐!' 나는 소장 방에서 있었던 일을 생각해 내어 그들에게 얘기했지요. '이 음식물은 어떻게 나누지?' 하고 떨리는 목소리로 내 옆 판자 침상 위의 한 동료가 물었어요. '모두에게 똑같이.' 나는 그에게 말했소. 우리는 동이 트기를 기다렸다가 빵과 비계를 갈색 실로 잘랐지요. 성냥갑만 한 빵 조각이 모두에게 배분되었고, 부스러기 하나도 버리지 않았지요. 그런데 형씨도 알겠지만, 입술에 기름칠만 할 수 있을 정도의 비계 덩어리가 아니겠소. 그러나 그것 역시 모두가 흡족하게 배분되었어요.

곧 가장 건장한 300여 명의 포로가 늪을 간척하기 위해 다시 다른 곳으로 이송되었고, 그 후 탄광에서 일하기 위해 루르 지방으로 이송되었소. 거기에서 나는 1944년까지 있었지요. 이 무렵에 우리 군대는 이미 독일군을 쳐부수고 있었고, 파시스트들도 포로들을 경멸하지 않았지요. 어쨌든 그들은 우리를 소집하여 일일교대 작업을 실시했소. 한번은 고참 중위가 와서 '군에서나 전쟁 전에 운전수로 일한 사람은 앞으로 나와.' 하고 통역을 통해 말했소. 이전에 운전수로 일했던 일곱 명이 앞으로 나갔어요. 그들은 우리에게 닳아 빠진 작업복을 주고, 우리를 호송해서 포츠담 시로 보냈지. 거기에 도착해서 우리는 모두 뿔뿔이 흩어졌지요. 나는 '토트'에서 일하게 되었는데, 여기는 독일군의 도로와 방어 시설 건설 사무소가 있는 요충지였소.

나는 육군 소령인 독일인 기사의 '오펠-아드미랄'을 운전하게 되었지요. 이 파시스트는 참으로 뚱보였어요! 작달막한 배불뚝이에다 넓이와 길이는 똑같고 엉덩이는 여편네처럼 커다랬지요. 앞에서 보면 정복의 깃 위에 세 개의 혹이 달려 있고, 뒤에서 보면 목에 아주 두꺼운 주름이 삼단으로 잡혀 있었어요. 순전히 지방만 50킬로그램은 될 거라고 나는 생각했소. 기관차처럼 왔다 갔다 걸어 다니며 담배를 뻐끔뻐끔 피우고, 앉아서 게걸스럽게 먹어 치웠는데—그래도 버티는 거요!—하루 종일 먹을 걸 씹으면서 수통의 코냑을 꿀꺽꿀꺽 마실 때도 있었지요. 이따금 내게도 먹을 것이 굴러떨어졌소. 그는 길에서 정차하여 소시지와 치즈를 잘라 먹고 술을 마시곤 했는데, 기분이 좋을 때는 개에게 던져 주듯이 내게도 한 덩어리를 던져 줬지요. 그는 결코 손으로 주지는 않았어요. 손으로 주는 것을 자신의 품위가 손상되는 것으로 생각했으니까요. 아무리 그렇다고 해도 수용소 생활과는 비교가 되지 않았소. 나는 이제 어느 정도 사람같이 보였고, 건강이 다소 회복되었지요. 이 주 동안 나는 그를 신고 포츠담에서 베를린을 왔다 갔다 했소. 그 후 그는 우리 군대를 저지하기 위한 방어 시설을 건설하기 위해 전선 지역으로 가게 되었어요. 그때 나는 잠자는 걸 완전히 잊어버렸지요. 밤새 나는 우리 부대로, 내 조국으로 어떻게 하면 탈출할 수 있는가를 궁리했던 거요.

우리는 폴로스크 시[10]에 도착했소. 동틀 무렵에 나는 이 년 만에 처음으로 우리 측 대포가 불을 뿜는 소리를 들었어요. 형씨, 얼마나 내 가슴이 뛰었는지 아오? 이 홀아비가 이리나에게 인사차 들렀다 하더라도 가슴이 그렇게 뛰지는 않았을 거요. 전투는 이미 폴로스크에서 동쪽으로 18킬로미터 떨어진 곳에서 벌어지고 있었어요. 도시에 있는 독일군들은 포악해지고 흥분하기 시작했지요. 내가 태우고 다니는 뚱보는 더욱 자주 술에 취했고요. 낮에는 함께 교외로 나갔는데, 그는 방어물을 쌓도록 이리저리 명령을 해 대고 밤에는 혼자서 술을 마셔 댔어요. 그의 온몸이 부풀어 올랐고, 눈 밑에는 살이 축 처졌지요…….

'자, 더 이상 기다릴 것 없다. 마침내 기회가 왔다! 나 혼자만 도망갈 게 아니라 저 뚱보를 데리고 가야만 한다. 그는 우리 측에 유용할 것이다!' 하고 나는 생각했지요.

폐허 속에서 나는 2킬로그램쯤 되는 쇠뭉치를 발견했고, 머리를 내리쳐야만 할 경우에 피가 묻지 않도록 그것을 걸레로 둘둘 말아 놓았지요. 길에서 전화 줄도 주워 놓았고요. 내게

10) 드비나강 유역의 백러시아에 있는 도시.

필요한 모든 것을 주도면밀하게 준비해서 앞좌석 밑에 숨겨 놓았소. 독일군들과 헤어지기 이틀 전 저녁에 자동차에 급유를 하고 오다가, 나는 곤드레만드레 취한 독일군 하사관이 손으로 벽을 붙잡고 있는 것을 보았지요. 난 차를 멈추고 그를 폐허 속으로 데리고 가서 정복과 군모를 벗겨 냈지요. 나는 이 모든 노획물도 좌석 밑에 넣어 두었지요.

6월 29일 아침에 소령은 교외로, 트로스니츠 쪽으로 가자고 지시했소. 거기에서 그는 방어물 축조를 감독하고 있었지요. 우리는 출발했소. 뒷좌석에서 소령은 조용히 잠을 자고 있었고, 내 심장은 가슴에서 튀어나올 것만 같았소. 나는 빠르게 차를 몰다가 교외에서 속도를 줄여 차를 세웠지요. 차에서 내려 주위를 둘러보니 멀리 뒤쪽에서 사람들이 두 대의 트럭을 끌어내고 있었어요. 나는 쇠뭉치를 꺼내고 차 문을 활짝 열었지요. 이 뚱보는 마치 마누라의 옆구리에 기댄 듯이 좌석의 등받이에 몸을 기대고 코를 골고 있었어요. 나는 쇠뭉치로 그의 왼쪽 관자놀이를 내리쳤소. 머리가 폭 꼬꾸라지더군. 확실하게 하기 위해 나는 다시 한 번 그를 내리쳤소. 그러나 그를 죽이려고 하지는 않았어요. 나는 그를 산 채로 데리고 가야만 했으니까. 그는 분명히 우리 측에 많은 정보를 실토할 수 있는 인물이었지요. 나는 그의 권총용 가죽 케이스에서 '바라벨룸'11)을 꺼내어 내 주머니에 쑤셔 넣고, 뒷좌석 등받이에 철봉을 박아서, 그 철봉에 소령의 목을 전화 줄로 단단히 잡아

---

11) 자동 단총의 일종.

맸지요. 빠른 속도로 달릴 때 그가 옆으로 구르거나 떨어지지 않도록 하기 위해서였소. 나는 재빨리 독일군 군복과 군모를 착용하고, 땅이 우르릉거리고 전투가 벌어지고 있는 쪽을 향해 똑바로 차를 몰았소.

독일군 전선은 두 개의 토치카 사이에 있었어요. 엄폐호에서 자동소총수들이 총을 쏴 댔소. 소령이 차에 타고 있는 걸 그들이 볼 수 있도록 나는 일부러 속력을 줄였지요. 그러나 그들은 고함을 지르고 손을 내저으며 그쪽으로 갈 수 없다고 말하는 거요. 나는 마치 알아듣지 못했다는 듯이 액셀러레이터를 밟아 80킬로미터의 속도로 달렸지요. 그들은 번쩍 정신을 차리고 자동차에 기관총 사격을 가하기 시작했지만, 이미 나는 포탄 구멍들 사이의 무인 지대에서 토끼처럼 요리조리 피해 가고 있었지요.

뒤쪽에서는 독일군들이 총을 쏴 대고 앞쪽에서는 아군들이 나를 향해 자동소총을 갈겨 댔소. 사방에서 바람막이 유리가 깨지고 라디에이터가 총알에 맞아 구멍이 났지……. 그러나 이미 호수 위쪽의 조그만 숲이었어요. 우리 편 병사들이 차를 향해 달려왔소. 나는 이 조그만 숲으로 뛰어들어 문을 열고 대지에 쓰러져 입맞춤을 했어요. 나는 숨을 쉴 수가 없었소…….

내가 예전엔 보지 못했던 카키색 멜빵을 맨 애송이 군인이 맨 먼저 내게로 달려와서, '아하, 개 같은 독일군 새끼야, 길을 잃었나.' 하고 이빨을 갈더군. 나는 독일군 군복을 벗고 발밑에 군모를 내던지며 그에게 말했소. '오, 사랑하는 애송이 양반! 내 친애하는 친구! 어째서 자네에겐 이 보로네시 토박이가 독일 놈으로 보이는가? 나는 포로로 잡혔더랬네. 이해하겠나? 자, 자동차에 앉아 있는 이 돼지를 풀고 이 돼지의 가방을 가지고 날 자네의 지휘관에게 데리고 가게나.' 그들에게 권총을 건넨 나는 이 사람에게서 다른 사람에게로 넘겨져 저녁 무렵에는 이미 사단장인 대령 앞에 대령했소. 나는 엄폐호에 있는 대령에게로 가기 전에 식사를 하고 목욕을 하고 심문을 받고 군장을 받았으며, 당연히 정장을 하고 심신을 단정히 했지요. 대령은 책상에서 일어나 나를 향해 걸어왔어요. 대령은 모든 장교들 앞에서 날 포용하며 말했소. '소콜로프, 독일군에게서 가져온 값진 선물에 대해 고맙게 생각한다. 자네가 데려온 소령과 서류 가방은 우리에겐 스무 개의 '혀'보다 더 값진 것이다. 나는 자네를 위해 사령부 앞으로 정부의 포상을 상신할 것이다.' 나는 대령의 말과 친절에 너무나 흥분한 나머지 입술이 떨려서 말을 제대로 하지 못하고 단지 이렇게 말했을 뿐이오. '원컨대 대령님, 보병에 편입시켜 주십시오.'

그러나 대령은 웃으면서 내 어깨를 두드리며 말했소. '자네는 지금 간신히 서 있는데 어떻게 투사가 되겠다는 건가? 오늘은 자네를 병원으로 보내도록 하지. 거기에서 치료를 받고 영양도 보충한 후에 한 달 동안 휴가를 얻어 집에 있는 가족들에게 가도록 하게. 어디로 편입시킬지는 귀대해서 두고 보지.'

엄폐호에 있던 대령을 비롯해 모든 장교들도 진심으로 나와 악수를 했지요. 이 년 동안 인간적인 대우를 받지 못했기 때문에 나는 완전히 흥분해서 밖으로 나왔소. 형씨, 내가 상관과 이야기를 시작하자마자, 아주 오랫동안 몸에 밴 대로 나도 모르게 어깨에 머리를 푹 늘어뜨리고 얻어터지지나 않을까 두려워했던 것을 알지 모르겠소. 파시스트들의 수용소에서 우리는 바로 그렇게 교육을 받았던 거요.

병원에서 나는 즉시 이리나에게 편지를 썼소. 어떻게 포로가 됐고, 어떻게 독일군 소령과 함께 탈출했는가를 간략하게 썼지요. 나 같은 사람에게서 어린애 같은 자랑이 어디에서 생겨날 수 있겠어요? 그러나 나는 자제하지 못하고 대령이 내게 포상을 상신할 것을 약속했다고 써넣었지요.

나는 이 주 동안 먹고 자고 했는데, 조금씩 자주 먹었어요. 그렇지 않고 만일 내가 음식을 마음껏 먹었더라면 죽었을지도 모른다고 의사가 말했어요. 나는 완전히 원기를 회복했지요. 이 주가 지나자 나는 음식을 먹을 수가 없었어요. 집에서 답장이 없었고, 솔직히 말해 나는 상심했소. 음식 생각은 나지도 않았고 잠을 이룰 수도 없었소. 온갖 불길한 생각이 머리에 떠오르는 거요……. 삼 주째에 보로네시에서 편지를 받았지요. 그러나 이리나가 쓴 게 아니고 내 이웃인 소목장이 이반 티모페예비치가 쓴 것이었소. 아, 누구도 그런 편지를 받지 않도록 신이여 보호하소서! 이반의 편지에 의하면, 벌써 1942년 6월에 독일군들이 비행기 제조 공장을 폭격했는데, 중포탄 한 개가 내 오두막집에 똑바로 떨어졌고, 바로 그때 이리나와 딸들이 집에 있었다는 거요. 그들의 흔적은 발견되지 않았고, 집터에는 깊은 구멍만이 있더라는 겁니다. 나는 끝까지 편지를 읽을 수가 없었소. 눈앞이 캄캄해지고 가슴이 철렁 내려 앉아 꽉 막혔어요. 나는 병원 침상에 누워서 다소 원기를 회복하고 나서야 편지를 끝까지 읽을 수 있었소. 폭탄이 투하될 때 아나톨리는 시내에 나갔고, 저녁에 부락으로 돌아와 포탄 구멍을 보고 밤에 다시 시내로 떠났다고 이반은 편지에 쓰고 있었어요. 시내로 떠나기 전에 아나톨리는 이웃 사람에게 자신을 지원병으로 전선에 보내 줄 것을 탄원하겠노라고 말했다고 해요. 이게 전부였소.

가슴이 다소 가벼워지고 귓속으로 피가 흐르기 시작했을 때, 나는 내 사랑하는 이리나와 기차역에서 고통스럽게 헤어졌던 일을 기억해 냈지요. 그 당시 여자의 가슴은 벌써 우리가 이 세상에서 더 이상 만나지 못하리라는 걸 그녀에게 암시했던 거요. 그런데 나는 그때 이리나를 밀쳐 냈던 겁니다……. 가족도 있었고, 내 집과 이 모든 것을 이루는 데 수년이 걸렸는데, 이 모든 것이 일순간에 무너지고 말았소. '이 파란만장한 내 인생은 꿈이 아닐까?' 하고 나는 생각했소. 포로로 잡혀서 나는 거의 매일 밤 혼자서, 물론 이리나와 애들과 얘기를 나누며 가족들을 격려했지요. '나는 귀국할 것이니, 가족들은 나에 대해 걱정하지 마라. 난 강인하니 살아남을 것이고, 우리 모두는 다시 함께 살 것이다.'라고 말이오. 그러니까 나는 이 년 동안 죽은 사람들과 이야기를 나눈 거지요?!"

그는 잠시 입을 다물었다가 다른 목소리로, 자꾸 끊어지는 조용한 목소리로 말했다.

"형씨, 담배나 한 대 피웁시다. 담배라도 안 피우면 숨을 쉬기가 힘들다오."

우리는 담배를 피우기 시작했다. 범람한 물이 가득 찬 숲속에서 딱따구리가 나무를 낭랑하게 쪼아 대고 있었다. 오리나무의 마른 꽃차례가 여전히 따스한 바람에 살랑살랑 흔들리고, 마치 팽팽하고 하얀 돛을 단 배처럼 구름은 여전히 푸른 하늘 높이 두둥실 흘러가고 있었다. 그러나 이 슬픈 침묵의 순간에 봄의 위대한 실현과 인생에서 생명의 영원한 긍정을 준비하고 있는 이 무한한 세계가 내게는 이미 다르게 보였다.

침묵이 고통스러워서 내가 물었다.

"그 후에 어떻게 됐나요?"

"그 후라?" 상대방은 마음이 내키지 않는 듯이 대답했다.

"그 후 나는 대령으로부터 한 달간의 휴가를 받아 일주일 후에 보로네시에 도착했지요. 전에 가족과 함께 살던 곳까지 나는 걸어갔소. 썩은 물로 가득 찬 깊은 포탄 구멍이 있었고, 주위엔 키 큰 잡초들이 허리까지 자라 있었소⋯⋯. 궁벽한 땅, 묘지와 같은 정적. 아, 정말이지 나는 견디기 어려웠소. 형씨! 나는 잠시 슬픔에 잠겨 그 자리에 서 있다가 다시 기차역으로 갔지요. 나는 한 시간도 그 자리에 있을 수가 없었소. 그날로 나는 사단으로 귀대했소.

그러나 석 달쯤 지났을 때, 내게 먹구름 속의 태양처럼 환희가 반짝 빛났소. 아나톨리에게서 기별이 온 거요. 아마도 다른 전선에서 내가 있는 전선으로 편지를 보낸 듯했소. 아나톨리는 내 주소를 이웃인 이반 티모페예비치로부터 알아낸 거요. 그 애는 처음에 포병학교에 들어갔는데, 거기에서 수학에 대한 재능이 유용했나 보오. 탁월한 성적으로 졸업한 후, 전선으로 나가서 지금은 대위 계급장을 달고 '45구경' 포병 중대를 지휘하고 있으며, 여섯 개의 훈장과 상패를 받았노라고 전하고 있었소. 한마디로 말해, 그 애는 이 애비를 훨씬 앞서가고 있었어요. 나는 다시금 아들이 한없이 자랑스러웠소. 어쨌든 내 아들은 대위이자 포병 중대의 지휘관이 되었으니, 이건 장난이 아닌 거요! 게다가 훈장도 많이 탔고요. 이 애비가 '스투데베케르'에 포탄과 다른 군용물자를 실어 운반한다는 건 아무 문제도 아닌 거요. 애비의 시대는 지나갔고, 대위인 아들에겐 위대한 미래가 기다리고 있었소.

나는 밤마다 늙은이다운 꿈을 꾸기 시작했소. '전쟁이 끝나면 아들을 결혼시키고, 애들 곁에서 살면서 목공 일을 하고 손자 손녀를 돌봐야지.' 하고 말이오. 한마디로 늙은이가 가슴에 품고 있는 희망 같은 것이었소. 그러나 내게 이 모든 것은 허사가 되고 말았소. 겨울에 우리는 숨 돌릴 사이도 없이 진격하는 바람에 서로에게 자주 편지 쓸 시간이 없었지요. 전쟁이 끝날 무렵, 나는 이미 베를린 부근에서 아침에 아나톨리에게 편지를 보냈는데, 다음 날 답장을 받았소. 나와 아들이 다른 방향에서 독일의 수도를 향해 다가가고 있고, 서로 가까운 곳에 있다는 걸 알 수 있었지요. 나는 더 이상 기다릴 수가 없어서 서로 만날 날만을 학수고대했소. 어쨌든 우리는 만나기는 했지요……. 정확하게 5월 9일, 승리의 날 아침에 독일군 저격병이 아나톨리를 사살한 거요.

그날 오후에 나는 중대장의 호출을 받았소. 나는 중대장 옆에 낯선 포병 중령이 앉아 있는 걸 보았지요. 내가 방으로 들어가자 상관을 대하듯이 중령도 일어섰어요. 우리 중대장이 내게 말했소. '소콜로프, 면회야.' 나는 창문 쪽으로 몸을 돌렸지요. 뭔가 안 좋은 것을 느꼈기 때문에 나는 마치 감전된 것처럼 충격을 받았소. 중령은 내게로 다가와 조용히 말했소. '마음을 단단히 가지세요, 아버님! 당신의 아들 소콜로프 대위가 오늘 포병 중대에서 전사했습니다. 나와 함께 가시죠!'

나는 비틀거리다가 겨우 몸을 지탱했소. 중령과 함께 커다란 자동차를 타고 간 일, 중령과 함께 파편이 가득한 길을 뚫고 지나간 일을 꿈을 꾸는 듯한 기분으로 떠올리고, 군인들의 대열과 빨간 벨벳으로 싼 관을 어렴풋이 기억해 내곤 하오. 형씨, 나는 지금 당신을 보듯이 아나톨리를 보고 있다오. 나는 관으로 다가갔지요. 내가 아니라 아들이 그 관 속에 누워 있는 거요. 가는 목에 뾰쪽한 울대뼈가 있는, 항상 명랑하고, 어깨가 좁은 소년이었는데, 지금은 어깨가 떡 벌어진 멋진 젊은 남자가 되어 마치 내 옆 어딘가를, 내가 알지 못하는 먼 곳을 바라보듯이 눈을 반쯤 감은 채 거기에 누워 있었소. 내가 옛날에 알고 있었던, 이전의 내 어린 아들의 작은 미소는 여전히 입술 언저리에 남아 있었어요……. 나는 아들에게 입맞춤을 하고 옆으로 비켜섰지요. 중령이 추도사를 했고, 아나톨리의 동지이자 친구들은 눈물을 훔쳤소. 그러나 다 울어 버리지 못한 내 눈물은 심장에서 말라 버렸어요. 아마 그래서 내 심장이 이리도 아픈가 보오.

나는 낯선 독일 땅에 내 마지막 남은 기쁨과 희망을 묻어버린 거요. 내 아들이 지휘했던 포병 중대는 지휘관을 먼 길로 떠나보내면서 조포를 쐈지요. 마치 내 속의 무언가가 철썩 내려앉는 것 같았어요……. 소속 부대로 돌아왔을 때, 나는 제정신이 아니었소. 곧 나는 동원 해제되었지요. 갈 곳이 어디 있겠소? 보로네시요? 말도 안 되는 소리! 지난겨울에 부상으로 동원 해제된 내 친구가 우류핀스크에 살고 있다는 생각이 났소. 그가 언젠가 나를 자기 집에 초대한 것을 생각해 내고 나는 우류핀스크로 갔지요.

내 친구와 그의 아내는 자식이 없었고, 도시 변두리에 있는 조그만 개인 주택에 살고 있었어요. 비록 상이군인이었지만, 그는 자동차 중대에서 운전사로 일하고 있었고, 나도 그곳에서 일자리를 얻었지요. 나는 친구 집에 거처를 잡았고 그들도 나를 자기 집에 묵게 했소. 우리는 여러 종류의 화물을 지방으로 수송했고, 가을에는 곡물 운반으로 하는 일을 바꾸었어요. 이 무렵에 나는 내 새 아들, 저기 모래사장에서 놀고 있는 소년과 알게 되었다오.

일을 끝마치고 시내로 돌아오면 우선 뭔가를 먹기 위해 찻집으로 가곤 했지요. 피로하니까 100그램들이 보드카 한 잔을 마시는 것은 당연했지요. 그 무렵엔 이 나쁜 습관이 완전히 몸에 배어 있었소……. 하루는 찻집 근처에서 저 녀석을 보았는데, 다음 날 다시 보았어요. 누더기를 걸친 이 추레한 소년의 얼굴은 참외 즙과 먼지로 온통 뒤덮여 있었고, 몸은 먼지와 쓰레기처럼 더럽고 머리는 헝클어져 있었소. 그러나 두 눈은 비 갠 후 밤하늘의 별들처럼 반짝였어요! 우습게 생각될지 모르지만 벌써 나는 그 소년이 보고 싶어졌고, 일터

에서 돌아오면 가능한 한 빨리 서둘러서 그 애를 보러 갈 정
도로 그 애를 매우 좋아했소. 찻집 근처에서 소년은 사람들이
주는 것을 무엇이나 받아먹고 있었어요.

　나흘째 되던 날, 나는 국영 농장에서 곡물을 싣고 곧장 찻
집으로 향했소. 나의 꼬마는 현관에 앉아서 발을 동동 구르
고 있었어요. 그 모습으로 보아 배가 고팠나 봅니다. 나는 자
동차 문을 열고 소년을 향해 외쳤지요. '애, 바뉴시카야! 빨리
자동차에 타거라. 곡물 창고까지 드라이브를 하고 여기로 돌
아와서 점심을 먹자.' 소년은 내 외침에 몸을 떨더니 현관에서
펄쩍 뛰어 내려와 자동차 발판으로 깡충 뛰어오르더니 이렇
게 조용히 말하는 거요. '아저씨는 내 이름이 바냐라는 걸 어
디서 알았어요.' 두 눈을 크게 뜨고 소년은 내 대답을 기다렸
어요. 그래서 나는 경험이 많은 사람이라서 모든 걸 알 수 있
다고 말해 줬지요.

　소년이 오른쪽에서 돌아 왔고, 나는 자동차 문을 열어 소
년을 내 옆에 앉히고 나서 차를 몰았소. 소년은 아주 민첩했
으나 갑자기 좀 잠잠하다가 이따금 깊은 생각에 잠겼어요. 그
리고 가끔씩 위쪽으로 치켜올린 긴 속눈썹 밑으로 나를 힐
끔힐끔 쳐다보고 한숨을 쉬는 거요. 글쎄, 한숨 쉬는 게 어디
그 애에게 어울리는 짓입니까? '도대체 네 아버지는 어디에 있
냐, 바냐?' 하고 나는 물었지요. '전선에서 죽었어요.' 하고 그
는 속삭이듯 말했어요. '그럼 엄마는?' '우리가 타고 가던 기
차에서 포탄에 맞아 죽었어요.' '그런데 엄마와 너는 어디에서
기차를 탔지?' '몰라요, 기억이 안 나요.' '여기엔 네 친척이 아

무도 없니?' '아무도 없어요.' '도대체 너는 어디서 밤을 나니?'
'아무 데서나요.' 이것이 내가 소년과 주고받은 얘기요.

이때 내 마음속에선 쓰라린 눈물이 솟구쳐 올랐소. 나는
즉시 결심했지요. '우리가 서로 떨어져서 이런 고통을 당해서
는 안 된다! 이 애를 내 아이로 삼자.' 그러자 내 마음은 곧 가
벼워지고 다소 밝아졌소. 나는 소년에게 몸을 굽히고 조용히
물었지요. '한데 바뉴시카야, 너는 내가 누군지 아니?' 소년은
한숨을 내쉬듯이 '누군데요?' 하고 물었어요. 나는 소년에게
여전히 조용히 말했지요. '난 네 아버지란다.'

이 순간에 참으로 놀라운 일이 일어났소. 소년은 팔로 내
목을 껴안고 뺨에, 입술에 그리고 이마에 키스를 퍼부었어요.
그러고는 황여새처럼 낭랑하고 부드럽게 소리치는 거예요. '내
친아빠야! 난 알았어! 아빠가 날 찾을 거라는 걸 알았어! 언
제나 늘 찾고 있으리라는 걸! 아빠가 날 찾기를 얼마나 기다
렸는지 몰라!' 그는 내게로 바싹 달라붙어 온몸을 마치 바람
앞의 풀잎처럼 떠는 거요. 내 두 눈엔 뿌연 안개가 피어오르
고, 나 역시 온몸을 떨었소……. 그때 내가 핸들을 놓지 않았
던 것은 정말로 놀라운 일이었소! 그러나 우연히 차는 도랑으
로 내려갔고 모터가 꺼져 버렸어요. 그렇게 오 분쯤 정차해 있
었지요. 내 어린 아들은 있는 힘을 다해 계속 내게 찰싹 달라
붙어 말없이 떨었어요. 나는 오른손으로 애를 부드럽게 껴안
아 내게로 끌어당기고, 왼손으론 자동차를 운전하여 내 숙소
로 되돌아왔소. 그날은 곡물 창고에 대해선 생각도 못 했지.
그때 내겐 곡물 창고가 문제가 아니었거든요.

나는 대문 옆에 자동차를 버려두고, 새로 얻은 조그만 아들의 손을 잡고 집으로 데리고 갔지요. 소년은 내 목을 끌어안고 집에 도착할 때까지 손을 풀지 않았어요. 마치 찰싹 붙이기라도 하듯이 소년은 자기의 뺨을 면도하지 않은 내 뺨에 꼭 가져다 댔소. 나는 그렇게 소년을 데리고 들어갔지요. 주인 내외는 마침 집에 있었어요. 나는 안으로 들어가면서 그들에게 두 눈을 껌뻑이며 매우 활기차게 말했소. '자, 나의 바뉴시카를 찾았어요. 우리를 맞아 줘요. 친절하신 분들!' 자식이 없는 그들은 무슨 일이 일어났는지 이내 깨닫고 달려 나왔지요. 나는 내게서 아들을 도저히 떼어 놓을 수가 없었어요. 그러나 간신히 소년을 설득하여 떨어지게 했지요. 비누로 소년의 손을 씻기고 식탁에 앉혔어요. 안주인은 소년의 접시에 수프를 넘치도록 부어 주고, 소년이 게걸스럽게 먹는 걸 보고 그만 눈물을 쏟기 시작했소. 페치카 옆에 앉아서 그녀는 앞치마에 눈물을 흘렸어요. 나의 바뉴시카는 그녀가 우는 것을 보고 그녀에게로 달려가서 옷소매를 끌며 말했어요. '아줌마, 도대체 왜 우는 거야. 아빠가 나를 찻집 근처에서 찾았으니 모두가 기뻐해야 하지 않아요? 그런데 울다니.' 그러나 그녀는——그녀에게 축복이 있기를.——더욱더 슬피 울어서 얼굴이 온통 눈물 범벅이 되어 버렸지요.

점심 식사 후에 나는 소년을 이발소로 데리고 가서 머리를 깎게 하고, 집으로 와서 큰 물통 속에서 직접 몸을 씻겨 주고 깨끗한 홑이불로 감싸 주었소. 소년은 나를 껴안고 내 두 팔에 안겨 잠들어 버렸지요. 나는 조심스럽게 소년을 침대에 눕히고 곡물 창고로 가서 곡물을 풀고 자동차를 차고로 옮긴 후에, 이 상점 저 상점으로 돌아다녔지요. 나는 소년을 위해 모직 바지, 셔츠, 샌들, 올이 성긴 모자를 샀어요. 물론 이 모든 것은 치수도 맞지 않았고, 품질도 나쁜 것이었지요. 안주인은 바지를 보고 나를 꾸짖기까지 했소. '당신은 돌았어요, 이렇게 무더운 날씨에 어린애가 모직 바지를 어떻게 입는단 말이에요!' 그녀는 곧 책상 위에 재봉틀을 꺼내 놓고, 옷궤를 휘젓더니 한 시간 만에 바뉴시카를 위해 짧은 면수자 바지와 짧은 소매가 달린 하얀 셔츠를 만들었어요. 나는 바뉴시카와 나란히 잠자리에 누워 실로 오랜만에 처음으로 편안히 잠들었지요. 그러나 밤사이에 나는 네 번이나 일어났소. 잠에서 깨어나 보니, 아들은 마치 처마 밑의 새처럼 내 팔에 포근히 안겨서 조용히 자고 있는 거요. 나는 너무나 기분이 좋아서 뭐라 말할 수가 없었소. 아들이 깨지 않도록 법석대지 않으려고 애썼지만, 나는 참지 못하고 조용히 일어나서 촛불을 켜고 넋을 잃고 바라보았지요.

동트기 전에 잠에서 깨어났는데 왜 그렇게도 가슴이 답답했던지. 알고 보니, 그건 내 어린 아들이 홑이불에서 기어 나와 날 가로질러 누워서 조그만 다리를 내 목에 걸치고 눌렀기 때문이었소. 이제 아들과 뒤척이며 자는 것도 습관이 되어서 아들이 없으면 심심할 정도지요. 밤에 잠자는 아이의 모습을 바라보고 때론 앞머리의 솜털 냄새를 맡노라면, 내 가슴은 더욱 가뿐해지고 더욱 부드러워지는 거요. 알다시피 내 가슴은 슬픔으로 딱딱하게 굳어져 있었지요……

처음 얼마 동안 나는 아들과 함께 자동차를 타고 일터로 갔지만, 차츰 이것이 불편하다는 것을 알게 되었소. 나 혼자라면 필요한 게 무엇이 있겠소? 커다란 빵 한 조각, 소금에 절인 양파, 이것만 있으면 군인에겐 온종일 충분한 식사가 되지요. 그러나 아들과 함께 있으면 문제는 달라집니다. 아들의 우유 값을 벌어야 하고, 계란을 삶아야 하고, 게다가 아들을 위해 따뜻한 음식이 없으면 안 된단 말이오. 그러나 문제는 내가 해야 할 일이 있다는 거요. 나는 용기를 내어 안주인에게 아들을 맡겼는데, 아들은 저녁때까지 울다가 저녁이 되면 나를 만나러 곡물 창고로 뛰어왔어요. 늦은 밤까지 거기에서 날 기다린 거요.

처음으로 아들을 다루는 데 어려움을 겪었지요. 한번은 날이 밝은데 잠자리에 들었어요. 그날 낮에 나는 몹시 피곤했소. 아들은 항상 새끼 참새처럼 쩍쩍거리곤 하는데 어쩐 일인지 아무 말도 없었어요. '얘야, 무슨 생각을 하고 있니?' 하고 나는 물었지요. 천장을 바라보면서 아들은 '아빠, 아빠는 가죽 외투를 어디에 두었어?' 하고 묻는 겁니다. 내겐 생전 가죽 외투가 없었거든요! 나는 둘러댈 수밖에 없었어요. '보로네시에 있단다.' 하고 나는 대답했소. '그런데 아빠는 왜 날 그렇게 오랫동안 찾지 못했어?' '얘야, 나는 널 독일에서도, 폴란드에서도 찾아다녔단다. 또 백러시아 전역을 걷거나 차를 타고 다녔지. 그런데 넌 우류핀스크에 있었어.' '우류핀스크는 독일에서 가깝지 않아? 우리 집에서 독일까지는 멀지 않았어.' 잠자기 전에 아들과 나는 이렇게 잡담을 했지요.

형씨는 그 애가 괜히 가죽 외투에 대해 물었다고 생각하오? 아뇨, 이 모든 것은 단순한 게 아닙니다. 옛날에 그 애의 친아버지가 가죽 외투를 입고 있었는데, 그때 그 애는 그걸 생각해 낸 거요. 애들의 기억이란 여름날의 번개 같은 거지요. 그것은 순간적으로 번쩍 빛나 모든 것을 밝게 비추고 사라져 버립니다. 그 녀석도 여름날의 번개 같은 기억력을 갖고 있었고 순식간에 그렇게 번쩍인 거요.

아마 그 애와 나는 우류핀스크에서 일 년쯤 더 살 수도 있었는데, 11월에 내게 불행한 일이 일어났어요. 나는 진창길을 따라 차를 몰고 있었는데 어떤 부락에서 자동차가 옆으로 미끄러진 거요. 그때 암소가 갑자기 나타나서 나는 그만 그 암소를 쓰러뜨리고 말았소. 뻔하죠. 여편네들이 고래고래 소리를 지르고, 사람들이 달려왔소. 교통순경도 그 자리에 있었어요. 관대히 처분해 달라고 간청을 했는데도 교통순경은 내 운전면허증을 빼앗았어요. 암소가 일어나서 꼬리를 치켜올리고 좁은 길을 따라 달렸는데도 나는 면허증을 빼앗겼지요. 겨울에는 목수 일을 했소. 그 후 한 친구와 편지 연락이 되었지요. 카샤르 지방에서 운전사로 일하고 있는데, 그 역시 내 동료였소. 그 동료가 나를 자기 집에 초대했어요. 목공 분야에서 반년 동안 일하면 자기네 주에서는 새로운 면허증을 내준다는 겁니다. 그래서 지금 나와 내 어린 아들은 행군 대형으로 카샤르로 출장 가고 있는 중이라오.

내가 당신에게 얘기한 대로, 암소를 넘어뜨린 불행이 내게 일어나지 않았다 해도 나는 우류핀스크를 떴을 거요. 심신의 고통은 한 장소에 오래 주저앉도록 날 내버려 두지 않거든요. 내 바뉴시카가 성장해서 그 애를 학교에 보내야만 할 때, 그때에 가서나 안정이 되어 한 장소에 정착할지 모르지요. 그때까지 나와 아들 녀석은 러시아의 대지를 싸돌아다니게 될 거요."

"소년이 걸어 다니기가 힘들겠네요." 내가 말했다.

"제 발로 걷는 건 아주 조금뿐이고 대부분 내게 얹혀서 다니지요. 그 애를 내 어깨에 태워서 데리고 다닌다오. 다리를 쭉 뻗고 싶어지면, 내 어깨에서 기어 내려와 길가로 달려가 새끼 산양처럼 발길질을 해 댑니다. 이게 전부요, 형씨. 아무 일도 아닐지 모르죠. 나와 내 아들은 어떻게든 살아갈 거요. 그런데 이제 내 심장이 흔들거려서 피스톤을 바꿔야만 합니다. 이따금 눈앞이 캄캄할 정도로 가슴이 몹시 답답해지고 쥐어짜는 듯이 고통스럽다오. 언젠가 잠을 자다가 죽기라도 해서 어린 아들을 깜짝 놀라게 할까 봐 걱정입니다. 한 가지 불행이 더 있지요. 거의 매일 밤, 나는 꿈속에서 죽은 내 사랑하는 가족들을 봐요. 대체로 나는 철조망 안에 있고, 가족들은 자유의 상태로 반대쪽에 있어요. 나는 이리나와 아이들과 모든 것에 대해 얘기를 하면서 손으로 철조망을 걷어 내려고 하지요. 그러면 그들은 마치 눈앞에서 녹아 버리듯이 내게서 떠나 버립니다. 참으로 기이한 일이오. 낮에는 항상 감정을 강하게 억제하며 한숨 한 번 내쉬지 않는데, 밤에는 잠 못 이루며 베개를 온통 눈물로 적셔 버리는 거요."

숲속에서 내 길동무의 목소리와 강을 따라 노 젓는 소리가 들려왔다.

낯설지만, 이미 내게 친근해져 버린 한 남자가 몸을 일으키며 커다랗고 나무처럼 딱딱한 손을 내밀었다.

"잘 가시오, 형씨. 행운을 빕니다!"

"당신도 카샤르까지 무사히 도착하길 바랍니다."

"고맙소. 얘야, 보트로 가자."

소년이 아버지에게로 달려와 아버지의 누비 재킷 자락을 잡고 오른편에 서서, 성큼성큼 걷는 남자 옆에서 총총걸음으로 걸었다.

이미 고아가 되어 버린 두 사람, 미증유의 힘을 가진 전쟁의 광풍에 의해 낯선 지방에 내던져진 두 개의 모래알……. 앞으로 무엇이 그들을 기다리고 있을까? 불굴의 의지를 지닌 이 러시아인은 잘 견뎌 낼 것이고, 아버지의 어깨 주변에서 자란 이 소년도 어른이 된 후에 모든 것을 인내하고, 조국이 부른다면 자신의 인생길에서 모든 것을 극복해 낼 수 있으리라고 나는 생각하고 싶었다.

무겁고 슬픈 심정으로 나는 그들의 뒷모습을 바라보았다……. 우리가 헤어지면서 아마도 모든 것이 잘되어 가리라. 그런데 바뉴시카가 몇 걸음 물러서며 짧은 갈지자 걸음으로 걷다가 날 향해 얼굴을 돌리고 작은 장밋빛 손을 흔들었다. 갑자기 부드럽지만 날카로운 짐승의 앞발이 내 가슴을 짓누르는 듯했다. 나는 급히 얼굴을 돌렸다. 그렇다, 수년 동안 전쟁을 치르면서 머리가 희끗해진 중년의 남자들이 꿈속에서만 우는 것은 아니다. 그들은 현실에서도 울고 있다. 지금 중요한 것은 제때에 얼굴을 돌리는 일이다. 그리고 지금 가장 중요한 건 아이의 마음에 상처를 주지 않는 것이고, 그대의 뺨을 타고 흘러내리는 뜨겁고 인색한 남자의 눈물을 아이가 보지 못하도록 하는 것이다…….

# 배냇점

1

책상 위에는 타 버린 화약 냄새가 나는 탄약통, 양(羊) 뼈, 야전 지도, 정황 보고서, 썩은 땀 냄새가 나는 말의 굴레, 커다란 빵 조각이 놓여 있다. 이 모든 것들이 책상 위에 널려 있고, 기병 중대장 니콜카 코셰보이는 창문턱에 등을 바짝 기댄채, 벽에 습기가 차서 곰팡내가 나는, 나무를 쪼개 만든 벤치에 앉아 있다. 그는 꽁꽁 얼어서 움직이지 않는 손가락으로 연필을 잡고 있다. 책상 위에 펼쳐진 오래된 벽보들 옆에 반쯤 채워진 신상 조사서가 놓여 있다. 거칠거칠한 종이에는 이렇게 간단히 적혀 있다. 코셰보이 니콜라이. 기병 중대장. 농부. 러시아 청년공산당원.

'연령' 난에 그는 연필로 천천히 써넣는다. 18세.

니콜카는 어깨가 딱 벌어진 것이 열여덟 살로 보이지 않는

다. 방사형의 잔주름이 진 눈언저리와 노인처럼 구부정한 등 때문에 그는 나이 들어 보인다.

"정말로 어린애고 애송이고 풋내기야." 기병 중대에서는 이렇게 농담조로 말들을 한다. "그러나 거의 피해를 입지 않고 두 개의 반혁명도당을 쳐부수며, 반년 동안 여러 전투와 접전에서 어떤 고참 중대장 못지않게 중대를 잘 지휘할 수 있는 사람이 저 사람 말고 또 어디 있어!"

니콜카는 열여덟 살이라는 자기 나이를 부끄러워했다. 항상 이 가증스러운 '연령' 난 앞에서는 연필이 천천히 움직이고, 유감스럽게도 니콜카의 광대뼈 부위가 빨개진다. 니콜카의 아버지는 카자크[1]이고, 그도 아버지의 핏줄을 이어받은 카자크이다. 대여섯 살쯤 되었을 때 아버지가 군마(軍馬)에 태워 준 것을 그는 꿈결처럼 어렴풋이 기억하고 있다.

"얘야, 갈기를 꼭 잡아라!" 아버지가 소리쳤다. 엄마는 부엌문 앞에 서서 하얗게 질린 얼굴로 니콜카에게 미소를 지었고, 휘둥그레진 눈으로 말의 뾰족한 등뼈에 딱 달라붙은 니콜카의 작은 발과 고삐를 잡은 아버지를 쳐다보았다.

이것은 오래전의 일이었다. 니콜카의 아버지는 독일과의 전쟁에서 마치 물속에 빠진 것처럼 흔적도 없이 사라졌다. 아버지는 깜깜무소식이다. 엄마는 죽었다. 니콜카는 아버지에게서 말에 대한 사랑, 무한한 용기, 그리고 비둘기 알만 한 크기

---

1) 15~17세기에 과중한 세금과 압제를 피해 변경(자포로지예, 돈, 쿠반, 시베리아 등)으로 도망친 농노, 그 자손. 특히 돈강 유역의 카자크들은 농사를 지으면서 주로 기병으로 군무에 종사했다.

의 배냇점을 물려받았다. 아버지의 것과 똑같은 배냇점은 왼발 복사뼈 위에 나 있었다. 열다섯 살 때까지 니콜카는 막일을 하면서 비참하게 떠돌아다녔다. 그 후 긴 군용 외투를 얻어 입었고, 카자크 마을을 지나가던 적위군 연대와 함께 브란겔리[2]를 쳐부수러 갔다. 올여름에 니콜카는 돈강에서 군사위원과 물놀이를 했다. 군사위원이 타박상을 입은 머리를 갸우뚱하면서, 햇볕에 까맣게 그을린 니콜카의 구부정한 등을 툭치고 더듬거리며 말했다.

"자넨 그…… 그…… 자넨 해-행…… 행복한 사람이야! 그래, 정말 행복한 사람이야. 배냇점은 행복의 징조라지 않나."

니콜카는 화가 나서 이빨을 내보이고는 잠수했다가 푸푸거리며 물을 내뿜으면서 소리쳤다.

"거짓말이야, 이 엉터리! 난 어려서부터 고아가 되어 평생 막일을 하며 죽을 둥 살 둥 살아왔는데, 이게 행복의 징조라고요……!"

이렇게 말하고 니콜카는 돈강을 감싸는 노란 모래톱을 향해 헤엄쳐 갔다.

---

2) P. N. 브란겔리(1878~1928). 볼셰비키 혁명 이후 내전 당시, 러시아 남부에서 반(反)혁명군을 조직하여 적위군에 대항하여 싸운 남작(男爵) 출신의 육군 중장.

# 2

니콜카가 묵고 있는 농가는 돈강 위쪽의 벼랑 위에 있다. 창문을 통해 푸르게 펼쳐진 돈강 주변의 땅과 시커먼 강철 같은 물이 보인다. 폭풍이 부는 밤이면 파도가 벼랑 밑에 부딪히고, 덧문은 숨이 막힐 듯이 헐떡거리면서 괴로워한다. 이럴 때 니콜카는 물이 마루청 틈으로 슬며시 스며들고 점점 부풀어 올라서 농가를 뒤흔들지도 모른다고 생각한다.

니콜카는 다른 집으로 옮기려고 했지만, 어떻게 하다 보니 옮기지 못하고 가을까지 그냥 남아 있었다. 몹시 추운 아침에 니콜카는 편자를 박은 장화를 신고 깨지기 쉬운 정적을 깨트리면서 현관 계단으로 걸어 나갔다. 그는 작은 벚나무 밭으로 내려가서 이슬에 젖은 회색 풀 위에 드러누웠다. 안주인이 얌전히 서 있으라고 암소를 달래는 소리, 송아지가 젖을 달라고 조르듯이 나지막하게 음매음매 우는 소리, 젖에서 뿜어져 나오는 우유가 양동이 벽에 부딪히는 소리가 들린다.

뜰 안의 작은 문이 삐걱 소리를 냈고, 개가 짖기 시작했다.

"중대장님 집에 계십니까?"

니콜카는 팔꿈치에 기대어 몸을 반쯤 일으켰다.

"나 여기 있다! 그런데 무슨 일인가?"

"관구 마을에서 급사(急使)가 왔습니다. 반혁명도당이 살스크 관구에서 침입해 들어와 그루신 국영 농장을 점령했다고 합니다……."

"급사를 이리 데려와."

급사는 뜨거운 땀으로 흠뻑 젖은 말을 마구간 쪽으로 끌고 온다. 말은 마당 한가운데서 앞다리를 꿇고 옆으로 픽 쓰러졌다. 그러더니 사슬에 매인 채 무섭게 짖어 대다가 숨이 차서 헐떡거리는 개를 생기 잃은 흐릿한 눈으로 바라보며 간헐적으로 짧게 숨을 헐떡이다가 그만 죽어 버렸다. 급사가 가져온 소포에는 열십자가 세 개 그려져 있었다. 급사는 이 소포를 가지고 약 40킬로미터를 쉬지 않고 말을 달려 왔고, 그래서 말이 죽고 만 것이다.

니콜카는 기병 중대의 지원을 요청하는 국영 농장 의장의 메모를 읽고 나서 살림방으로 갔다. 그는 긴 칼을 허리에 차면서 피로를 느끼며 생각했다. '어딘가로 가서 공부를 하고 싶은데, 또 반혁명도당이 나타났어……. 군사위원이 중대장이면서 단어도 제대로 못 쓴다고 창피를 주질 않나……. 그런데 교구(教區) 초등학교를 마치지 못한 것이 내 잘못이란 말인가? 그자는 이상한 사람이야……. 그런데 또 반혁명도당이…… 또 유혈. 난 이제 이런 생활에 지쳤어…… 모든 것이 싫어졌어…….'

니콜카는 걸으면서 카빈총에 장전을 하고 현관 계단으로 나왔다. 생각은 잘 다져진 큰길을 달리는 말처럼 빠르게 달리고 있었다. '도시로 나가고 싶어…… 공부하고 싶어…….'

니콜카는 죽은 말 곁을 지나 마구간으로 걸어가다가 먼지 투성이의 콧구멍에서 흘러나온 시커먼 띠 같은 피를 힐끗 바라보고는 얼굴을 돌렸다.

# 3

울퉁불퉁한 비포장 여름 길을 따라, 바람에 스친 바큇자국을 따라 회색 질경이가 둥글게 말려 있고, 명아주와 잡초가 무성하고 빽빽하게 자라고 있다. 이전에는 이 비포장 여름 길을 따라 초원에 호박(琥珀)을 흩뿌려 놓은 것처럼 점점이 박혀 있는 곡식 창고로 건초가 운반되었다. 그런데 지금은 사람 발자국과 말발굽으로 잘 다져진 도로가 전봇대 옆에 작은 언덕처럼 누워 있다. 전봇대가 하얀 가을 안개 속으로 달려가고, 넓고 긴 골짜기를 타고 넘어간다. 아타만[3]이 반짝반짝 빛나는 길을 따라 전봇대 옆으로 반혁명도당을 이끌고 있다. 소비에트 정권에 불만을 품은 50여 명의 돈 카자크와 쿠반 카자크들로 구성된 도당이었다. 그들은 양 떼를 뒤쫓아 너무 뛰어다니다가 지친 늑대처럼 길과 길이 없는 미개간지를 따라 사흘 밤낮을 도망치고 있다. 니콜카 코셰보이의 부대가 그 뒤를 바짝 뒤쫓고 있다.

반혁명도당 대원들은 병사 출신으로 악명이 높고 경험이 많은 자들이다. 그러나 아타만은 깊은 생각에 잠기곤 한다. 아타만은 등자 위에 엉거주춤 일어나서 초원을 빤히 쳐다보며 돈강 저쪽에 뻗어 있는 푸른 숲 가장자리까지 몇 킬로미터나 될지 가늠해 본다.

그들은 이렇게 늑대처럼 도망치고, 니콜카 코셰보이의 기병

---

3) 카자크의 수령.

중대가 그들 뒤를 쫓고 있다.

돈강 초원의 맑은 여름 낮, 짙고 투명한 하늘 아래 곡식 이삭이 은방울 소리를 내며 흔들거린다. 수확하기 전에 알이 굵은 고르노프카 밀 꺼끄러기는 이삭 위에서 열일곱 살 청년의 수염처럼 거뭇거뭇해지고, 호밀은 위로 솟아서 사람의 키를 넘기려고 기를 쓰고 있다.

모래와 진흙이 섞인 땅에 사는 텁석부리의 마을 사람들은 집에서 멀지 않은 작은 숲 근처의 모래땅 구릉지를 따라 작은 쐐기 모양의 땅속에 호밀을 심는다. 원래 호밀은 잘 자라지 않아서 옛날부터 4헥타르에서 50킬로그램 이상은 나오지 않는다. 그래도 마을 사람들은 호밀을 심는데, 그건 호밀로 처녀의 눈물보다 더 맑은 밀주(密酒)를 증류해서 만들기 때문이다. 또 예로부터 그렇게 해 왔고, 할아버지들과 증조할아버지들이 밀주를 마셨기 때문이다. 돈 군관구의 카자크들 문장(紋章)에 술통 위에 알몸으로 앉아 있는 술 취한 카자크가 그려져 있는 것은 다 이유가 있다. 가을이 되면 카자크들은 술에 흠뻑 취해서 마을과 부락을 어슬렁거리고, 버드나무 가지를 엮어 만든 울타리 위로 꼭대기가 붉은 모피 모자가 술에 취해 흔들거린다.

그래서 아타만도 하루라도 술에 취하지 않은 적이 없다. 똑같은 이유로 마부들과 기관총수들도 모두 스프링이 달린 이륜마차 위에 술 취한 채 비스듬히 앉아 있다.

아타만은 칠 년 동안 고향집을 보지 못했다. 독일군의 포로, 그 뒤 브란겔리의 백위군, 태양 빛에 녹아 버린 콘스탄티노

플, 철조망으로 둘러싸인 수용소, 타르 칠을 하고 소금기가 밴 날개가 달린 터키의 작은 범선, 군모의 깃털 장식을 생각나게 하는 쿠반의 갈대, 그리고 반혁명도당.

뒤돌아보면 이것이 바로 아타만의 인생이었다. 무지하게 더운 여름에 초원의 늪가에 난 두 쪽으로 갈라진 말발굽 자국이 바짝 말라 버린 것처럼 그의 영혼도 바짝 말라 버렸다. 이상하고 알 수 없는 통증이 그의 마음을 괴롭히고, 온몸은 혐오감으로 가득 찬다. 아타만은 그 어떤 밀주로도 이 통증을 잊거나 열을 식힐 수 없다는 걸 느낀다. 그래도 그는 밀주를 마시고, 하루도 술 취하지 않은 적이 없다. 그것은 탐욕스러운 검은 땅의 내장처럼 태양 아래 펼쳐진 돈강의 초원에서 호밀이 향기롭고 달콤하게 꽃을 피우고, 마을과 부락마다 뺨이 거무죽죽한 카자크 병사의 아내들이 솟구쳐 흐르는 샘물과 다름없는 맑디맑은 밀주를 만들기 때문이다.


4


새벽녘에 첫서리가 내렸다. 손바닥 모양의 수련 잎들 위에 은발이 흘러내렸다. 아침에 루키치는 물레방아 바퀴에서 운모처럼 얇은 형형색색의 얼음 조각을 발견했다.

루키치는 아침부터 몸이 좋지 않았다. 허리가 콕콕 쑤셨고, 둔중한 통증으로 무쇠처럼 무거워진 다리가 땅에 달라붙었다. 그는 힘이 하나도 없는 흉측한 몸을 간신히 움직이며 방앗간을 걸어 다녔다. 수수 찧는 절구에서 한배로 태어난 쥐 새끼들이 황급히 달아났다. 루키치는 눈물에 젖어 촉촉해진 눈으로 위를 쳐다보았다. 천장 아래 가로질러 놓은 나무에서 비둘기 한 마리가 무슨 자질구레한 일이 있는 듯이 빠르게 지저귀고 있었다. 노인은 모래 섞인 진흙으로 빚은 듯한 콧구멍으로 찐득찐득한 썩은 물곰팡이 냄새와 맷돌로 간 호밀 냄새를 들이마셨고, 물이 기분 나쁘게 숨을 할딱거리며 말뚝을 빨고 핥는 소리에 귀를 기울였다. 그리고 생각에 잠겨 수세미 같은 턱수염을 매만졌다.

루키치는 잠시 쉬려고 양봉장에 누웠다. 노인은 모피 외투를 뒤집어쓰고 입을 크게 벌린 채 비스듬히 누워 잠이 들었다. 끈적끈적하고 따스한 군침이 입술 언저리에서 턱수염으로 흘러내렸다. 땅거미가 노인의 허름한 농가를 짙게 물들였고, 방앗간은 우윳빛 안개 속에 푹 잠겨 버렸다…….

노인이 잠에서 깨어났을 때 두 사람이 말을 타고 숲에서 나왔다. 그중 한 사람이 양봉장을 거닐고 있던 노인에게 소리쳤다.

"할아범, 이리 와!"

루키치는 미심쩍게 그를 바라보고 멈춰 섰다. 노인은 지난 몇 년 동안의 혼란기에 이렇게 무장한 사람들을 많이 보아 왔다. 그들은 묻지도 않고 사료와 밀가루를 가져갔는데, 노인은 이 편 저 편 가리지 않고 그들 모두를 싸잡아서 몹시 싫어했다.

"더 빨리 걸어, 이 늙다리야!"

루키치는 구멍이 뚫린 벌통 사이를 지나 색 바랜 입술을 조용히 우물거리며 곁눈질로 손님들을 바라보면서 그들에게서 좀 떨어진 곳에 멈춰 섰다.

"할아범, 우린 적위군이야…… 우릴 무서워하지 마오." 아타만이 목 쉰 소리로 부드럽게 말했다. "우린 반혁명도당을 뒤쫓다가 동료들과 떨어졌어. 혹시 어제 부대가 이곳을 지나가는 걸 보았나?"

"어떤 부대가 지나가긴 지나갔소."

"할아범, 그들이 어디로 갔지요?"

"그걸 누가 아오?"

"당신 물레방앗간에 그들 중 아무도 남아 있지 않나?"

"없어." 루키치는 짤막하게 말하고 등을 돌렸다.

"노인장, 기다려." 안장에서 펄쩍 뛰어내린 아타만이 휘어진 두 다리로 서서 술에 취해 비틀거렸다. 그리고 밀주 냄새를 확 풍기며 말했다. "할아범, 우린 공산당들을 박멸하고 있어…… 알아들었어! 우리가 누군지는 당신이 알 바 아니야!" 그는 말고삐를 손에서 떨어트리며 비틀거렸다. "당신이 할 일은 말 칠십 마리분 곡식을 준비하고 잠자코 있는 거야…… 지금 즉시! 알았어? 곡식 어디 있어?"

"없소." 시선을 옆으로 돌리면서 루키치가 말했다.

"그럼, 저 창고 속엔 뭐가 있지?"

"잡동사니, 아마, 여러 가지…… 곡식은 없어!"

"그래, 그럼 가 보자!"

아타만은 노인의 멱살을 잡고, 옆으로 기울어지고 땅속으로 들어간 창고 쪽으로 질질 끌고 갔다. 그리고 창고 문을 활짝 열어젖혔다. 곡물 적치장에는 밀과 검은 줄기의 보리가 있었다.

"이게 곡식이 아니고 뭐야, 이 늙은 상놈아!"

"곡식이지…… 제분용 곡식이야…… 내가 일 년 동안 한 톨씩 모은 거여. 그런데 자넨 말에게 그걸 먹이려고 하다니……."

"그럼 말들은 굶어 죽으라는 거야? 보아하니 넌 적위군 편이로군. 죽고 싶어?"

"용서해 주소. 자비로운 양반! 날 어쩔 셈이유?" 루키치는 모자를 벗고 무릎을 꿇으면서 아타만의 털북숭이 손을 잡고 입맞춤을 했다…….

"말해 봐, 넌 적위군을 좋아하지?"

"용서해 주소, 인자하신 양반! 바보 같은 말을 해서 미안하우. 오, 제발 날 죽이진 마우." 노인은 아타만의 발을 껴안고 말했다.

"적위군 편이 아니라고 신을 걸고 맹세해! 성호를 긋지 말고 흙을 먹어!"

노인은 모래 한 줌을 입에 넣고 소리 없이 씹으며 눈물로 모래를 적셨다.

"좋아, 이제 믿지. 일어나, 영감탱이!"

아타만은 발이 저려서 일어서지 못하는 노인을 보고 웃었다. 그리고 갑자기 몰려온 기병들이 곡물 적치장에서 보리와 밀을 끌어내어 말의 다리 밑에 흩뿌리고 마당에 황금빛 곡식을 깔아 놓았다.

# 5

안개, 축축한 짙은 안개 속으로 저녁놀이 졌다.

루키치는 보초병을 피해 길이 아니라 자기만 알고 있는 숲 속 오솔길을 따라 작은 계곡을 지나고, 동트기 전의 선잠 속에서 귀를 쫑긋 세우고 있는 숲을 지나 마을을 향해 잔걸음으로 걷기 시작했다.

노인은 풍차가 있는 곳까지 간신히 다다라서 목장으로 가는 길을 지나 작은 길로 접어들려고 했다. 그런데 그때 갑자기 기병들의 어렴풋한 윤곽이 눈앞에 나타났다.

"누구냐?" 정적 속에서 불안한 외침이 들려왔다.

"나요……." 루키치가 중얼거렸다. 노인은 맥이 탁 풀렸고 부들부들 떨었다.

"도대체 누구야? 통행증 갖고 있나? 무슨 일로 어슬렁거리고 있어?"

"난 제분소 주인이오…… 여기 물방앗간 주인. 일이 있어서 마을로 가는 중이라오."

"무슨 볼일? 자, 중대장한테 가자! 앞장서 걸어……." 한 사람이 말을 타고 다가오면서 소리쳤다.

루키치는 목덜미에 말의 뜨거운 입술을 느끼고, 가볍게 다리를 절면서 잔걸음으로 마을로 걸어갔다.

그들은 지붕을 기와로 덮은 작은 농가 앞 광장에서 멈춰 섰다. 노인을 호송한 사람이 끙끙대며 안장에서 내리고 말을 울타리에 매어 놓았다. 그는 긴 칼을 철걱거리며 현관 계단으로 올라갔다.

"뒤따라와!"

창문에서 불빛이 아물거렸다. 그들은 안으로 들어갔다.

루키치는 담배 연기 때문에 재채기를 하고는 모자를 벗고 성화가 걸려 있는 앞쪽 구석을 향해 급히 성호를 그었다.

"여기 노인을 붙잡았습니다. 마을로 오고 있었습니다."

니콜카는 솜과 깃털이 붙은 헝클어진 머리를 책상에서 들어 올리며 졸음기가 묻어 있지만 엄한 목소리로 물었다.

"어디로 가고 있었나?"

루키치는 앞으로 한 발을 내밀고 기뻐서 목이 메어 말했다.

"오, 당신은 우리 편이구면. 난 또 적들이라고 생각했소…….
너무 겁이 나서 물어보기가 무서웠소……. 난 제분소 주인이오. 당신들이 미트로힌 숲을 지나다가 내 집에 들렀을 때, 젊은이, 내가 자네에게 우유를 주었는데…… 혹시 기억나오?"

"그런데 할 말이 뭐요?"

"사랑스러운 젊은이, 말하리다. 어제 해질 녘에 바로 그 반혁명도당이 우리 집으로 몰려와서는 말들에게 곡식을 몽땅 주었소! 날 조롱하고…… 그들의 우두머리가 충심으로 맹세하라며 내게 흙을 먹였다오."

"지금 그들이 어디 있소?"

"지금도 거기 있어. 그자들은 보드카를 가져왔는데, 그 나쁜 놈들이 내 살림방에서 술을 홀짝홀짝 마시고 있다오. 난 당신에게 알리려고 여기로 달려왔소. 아마 당신이라면 그놈들을 처치할 수 있을 거요."

"말에 안장을 놓으라고 해!" 니콜카는 노인에게 웃음을 지으며 의자에서 일어나 지친 모습으로 외투 소매를 잡아당겼다.


6


날이 밝았다.

며칠 밤이나 자지 못해 푸르죽죽해진 니콜카는 기관총을 운반하는 이륜마차가 있는 데로 말을 달렸다.

"우리가 돌격할 때, 우익(右翼)에 사격을 가해. 우린 저들의 날개를 꺾어야만 해!"

이렇게 말하고 니콜카는 산개한 기병 중대 쪽으로 말을 달렸다.

호리호리한 작은 참나무 숲 너머 도로에 4열종대로 선 기병들이 나타났고, 그 중앙에 기관총을 운반하는 이륜마차가 있었다.

"구보로!" 니콜카가 소리쳤다. 니콜카는 등 뒤에서 점점 크게 울리는 말발굽 소리를 느끼면서 자기가 탄 수말에 채찍을 가했다.

숲 가장자리에서 기관총이 맹렬히 울부짖기 시작했다. 그리고 도로 위의 기병들은 훈련한 대로 재빨리 라바 전법[4]으

---

4) 카자크 기병 특유의 전법으로 기병들이 흩어져서 상대방의 양쪽 날개와 배후를 공격하는 것.

로 흩어졌다.


*　　*　　*


　바람에 쓰러진 수목에서 늑대 한 마리가 몸에 우엉을 잔뜩 묻히고 언덕 위로 뛰어나왔다. 늑대는 머리를 앞으로 구부리고 귀를 기울였다. 멀지 않은 곳에서 총성이 요란하게 울렸고, 치고 싸우는 온갖 소리가 끈끈한 파도처럼 밀려왔다.

　"탕!" 하고 어린 오리나무숲에 총알이 떨어졌다. 언덕 너머 저쪽, 경작지 너머에서 "탕" 하고 메아리가 빠르게 울려 퍼졌다.

　다시 빈번하게 총성이 울렸다. "탕, 탕, 탕!" 언덕 너머에서 메아리가 울렸다. "탕! 탕! 탕!"

　늑대는 잠시 서 있다가 넓은 골짜기의 아직 베지 않은 노란 풀숲으로 몸을 기우뚱거리며 천천히 들어가 버렸다……

　"물러서지 마! 기관총을 운반하는 이륜마차를 버려선 안 돼! 작은 숲 쪽으로…… 작은 숲 쪽으로…… 제기랄!" 아타만은 등자 위에 엉거주춤 일어서서 소리쳤다.

　기관총을 운반하는 이륜마차 주변에서 마부들과 기관총사수들이 멍에와 끌채를 연결하는 끈을 끊으려고 분주하게 움직이고 있었다. 끊임없는 기관총 사격으로 산병선(散兵線)이 무너져서 패주하는 병사들을 이미 통제할 수 없었다.

　아타만은 말을 돌렸다. 이때 어떤 사내가 긴 칼을 휘두르며 아타만을 향해 말을 달려 왔다. 가슴에서 흔들거리는 쌍안경과 몸에 걸친 망토를 보고 아타만은 이 사내가 보통 적위군이 아니라는 걸 알아채고 고삐를 팽팽하게 잡아당겼다. 아타만은 증오로 일그러진, 아직 콧수염이 나지 않은 젊은이의 얼굴과 바람 때문에 가늘게 뜬 눈을 멀리서도 볼 수 있었다. 아타만이 탄 말이 뒷발을 굽히며 껑충껑충 뛰어오르기 시작했다. 아타만은 혁대에 꽂힌 모젤 권총을 뽑으면서 소리쳤다.

"이 새파란 애송이 놈아! 이리 와라, 와, 내가 네놈에게로 가마!"

아타만은 점점 커지는 검은 망토를 향해 총을 쐈다. 말은 17미터쯤 달리다가 쓰러졌다. 니콜카는 망토를 벗어 던지고 총을 쏘면서 아타만 쪽으로 점점 더 가까이 달려갔다.

작은 숲 너머에서 누군가가 짐승같이 울부짖더니 그 소리가 뚝 끊어졌다. 태양이 먹구름 속에 숨었고, 초원에도, 도로에도, 가을바람에 나뭇잎이 떨어진 헐벗은 숲에도 떠도는 구름 그림자가 떨어졌다.

'야생마, 애송이, 성급한 놈. 그러니까 죽음의 마수에 걸려들지.' 아타만은 띄엄띄엄 생각했다. 그리고 상대방의 총알이 다 떨어지기를 기다렸다가 고삐를 늦추고 솔개처럼 달려들었다.

안장에서 늘어지듯이 몸을 기울이고 아타만은 장검을 획 휘둘렀다. 그 순간 아타만은 일격을 당한 상대의 몸이 물렁해지면서 땅바닥에 미끄러져 내리는 걸 느꼈다. 아타만은 말에서 펄쩍 뛰어내려 죽은 사람에게서 쌍안경을 떼어 냈고, 가늘게 떨고 있는 발을 힐끗 보고 나서 죽은 자의 크롬 가죽 장화를 벗기려고 주저앉았다. 뚜두둑 소리가 나는 죽은 사람의 무룹을 한 발로 누르고 아타만은 장화 한쪽을 잽싸고 능숙하게 벗겼다. 다른 한쪽은 양말이 걸린 모양인지 잘 벗겨지지 않았다. 아타만은 화가 나서 욕지거리를 해 대며 양말과 함께 장화를 쑥 뽑아냈다. 그리고 발의 복사뼈 조금 위에서 비둘기 알만한 크기의 배냇점을 보았다. 아타만은 마치 죽은 사람을 깨울까 봐 걱정하듯이 얼굴이 위로 향하도록 식어 가는 머리를 천천히 돌려놓았다. 아타만의 두 손은 입에서 물결처럼 흘러내리는 거품투성이의 피로 물들었다. 아타만은 죽은 사람의 얼굴을 뚫어져라 바라보았다. 그러고 나서 딱딱한 어깨를 어색하게 껴안고 공허한 목소리로 말했다.

"아들아! 니콜루시카! 내 자식! 내 피붙이……."

얼굴이 흙빛으로 변하면서 아타만이 외쳤다.

"한마디라도 해 봐라! 이게 어찌 된 일이냐, 엉?"

아타만은 피로 물든 눈꺼풀을 살짝 들어 올리고 빛을 잃어가는 두 눈을 바라보면서 땅에 쓰러졌다. 그리고 연약하고 유순한 몸뚱이를 흔들어 댔다……. 그러나 니콜카는 뭔가 아주 대단하고 중요한 것을 발설하는 것이 두려운 듯이 푸른빛이 도는 혀끝을 꼭 깨물고 있었다.

아타만은 아들의 차가워진 두 손을 가슴에 꼭 대고 입을 맞추고는 땀에 젖은 모젤 권총의 강철을 이로 물고, 자기 입속을 향해 총을 쏘았다…….

*　　*　　*

그날 저녁, 작은 숲 너머에서 기병들의 모습이 어른거리고, 사람들의 목소리, 말의 콧방귀 소리, 등자가 절렁이는 소리가 바람에 실려 왔고, 죽은 고기를 먹는 솔개 한 마리가 아타만의 헝클어진 머리에서 마지못해 날아올랐다. 솔개는 가을 하늘처럼 흐릿한 잿빛 하늘 속으로 녹아들듯이 사라져 버렸다.

# 목동

## 1

햇볕에 타 버린 갈색 초원에서, 바닥이 갈라진 하얀 간석지 (干潟地)에서 열엿새 동안 밤낮으로 뜨거운 동풍이 불어왔다.

땅이 까맣게 타들어 가고, 풀은 노랗게 뒤틀리고, 한길을 따라 조밀하게 흩어진 우물들의 수맥은 바싹 말라 버렸다. 줄기에서 아직 싹이 나오지 않은 곡식의 이삭은 흐물흐물하게 퇴색되고 시들어서 등이 굽은 노인처럼 땅에 축 처져 있었다.

한낮에는 선잠이 든 마을에 청동 종소리가 울려 퍼졌다.

찌는 듯한 무더위. 정적. 나뭇가지를 엮어 만든 울타리를 따라 사람들이 발을 질질 끌면서 먼지를 내며 지나가는 소리만이 들린다. 그리고 끝이 구부러진 긴 지팡이로 흙덩이를 두드리며 노인들이 길을 더듬어 찾는 소리가 들린다.

종소리는 마을 모임을 알리는 신호이다. 목동을 고용하는 문제가 일정에 있다.

집행위원회 사무실에서 나는 사람들의 왁자지껄한 목소리. 담배 연기.

의장이 몽당연필로 책상을 두드렸다.

"여러분, 이전의 목동이 송아지 떼를 돌보는 걸 그만두겠답니다. 임금이 터무니없이 적다는 겁니다. 우리 집행위원회는 그리고리 프롤로프를 고용할 것을 제안합니다. 그는 우리 마을 사람이고 고아이고 콤소몰[1]입니다……. 다 아시는 것처럼 그의 아버지는 구두 수선공이었어요. 그는 여동생과 같이 살고 있는데, 먹고살 길이 없어요. 여러분이 이런 상황을 잘 이해하시고, 그를 고용해서 송아지 떼를 돌보게 할 걸로 생각합니다."

네스테로프 노인이 참지 못하고 찌그러진 엉덩이를 흔들어대며 안절부절못했다.

"우린 그렇게 못 혀…… 소들은 커다란디, 그 애가 무슨 목동 일을 혀! 근방에 꼴이 없으니께 말을 먼 곳까지 몰고 가서 지켜야 혀. 그런디 그 애는 일에 익숙지 못혀. 가을쯤엔 송아지들이 반도 안 남을 거여……."

성격이 이상한 방앗간 주인 이그나트 노인이 독살스럽고 달콤한 콧소리로 말하기 시작했다.

"우린 위원회 도움 없이 목동을 구할 겨. 이건 우리만의 문

_____

1) 소련에서 사회주의 정치 교육을 위해 공산당의 지도 아래 조직한 청년 단체. 15~26세의 남녀를 대상으로 1918년에 조직했다.

제니께……. 나이가 들고 믿을 만하고 가축을 부드럽게 다루
는 사람을 뽑아야만 혀.”

“옳거니…….”

“여러분, 노인을 고용하면 더 빨리 송아지를 잃을 겁니
다……. 지금은 옛날과 달라서 어디서나 도둑질이 대규모로
일어나고 있어요…….” 의장이 아주 끈질기게 동의를 구하며
말했다. 금방 뒤에서 지지 발언이 나왔다.

“노인은 쓸모가 없어……. 암소가 아니라 한 살짜리 송아지
들이라는 걸 감안해야지. 그러니까 개처럼 빠른 다리가 필요
해. 송아지들이 울어 대면 달려가서 불러 모아야 하는데, 노인
이 달려가다간 창자가 떨어질걸…….”

웃음소리가 우레처럼 울려 퍼졌다. 그러나 이그나트 노인이
뒤에서 나지막한 목소리로 중얼거렸다.

“공산주의자들은 여기서 전혀 필요가 없어……. 제멋대로
하는 게 아니라 기도를 하면서 일을 시작해야만 혀…….” 이렇
게 말하고 이 심술궂은 노인네는 대머리를 어루만졌다.

그러나 이번에는 의장이 아주 엄격한 목소리로 말했다.

“여러분, 잡다하고 불순한 언행은 삼가 주시오……. 그런……
그런 언행을 일삼는 사람은 모임에서 쫓아낼 겁니다…….”


더러운 솜 조각 같은 연기가 굴뚝에서 기어 나와 광장에 낮
게 깔리는 새벽 무렵에 그리고리는 150마리의 소 떼를 모아서
마을을 지나 잿빛의 음산한 언덕으로 몰고 갔다.

초원은 마멋들이 사는, 갈색 부스럼 같은 구멍으로 얼룩덜

룩했다. 마멋들이 천천히 조심스럽게 울어 댄다. 땅딸막한 풀이 우거진 골짜기에서 은빛 깃털을 반짝이며 들기러기들이 날아오른다.

소 떼는 조용하다. 주름투성이의 지면에서 두 쪽으로 갈라진 송아지의 발굽이 딸가닥 소리를 냈다.

그리고리와 나란히 걸어가고 있는 두냐는 그의 여동생으로 목동 일을 도와주고 있다. 햇볕에 그을린 주근깨투성이의 두냐의 뺨에는 웃음이 가득하다. 눈도 입술도 웃고 있고, 두냐의 몸 전체가 웃고 있다. 그건 부활절 후의 첫 번째 일요일에 두냐가 이제 겨우 열일곱 번째 봄을 맞이했고, 열일곱 살의 처녀에겐 모든 것이 재밌어 보이기 때문이다. 오빠의 찌푸린 얼굴도, 걸어가면서 잡초를 씹고 있는 귀가 늘어진 송아지들도, 심지어 그들이 이틀째 빵 한 조각 먹지 못한 것도 재밌어 보였다.

그러나 그리고리는 웃고 있지 않다. 테 없는 낡은 모자 밑의 가로 주름이 잡힌 거친 이마도, 피로에 찌든 눈도 그를 열아홉의 나이보다 훨씬 더 많은 인생을 산 사람처럼 보이게 했다.

소 떼는 얼룩덜룩한 펠트 천처럼 흩어져서 길을 따라 조용히 걷고 있다.

그리고리는 뒤처진 송아지들에게 휘파람을 불어 채근하고는 두냐 쪽으로 몸을 돌렸다.

"두냐, 가을까지 열심히 일해서 곡식을 모으자. 그리고 도시로 가자. 난 노동자 예비학교에 들어가고, 네게도 어딘가에 자리를 잡아 줄 거야……. 아마 너도 배울 수 있을 거다…….

두냐, 도시에는 책이 많고, 우리가 사는 곳과는 달리 풀이 섞여 있지 않은 깨끗한 빵을 먹지."

"도시로 간다고…… 돈이 어디서 나?"

"넌 바보구나……. 우리는 급료로 20푸드[2]의 곡식을 받는데, 이게 바로 돈이야……. 1푸드에 1루블씩 받고 팔 거야. 그리고 수수도 팔고 마른 쇠똥도 팔고."

그리고리는 길 한가운데에 멈춰 서서 채찍 손잡이로 먼지가 뽀얀 길바닥에 뭔가를 쓰면서 계산하고 있다.

"그리샤,[3] 우린 뭘 먹지? 빵이 하나도 없어."

"내 배낭 속에 딱딱한 흰 빵 조각이 하나 있어."

"오늘 다 먹어 버리면 내일은 어쩌지?"

"내일 마을에서 밀가루를 가져올 거야……. 의장이 약속했어……."

한낮의 태양은 찌는 듯이 뜨겁다. 그리고리의 삼베 셔츠가 땀에 젖어 어깨뼈에 착 달라붙었다.

소 떼가 소란스럽게 걸어간다. 등에와 파리가 소를 물어뜯고, 뜨겁게 달아오른 대기에는 가축의 울음소리와 윙윙거리는 등에의 날갯소리가 가득하다.

저녁 무렵, 해가 지기 전에 그들은 소 떼를 축사 쪽으로 몰아갔다. 멀지 않은 곳에 연못과 비에 젖어 썩은 짚으로 만든 임시 막사가 있다.

---

2) 러시아의 옛 중량 단위. 1푸드는 16.3킬로그램.
3) 그리샤, 그리샤크, 그리시카는 모두 그리고리의 애칭.

그리고리는 달려서 소 떼를 앞질렀다. 그리고 힘겹게 축사로 달려가서 나뭇가지로 엮은 문을 열었다.

그리고리는 송아지를 한 마리씩 네모난 검은 문으로 들여보내면서 숫자를 헤아렸다.


## 2


연못 뒤에 큰 완두콩처럼 솟아 있는 언덕 위에 새 임시 막사가 지어졌다. 그리고리는 벽을 쇠똥으로 바르고 그 위에 잡초를 덮었다.

다음 날 의장이 말을 타고 왔다. 그는 옥수수 가루 반 푸드와 수수 한 포대를 가져왔다. 의장은 담배에 불을 붙이면서 그 늘진 곳에 앉았다.

"그리고리, 자넨 좋은 청년이야. 소 떼를 잘 돌보고 있구면. 가을에 함께 관구(管區)로 가자. 아마 공부하러 갈 수 있는 방법이 있겠지……. 내가 아는 사람이 그곳 국민교육과에 있으니 도와줄 거야……."

그리고리는 기뻐서 얼굴이 빨개졌다. 그리고리는 의장을 배웅하면서 그의 등자를 잡고 한 손을 꼭 잡았다. 그리고 말발굽 밑에서 피어오르는, 고수머리처럼 곱슬곱슬한 먼지를 오랫동안 바라보았다.

폐병 환자의 홍조 같은 놀로 물든 바싹 마른 초원이 한낮의 열기로 헐떡이고 있었다. 그리고리는 벌렁 드러누워서 푸르스름한 아지랑이로 휩싸인 언덕을 바라보았다. 그에게는 초원이 마치 살아 있고, 수많은 부락과 마을과 도시의 무게로 힘들어하는 것처럼 보였다. 땅이 숨을 헐떡거리며 가볍게 흔들리고, 아래쪽 어딘가, 두꺼운 광층(鑛層) 밑에서 다른 불가사의한 생명이 숨을 쉬고 버둥거리는 것만 같았다.

그러자 환한 대낮인데도 무서워졌다.

그리고리는 끝없이 이어지는 언덕을 눈으로 재어 보고 물이 흐르는 듯한 신기루와 갈색 풀 위에 점점이 흩어져 있는 소 떼를 바라보면서 자신이 마치 빵 조각처럼 세상에서 멀리 떨어져 있다고 생각했다.

일요일 전날 저녁에 그리고리는 소 떼를 축사로 몰아넣었다. 두냐는 임시 막사에서 불을 피우고 수수와 향긋한 야생 메밀을 넣어 죽을 쑤고 있었다.

그리고리는 불가로 다가앉아서 냄새 나는 쇠똥을 채찍 손잡이로 휘저으며 말했다.

"그리샤크네 암송아지가 병이 났어. 주인에게 알려야만 해."

"아마 내가 마을에 가야만 하겠네?" 태연하게 보이려고 애쓰면서 두냐가 물었다.

"안 돼. 나 혼자서 소 떼를 지킬 수 없어." 그리고리가 웃음을 지었다. "사람이 그리워졌구나, 응?"

"지루해 죽겠어, 그리샤 오빠…… 한 달 동안 초원에서 살면서 딱 한 번 사람을 봤어. 여기서 여름을 보내면 말하는 것도 잊어버리겠어……."

"참아라, 두냐…… 가을에 도시로 갈 거야. 같이 공부를 하고, 공부를 끝마치면 여기로 돌아오자. 배운 대로 땅을 가는 거야. 보라고, 우리가 사는 이곳은 어둠뿐이고 사람들은 잠만 자고 있어. 읽고 쓸 줄 아는 사람이 하나도 없어…… 책도 없고……."

"학교에서 우릴 받아 주지 않을 거야…… 우리도 무식한 걸……."

"아니, 받아 줄 거야. 겨울에 내가 큰 마을에 갔을 때 당(党) 세포 서기의 방에서 레닌의 작은 책자를 읽었지……. 거기에 '권력은 프롤레타리아에게.'라고 쓰여 있었어. 교육에 대해서도 '가난한 사람들이 공부해야만 한다.'고 쓰여 있었어."

그리고리는 무릎을 꿇고 엉거주춤 몸을 일으켰다. 그의 뺨에 구릿빛 불빛이 반사되어 춤을 추었다.

"우리의 공화국을 관리할 수 있도록 배워야만 해. 도시에서는 노동자들이 권력을 잡고 있어. 그런데 여기는 마을 의장이 부농이고, 부락 의장이 모두 부자들이야……."

"그리샤, 난 마루를 닦고, 빨래를 하고, 돈을 벌었으면 해. 오빠는 공부를 하고……."

쇠똥은 연기를 내다가 갑자기 타오르기도 하면서 뭉근히 타고 있다. 초원은 잠에 취한 듯이 고요하다.


3


세포 서기 폴리토프는 마침 관구에 가는 민경을 통해 그리고리에게 마을로 와 달라는 말을 전했다.

날이 새기 전에 집을 나선 그리고리는 점심때쯤에 언덕 위에서 종루와 짚과 양철로 지붕을 한 허름한 집들을 보았다. 물집투성이가 된 두 발을 끌면서 그는 광장에 이르렀다. 집회소는 사제의 집이었다. 신선한 짚 냄새가 나는 새 통로를 따라 그는 넓은 방으로 들어갔다.

덧문이 닫혀 있어서 방 안은 어두컴컴했다. 창가에서 폴리토프가 대패질을 하며 테를 짜고 있었다.

"어서 오게, 얘기는 들었어⋯⋯." 땀에 젖은 손을 내밀면서 그는 미소를 지었다. "그런데 지금은 어떻게 할 도리가 없어! 내가 관구에 문의했네. 버터 제조 공장에서 젊은이들이 필요하다고 했는데, 벌써 정원보다 스무 명이나 더 몰려들었다고 해⋯⋯. 당분간 소 떼를 돌봐 주면 가을에 공부하도록 보내 주지."

"지금, 일이라도 있으니 다행입니다⋯⋯. 마을의 부농들은 날 목동으로 쓰지 않으려고 기를 썼어요⋯⋯. 내가 신자도 아닌 콤소몰이고, 기도도 하지 않고 소 떼를 지킬 거라고 말들 해요⋯⋯." 그리고리는 피곤하게 웃었다.

"그리샤, 자네 좀 말랐네⋯⋯. 먹는 건 어떤가?"

"그냥 먹고삽니다."

두 사람은 잠시 침묵했다.

"자, 내 집으로 가세. 새로운 읽을거리를 자네에게 줄게. 관구에서 신문과 소책자들을 받았거든."

그들은 공동묘지를 지나는 길을 따라 걸어갔다. 닭들이 회색 잿더미 속에 파묻혀 있었고, 어디선가 우물의 두레박 막대가 삐꺽거리는 소리가 들렸다. 답답한 정적이 귓전에 울렸다.

"오늘은 여기에 남아 있게나. 회의가 있어. 청년들이 벌써 '그리샤는 어디에 있고, 어떻게 뭘 하고 지내는지' 자네에 대해 물어보았네……. 난 오늘 국제 정세에 대해 보고할 거야. 내 집에서 묵고 내일 가는 거야. 좋지?"

"자고 갈 수 없어요. 두냐 혼자서는 소 떼를 지키지 못해요. 회의에는 참석하겠지만, 회의가 끝나고 밤에 갈게요."

폴리토프의 집 현관은 서늘했다.

말린 사과의 달콤한 향기와 벽에 걸린 멍에와 엉덩이 띠에서 말의 땀 냄새가 풍겼다.

구석에는 크바스[4]가 담긴 통이 있고, 그 옆에는 기울어진 침대가 놓여 있었다.

"이게 내 집이야. 집 안이 너무 덥군……."

폴리토프는 몸을 숙여서 삼베 밑에서 오래된 신문《프라브다》몇 부와 소책자 두 권을 조심스럽게 꺼냈다.

폴리토프는 그리고리의 팔에 신문과 소책자를 들이밀고는 사방을 기운 자루를 펼쳤다.

"잡아……."

그리고리는 자루의 양 끝을 잡고 신문 기사를 주의 깊게 보았다.

폴리토프는 손바닥으로 밀가루를 자루에 퍼 넣고 반쯤 채

---

4) 엿기름, 보리, 호밀 따위로 만든 러시아의 맥주.

워진 자루를 흔들더니 광으로 달려갔다.

폴리토프는 돼지 비계 두 덩어리를 가져와서 불그레한 양배추 잎에 싸서 자루에 넣고 중얼거렸다.

"집에 갈 때 이걸 가져가!"

"가져가지 않겠어요……." 그리고리가 얼굴을 붉혔다.

"왜 가져가지 않겠다는 건가?"

"절대 안 가져가요……."

"야, 너 왜 그래!" 낯빛이 창백해지면서 폴리토프가 냅다 소리치고는 그리고리의 눈을 쏘아보았다. "그러고도 동지인가! 굶어서 죽을 지경인데도 말 한마디 않다니. 가져가, 그렇지 않으면 우정도 끝장이야……."

"당신의 마지막 남은 것을 가져가고 싶지 않아요……."

"사제에게 마지막 남은 것은 사제의 아내야." 화가 난 그리고리가 자루를 묶고 있는 걸 바라보면서 폴리토프가 훨씬 부드럽게 말했다.

회의는 동트기 전에 끝났다.

그리고리는 초원을 따라 걸어갔다. 밀가루 자루가 양어깨를 짓눌렀고, 발바닥은 닳고 닳아서 피가 날 정도로 화끈거렸다. 그러나 그리고리는 활활 타오르는 아침놀을 향해 힘차고 유쾌하게 걸어 나갔다.

## 4

새벽놀이 물들 때 두냐는 난방용 마른 똥을 주워 모으려고 임시 막사에서 걸어 나왔다. 그리고리가 축사에서 급히 달려왔다. 두냐는 무슨 좋지 않은 일이 일어났다고 짐작했다.

"무슨 일이 생겼어?"

"그리샤크네 송아지가 죽었어……. 게다가 세 마리는 병이 났고." 그리고리가 숨을 돌리며 말했다. "두냐, 마을로 가서 그리샤크와 다른 사람들에게 오늘 오라고 전해라. 가축들이 병이 났다고 해……."

두냐는 서둘러 옷을 걸쳤다. 두냐는 작은 산에서 기어오르는 태양을 등지고 언덕을 내려가기 시작했다.

그리고리는 동생을 배웅하고 천천히 임시 막사로 걸어갔다.

소 떼가 깊은 골짜기로 갔는데, 바자울 주변에 송아지 세 마리가 누워 있었다. 정오 무렵에 그 세 마리가 모두 죽었다.

그리고리는 소 떼가 있는 곳에서 임시 막사로 달려왔다. 두 마리가 또 병에 걸린 것이다……

한 마리는 못가의 습지에 쓰러져 있었는데, 머리를 그리고리 쪽으로 돌리고 길게 음매 하고 울어 댔다. 툭 튀어나온 두 눈은 눈물에 젖어 뿌옇게 흐려져 있었다. 햇볕에 탄 그리고리의 구릿빛 뺨을 타고 짭짜름한 눈물이 흘러내렸다.

해가 질 무렵에 두냐가 소 주인들과 함께 도착했다.

나이가 많은 아르테미치 노인이 움직이지 않는 송아지를 지팡이로 건드리면서 말했다.

"가축 유행병이야. 이 병은…… 이제 소들이 모두 쓰러지기 시작할 게야."

송아지의 껍질을 벗겨 내고, 머리와 내장을 떼어 낸 몸뚱이를 연못에서 멀지 않은 곳에 파묻었다. 검고 마른 흙으로 새 무더기가 만들어졌다.

다음 날에도 두냐는 다시 마을로 향하는 길을 가야만 했다. 한 번에 송아지 일곱 마리가 병에 걸린 것이다.

하루하루가 암담하게 흘러갔다. 축사는 텅 비었다. 그리고 리의 마음도 공허해졌다. 150마리의 소 중에서 50마리가 남았다. 주인들이 짐마차를 타고 와서 죽은 송아지의 껍질을 벗겼고, 깊은 골짜기에 깊지 않은 구멍을 파서 피투성이의 몸뚱이를 흙으로 덮고 가 버렸다. 소 떼는 마지못해 축사를 드나들었다. 송아지들은 보이지는 않지만 자기들 사이로 슬금슬금 기어다니는 피와 죽음의 냄새를 맡으며 울부짖었다.

동틀 무렵에 얼굴이 누렇게 뜬 그리고리가 삐걱거리는 축사 문을 열자, 소 떼는 풀을 뜯어 먹으러 밖으로 나와서 늘 그렇듯이 무덤이 있는 메마른 언덕 사이를 지나갔다.

썩어 가는 고기 냄새, 미쳐 날뛰는 소가 일으키는 먼지, 길고 힘없이 울부짖는 울음소리, 그리고 초원을 느릿느릿 지나가는 늘 똑같은 뜨거운 태양.

마을에서 사냥꾼들이 도착했다. 그들은 나무를 엮어 만든 울타리 주변에 총을 쏘았다. 흉측한 병을 겁주기 위해서였다. 그러나 송아지들은 계속 죽어 갔다. 소 떼는 매일매일 줄어들었다.

**목동**

그리고리는 몇 개의 무덤이 파헤쳐진 것을 알게 되었다. 고기를 뜯어 먹고 남은 뼈다귀를 주변에서 발견한 것이었다. 밤마다 불안해진 소 떼는 겁이 많아졌다.

밤마다 정적 속에서 소들이 일순간에 갑자기 기괴하게 울부짖으며 바자울을 부수고 축사를 휘젓고 다녔다.

송아지들은 바자울을 넘어뜨리고, 떼를 지어 임시 막사로 이동해 왔다. 그리고 무겁게 숨을 내쉬고 풀을 씹으면서 모닥불 옆에서 잠을 잤다.

그리고리는 밤에 개 짖는 소리에 깨어나서야 그 이유를 짐작할 수 있게 되었다. 걸어가면서 반외투를 걸치고 그는 임시 막사에서 뛰쳐나왔다. 송아지들은 이슬에 젖은 등짝을 그에게 문질러 댔다.

그리고리는 입구에 잠시 서 있다가 휘파람을 불어 개들을 불렀다. 휘파람 소리에 응답하듯이 살무사 골짜기에서 다양한 목청의 발작적인 늑대 울음소리가 들려왔다. 산을 에워싸고 있는 가시나무 숲에서 다른 늑대 한 마리가 낮은 목소리로 이 울음소리에 응답했다…….

그리고리는 임시 막사로 들어가 기름등잔에 불을 켰다.

"두냐, 들었니?"

다양한 목청의 늑대 울음소리가 새벽하늘의 별들처럼 사라져 갔다.

# 5

이른 아침에 제분소 주인 이그나트와 미헤이 네스테로프가 왔다. 그리고리는 임시 막사에서 가죽 신발을 깁고 있었다. 노인들이 안으로 들어왔다. 이그나트 노인은 임시 막사의 흙바닥 위로 비스듬히 비치는 햇빛에 눈을 가늘게 뜨고 모자를 벗고는, 한 손을 들어서 구석에 걸려 있는 레닌의 작은 초상화를 향해 성호를 그으려고 했다. 그러나 레닌의 초상화라는 걸 알고 나서 반쯤 올라간 손을 황급히 등 뒤로 감춘 채 표독스럽게 침을 뱉었다.

"그렇지…… 그러니까 성상은 없는 게로군?"

"없어요……."

"그럼 신성한 장소에 있는 건 누구여?"

"레닌입니다."

"바로 이게 우리의 화근이여…… 신이 없으니까 병이 갑자기 들이닥친 거여……. 바로 이 때문에 송아지들이 죽은 거여…… 오호호, 우리의 자비로우신 신이시여……."

"할아버지, 송아지들이 죽은 건 수의사를 부르지 않았기 때문입니다."

"전에는 네가 말하는 수의사 없이도 잘 살았어……. 넌 벌써 대단한 학자가 되었구나……. 네 더러운 이마에 자주 성호를 그으면 수의사는 필요치 않을걸."

미헤이 네스테로프는 눈알을 이리저리 굴리며 소리쳤다.

"상석(上席)에서 이교도를 떼어 내! 더러운 네놈 때문에 소들이 죽었어."

그리고리는 얼굴이 약간 창백해졌다.

"명령은 집에서나 하세요……. 소리 지를 필요가 없습니다……. 이 사람은 프롤레타리아의 지도자입니다……."

미헤이 네스테로프는 격분해서 얼굴이 빨개지면서 소리를 질렀다.

"넌 마을에 고용되었으니까 우리가 원하는 대로 해……. 우린 너 같은 작자들을 알아……. 조심해, 안 그러면 곧 자를 거야."

그들은 모자를 깊이 내려 쓰고는 인사도 하지 않고 밖으로 나갔다.

깜짝 놀란 두냐가 오빠를 쳐다보았다.

하루가 지나서 대장장이 티혼이 자기 송아지를 살피러 마을에서 왔다.

그는 임시 막사 주변에 쭈그리고 앉아서 가루담배를 종이로 말아 만든 담배를 피우며 쓸쓰레하게 일그러진 미소를 띠고 말했다.

"참 더러운 현실이야……. 이전 촌장이 경질되었고 지금은 미헤이 네스테로프의 사위가 그 자리에 앉았어. 이제는 자기들 멋대로야……. 어제는 토지 분배가 있었는데, 가난한 사람들 중 누군가에게 좋은 땅이 배당되면 당장 다시 재분배하는 거야. 다시 우리 등짝 위에 부자들이 앉았다고……. 그리시카, 그자들이 좋은 땅을 모두 가져가 버렸어. 우리에게는 모래가 섞인 진흙땅만 남았어……. 언제나 이 꼴이라니까……."

한밤중까지 그리고리는 모닥불 옆에 앉아서 사프란처럼 넓은 옥수수 잎사귀 위에 목탄으로 거칠게 몇 문장을 적어 넣었다. 그리고리는 불공정한 토지 분배에 대해 썼고, 사람들이 수의사를 부르는 대신에 사격을 가하여 가축의 병과 싸웠다고 썼다. 대장장이 티혼에게 글을 가득 쓴 마른 옥수수 잎사귀 묶음을 건네주면서 그리고리가 말했다.

"혹시 관구에 나가게 되면 《크라스나야 프라브다》를 인쇄하는 곳이 어딘가 물어봐서 이걸 전해 줘……. 읽을 수 있게 썼으니까 절대 구기지 마. 구기면 목탄이 지워지니까……."

대장장이는 불에 데고 목탄으로 까매진 손가락으로 사각거리는 잎사귀를 조심스럽게 받아서 품 안의 심장 가까이에 간직했다. 작별 인사를 하면서 그는 똑같이 씁쓸하고 일그러진 미소를 띠며 말했다.

"걸어서라도 관구에 가겠어. 아마 거기에 소비에트 정권이 있을지도 몰라……. 사흘 밤낮을 걸으면 150킬로미터쯤 갈 수 있어. 일주일 후에 돌아와서 자네에게 알려 줄게……."

<br>

6

<br>

가을에는 비가 내리고 습하고 흐린 날씨가 계속되었다.

두냐는 식료품을 사러 아침부터 마을로 갔다.

송아지들은 산기슭에서 풀을 뜯고 있었다. 농부의 겉옷을 걸친 그리고리가 소 떼를 몰고 걸어가면서 길가의 퇴색한 엉경퀴 머리를 생각에 잠겨서 손바닥으로 비벼 댔다. 가을날, 어둠이 깔리기 전의 짧은 시각에 두 사람이 말을 타고 언덕에서 내려오고 있었다.

따각따각 말발굽 소리를 내면서 그들은 그리고리를 향해 달려왔다.

그리고리는 그중 한 사람이 미헤이 네스테로프의 사위인 촌장이라는 걸 알았다. 다른 한 사람은 제분소 주인 이그나트의 아들이었다.

말들은 땀에 흠뻑 젖어 있었다.

"잘 있었나, 목동!"

"안녕하세요!"

"우린 널 찾아왔다……." 안장 위에서 몸을 구부리고 나서, 촌장은 꽁꽁 언 손가락으로 천천히 외투 단추를 풀더니 노랗게 변한 신문지를 꺼냈다. 그는 바람에 펄럭이는 신문을 펼쳤다.

"네가 이걸 썼나?"

옥수수 잎사귀에서 떨어져 나온 글들이 그리고리의 눈앞에서 춤을 추었다. 토지 분배와 가축의 죽음에 대한 글이었다.

"자, 우리하고 가자!"

"어디로?"

"바로 저기, 골짜기로…… 잠시 할 얘기가 있다……." 촌장의 파래진 입술이 바르르 떨렸고, 두 눈이 불쾌하고 역겹게 움직였다.

그리고리가 미소를 지었다.

"여기서 말해."

"여기서도 할 수 있지…… 원한다면……."

촌장은 주머니에서 나간권총[5]을 끄집어냈다……. 그리고 날뛰는 말을 끌어당기면서 목쉰 소리로 외쳤다.

"신문에 또 글을 쓸 테냐, 이 독사 같은 놈아?"

"네가 무슨 상관이야?"

"너 때문에 내가 재판에 서게 됐다! 또 비방을 할 거냐? 말해 봐, 빨간 물이 든 쓰레기 같은 놈아!"

대답을 기다리지도 않고 촌장은 그리고리의 굳게 닫힌 입을 향해 총을 쐈다.

총소리에 놀라 뒷발로 곤두선 말의 발밑으로 그리고리가 풀썩 쓰러졌다. 그리고리는 "으으" 하고 신음 소리를 내더니 갈고리처럼 구부러진 손가락으로 불그스레하게 색이 바랜 축축한 풀을 한 움큼 잡아 뽑고는 움직이지 않았다.

제분소 주인 이그나트의 아들이 안장에서 뛰어내려 검은 흙덩이를 한 움큼 긁어모아 피거품이 일기 시작한 입속으로 쑤셔 넣었다.


\*     \*     \*


초원은 넓어서 아무도 그 넓이를 잴 수 없다. 그곳을 지나

---

5) 회전식 연발 권총. 리볼버.

는 길과 발자국도 많다. 가을밤은 깜깜절벽이고, 말발굽 자국은 비에 깨끗이 씻겨 버릴 것이다…….


## 7


안개비가 내리는 황혼 녘. 초원으로 가는 길.

커다란 보리빵 한 조각이 든 작은 주머니를 등에 메고, 손에 지팡이를 든 사람이 길을 걸어가는 건 힘든 일이 아니다.

두냐는 길 가장자리를 걸어가고 있다. 바람이 해진 재킷 자락을 찢어발기며 갑자기 돌풍으로 변해서 두냐의 등을 때린다.

우울하고 음산한 초원이 사방에 널려 있었다. 어둠이 내리고 있다.

길에서 멀지 않은 곳에 작은 언덕이 보이고, 언덕 위에 바람에 흩날리는 브리얀 풀로 지붕을 얹은 임시 막사가 있다.

두냐는 마치 술에 취한 듯이 비틀거리며 다가가서 움푹 파인 작은 무덤 위에 얼굴을 묻고 쓰러진다.

밤…….

두냐는 기차역으로 곧장 이어진, 마차 바퀴로 다져진 도로를 따라 걸어간다.

두냐의 발걸음은 가볍다. 왜냐하면 등에 진 배낭 속에는 커다란 보리빵 한 조각, 초원의 씁쓸한 먼지 냄새가 나는 너덜너덜한 작은 책 한 권, 그리고 그리고리 오빠의 삼베 셔츠만 있기 때문이다.

슬픔으로 가슴이 미어지고 눈이 타 버리도록 눈물이 흐를 때, 그녀는 다른 사람들의 눈을 피해 어딘가로 가서 빨지 않은 삼베 셔츠를 배낭에서 꺼낸다……. 삼베 셔츠에 얼굴을 파묻고 오빠의 땀 냄새를 맡는다……. 그리고 오랫동안 꼼짝도 하지 않는다…….

몇 킬로미터의 길을 걸어왔다. 초원의 작은 계곡에서 세상사에 분개하는 늑대의 울음소리가 들린다. 두냐는 길 가장자리를 따라 걷고 있다. 소비에트 정권이 있는, 앞으로 공화국을 다스리기 위해 노동자들이 공부하고 있는 도시를 향해 걸어가고 있다.

레닌의 소책자에는 그렇게 쓰여 있다.

# 식량위원회 위원

## 1

주(州)의 식량위원회 위원이 관구(管區)에 왔다.

그는 시퍼렇게 보일 정도로 면도질을 한 입술을 실룩거리며 급하게 말했다.

"통계자료에 의하면, 당신에게 맡겨진 관구에서는 15만 푸 드의 곡식을 징발해야만 하오. 보쟈긴 동무, 난 정력적이고 적 극적인 일꾼인 당신을 이 관구의 식량위원회 위원으로 임명 했소. 기대하고 있소. 기한은 일 개월…… 혁명재판소 일행이 며칠 내에 도착할 거요. 군과 중앙에 그만큼의 곡물이 필요하 오……." 그는 뻣뻣한 털로 덮인 뾰족하게 튀어나온 울대뼈를 손바닥으로 툭 치고는 이를 악물었다. "간악하게 곡물을 숨기 는 자들은 사살하오!"

그는 빡빡 밀어 버린 머리를 한 번 끄덕이고는 가 버렸다.

## 2

깡충깡충 뛰어다니는 참새처럼 관구 전체에 늘어서 있는 전신주가 곡물 할당 소식을 전했다.

일반 마을과 카자크 마을마다, 파종을 한 카자크 농부들이 화려한 벨트로 배를 더 단단히 조이고 즉시, 조금도 지체하지 않고 이렇게 결정했다.

"그냥 곡물을 내줘야 한다고? 그럴 순 없지……."

밤마다 사람들은 몰래 봐 두었던 창고나 길가에 커다란 구덩이를 파서 낟알이 굵은 밀을 수십, 수백 푸드씩 파묻었다. 이웃이 어디에, 어떻게 곡물을 감추었는지 모두가 다 알고 있었다.

그러나 사람들은 입을 다물고 있다…….

보쟈긴은 식량징발대와 함께 관구를 순시하고 있다. 기관총 운반용 마차 바퀴 밑에서 눈이 빠드득거리고, 서리가 내린 바자울들이 빠르게 지나간다. 저녁 어스름이 내리고 있다. 이 카자크 마을은 다른 카자크 마을과 똑같지만, 보쟈긴의 고향인 것이다. 육 년 동안 고향은 별로 변한 게 없었다.

옛날에 이런 일이 있었다. 무더운 7월에 밭두렁에 노란 거품 같은 카밀레꽃이 피고, 밀 베기가 한창이었다. 이그나시카 보쟈긴은 열네 살이었다. 보쟈긴은 아버지와 일꾼과 함께 밀을 베고 있었다. 일꾼이 큰 갈퀴의 이를 부러트렸다는 이유로 아버지가 일꾼을 후려쳤다. 보쟈긴이 아버지에게 바짝 다가가 악문 이빨 사이로 말했다.

식량위원회 위원　　　　　　　　　　　　　　　　　　103

"아버지는 불량배예요……."

"내가?!"

"아버진……."

아버지는 주먹을 날려 이그나트를 쓰러트리고 말의 복대(腹帶)로 피가 나도록 때렸다. 들녘에서 집으로 돌아온 아버지는 저녁에 정원에서 벚나무 가지를 깎아서 지팡이를 만들었다. 아버지는 잠시 턱수염을 쓰다듬다가 그 지팡이를 이그나트의 손에 들이밀었다.

"가거라, 세상으로 나가서 지혜와 분별을 쌓거든 돌아와라." 이렇게 말하고 아버지는 코웃음을 쳤다.

육 년 전에 있었던 일이다. 그런데 지금 기관총 운반용 마차를 타고 서리가 내린 바자울 옆을 스르륵 지나가고, 초가지붕과 페인트칠을 한 덧문을 빠르게 지나가고 있다. 보쟈긴은 아버지가 살고 있는 집 정원의 포플러와 지붕 위에서 날개를 활짝 펼치고 소리 없이 외치고 있는 양철 수탉을 힐끗 쳐다보았다. 목구멍에서 뭔가가 치받쳐서 숨이 막힐 것 같았다. 그날 밤에 보쟈긴은 숙소로 정한 집 주인에게 물어보았다.

"보쟈긴 노인은 살아 계시오?"

마구를 수리하던 주인은 기름투성이의 손가락으로 초를 먹인 굵은 실에 뻣뻣한 털을 꼬아 넣고 나서 눈을 가늘게 떴다.

"점점 부자가 되고 있지요……. 새 여편네도 얻었고, 할머니는 오래전에 돌아가셨고, 아들은 어딘가로 사라져 버렸지요. 그런데 그 늙다리는 병사 마누라 뒤꽁무니만 쫓아다니고……."

그러고 나서 집 주인은 진지한 어투로 덧붙여 말했다.

"그러나 그리 나쁜 고용주는 아니지, 신중한 사람이고……
아는 사람이오?"

아침에 식사를 하면서 혁명재판소의 출장 법정 의장이 말
했다.

"어제 집회에서 부농 둘이 곡물을 내놓지 말라고 카자크들
을 선동했습니다……. 또 수색 중에 반항을 하고 적군(赤軍)
병사 두 명을 마구 때렸어요. 공개재판을 열어서 호되게 혼내
줘야 해요……."


3


전에 통 제조업자였던 혁명재판소 의장은 인민의 집의 나지
막한 연단 위에서, 낭랑한 소리를 내는 새 테를 작은 통에 처
박듯이, 말을 내뱉었다.

"총살해야 해!"

두 사람이 입구 쪽으로 끌려 나왔다……. 보쟈긴은 두 번
째 사람이 아버지임을 알아보았다. 불그스레한 턱수염이 희끗
희끗 세었을 뿐이었다. 보쟈긴은 햇볕에 탄 주름투성이의 목
을 쳐다보고 밖으로 뒤쫓아 나갔다.

현관 계단에서 보쟈긴이 경비 책임자에게 말했다.

"저기 저 노인을 내게로 데려오게."

노인이 맥없이 등을 굽힌 채 걸어오다가 아들을 알아보았
다. 노인의 두 눈에서 뜨거운 광채가 반짝 빛났다가 사라졌다.

노인은 흐트러진 보리 이삭 같은 눈썹 아래로 눈을 감추었다.

"이눔아, 적군(赤軍)들과 함께 왔느냐?"

"예, 아버지."

"흠 흠……." 노인은 눈길을 옆으로 돌렸다.

두 사람은 잠자코 있었다.

"육 년 만이네요, 아버지. 그런데 해 줄 말이 하나도 없나요?"

노인은 사납고 고집스럽게 콧날을 찡그렸다.

"말해 봐야 소용없어……. 우린 서로 가는 길이 달라. 나는
재산 때문에 총살당해야만 해. 내 곳간에 아무도 발을 들여
놓지 못하게 했다고 내가 반혁명 분자라니, 그럼 남의 곳간을
뒤지는 자는 법을 지키는 사람이냐? 약탈해 가라, 너희들 멋
대로."

식량위원회 위원 보쟈긴의 날카롭게 꺾인 턱뼈 부근이 잿
빛으로 변했다.

"우리는 가난한 사람들을 약탈하지는 않아요. 다른 사람의
땀으로 재산을 불린 자들을 모조리 쓸어버리자는 거지요. 아
버진 평생 누구보다도 많이 고용인들의 피를 빨아먹었어요!"

"난 자진해서 밤낮으로 일했다. 너처럼 여기저기를 싸다니
지 않았어!"

"땀 흘려 일했던 사람은 노동자와 농민의 정권을 환영하고
있는데, 아버진 몽둥이로 맞이했어요……. 우릴 울타리 안으
로 들여보내지도 않았고…… 그래서 총살을 당하는 겁니다!"

씩씩거리는 숨소리가 노인에게서 터져 나왔다. 노인은 지금
껏 두 사람을 이어 주고 있던 가느다란 실을 끊기라도 하듯이

잠긴 목소리로 말했다.

"넌 내 아들이 아니고, 난 네 애비가 아니다. 그런 말을 애비에게 했으니 넌 세 배로 저주받을 게야, 저주를……." 노인은 침을 탁 뱉고는 말없이 걷기 시작했다. 그리고 갑자기 뒤돌아보더니 적의를 숨기지 않고 소리쳤다. "그래, 이그나시카! 이게 우리의 마지막 만남이라면, 지옥에나 떨어져라! 호표르에서 카자크들이 네놈들의 정권을 깨부수러 오고 있다. 나는 죽지 않아……. 성모님이 지켜 줄 거야. 내 손으로 네놈의 숨통을 끊어 버릴 거다……."


*　　*　　*


저녁에 일단의 사람들이 마을 밖의 풍차 곁을 돌아서 죽은 가축을 내다 버리던 진흙 구덩이 쪽으로 걸어갔다. 사령관 테슬렌코는 파이프의 재를 털어 내고는 간단히 말했다.

"구덩이 쪽으로 더 가까이 서……."

보쟈긴은 길가의 연보랏빛 눈을 조각낸 썰매를 힐끗 쳐다보고는 짓눌린 듯한 낮은 목소리로 말했다.

"원망하지 말아요, 아버지……."

보쟈긴은 대답을 기다렸다.

침묵.

"하나…… 둘…… 셋!"

풍차 뒤에 있던 말이 갑자기 뒤로 달리기 시작하자, 썰매가 깜짝 놀란 듯이 울퉁불퉁한 길을 따라 흔들거리며 나아갔다. 그리고 물들인 멍에가 움푹 꺼진 하늘색 눈 바닥 위에서 아물거리며 계속해서 흔들리고 있었다.


## 4


깡충깡충 뛰어다니는 참새처럼 관구 전체에 늘어서 있는 전신주가 호페르 폭동 소식을 전했다. 집행위원회 사무실은 완전히 불타 버렸고, 일부 위원들은 살해되었으며, 일부는 도망쳤다는 것이다.

식량징발대는 관구를 향해 출발했다. 보쟈긴과 혁명재판소 사령관 테슬렌코는 이십사 시간 동안 카자크 마을에 남아 있었다. 그들은 곡물을 실은 마지막 짐마차들을 곡물 집적소로 보내기에 바빴다. 아침부터 폭풍이 몰아쳤다. 바람이 불고 눈보라가 일더니 마을을 온통 하얀 침전물로 덮어 버렸다. 저녁 때까지 이십여 명의 사람이 말을 타고 광장으로 달려왔다. 눈에 파묻힌 마을 상공에 경종이 울려 퍼졌다. 말 울음소리, 개 짖는 소리, 떨면서 쉰 목소리로 외쳐 대는 듯한 종소리…….

폭동.

말을 탄 두 사람이 푹 꺼진 벌거숭이 언덕을 지나 어렵게 산길로 접어들었다. 산 아래 다리에서 말발굽 소리가 울렸다. 일군의 말 탄 사람들이었다. 장교용 모피 모자를 쓴 사람이 맨 앞에서 다리가 긴 순종의 암말에 채찍을 휘둘렀다.

"공산주의자들이 내빼지 못하게 하라!"

언덕을 넘어서자 콧수염을 드리운 우크라이나인 테슬렌코가 몸이 작고 탄탄한 키르기스산(産) 말고삐를 잡아당겼다.

"제기랄, 다 따라왔네!"

그들은 말을 불쌍히 여겼다. 손바닥 모양의 언덕이 30킬로미터쯤 가로놓여 있다는 걸 그들은 알고 있었다.

추격대가 뒤에서 긴 대형으로 늘어섰다. 서쪽 땅 끝 너머에서 밤이 활 모양으로 등을 구부리고 있었다. 보쟈긴은 마을에서 3킬로미터쯤 떨어진 골짜기에 쌓인 흩날리는 눈 더미 위에서 사람을 보았다. 보쟈긴은 말을 타고 가까이 가서 쉰 목소리로 외쳤다.

"어쩌자고 여기에 앉아 있니?"

푸른 밀랍처럼 새파랗게 질린 조그마한 남자아이가 몸을 흔들어 댔다. 보쟈긴이 채찍을 휘두르자 말이 고통스러워하며 춤추듯이 아이 쪽으로 바짝 다가갔다.

"얼어 죽고 싶냐, 이놈아? 어쩌다 여기로 왔니?"

보쟈긴은 말에서 펄쩍 뛰어내린 후, 몸을 굽혀서 알아듣기 힘든 가냘픈 목소리를 들었다.

"아저씨, 나 얼어 죽겠어요…… 난 고아고…… 그냥 여기저기 돌아다녀요." 아이는 덜덜 떨면서 찢어진 여자 재킷 자락을 머리에 덮어쓰고는 입을 다물었다.

보쟈긴은 말없이 반외투의 단추를 풀어서 야윈 몸뚱이를 옷자락으로 감쌌다. 그리고 날뛰는 말 위에 천천히 올라탔다.

그들은 내달렸다. 반외투를 덮어쓴 아이는 잠자코 몸을 녹이며 혁대를 꽉 잡았다. 말 걸음걸이가 눈에 띄게 느려졌고, 뒤에서 점점 크게 들리는 말발굽 소리를 느끼고 코를 힝힝거리면서 단속적으로 울어 댔다.

테슬렌코는 보쟈긴의 말갈기를 움켜잡고 살을 에는 바람 사이로 소리쳤다.

"애를 버려! 악마의 새끼야, 알았어? 던져 버려, 안 그러면 우린 잡힌단 말이야!" 테슬렌코는 욕설을 퍼부으며 새파래진 보쟈긴의 손을 채찍으로 내리쳤다. "붙잡히면 죽는다! 네 새끼하고 활활 타오르는 불속에서 타 버릴 거야!"

말들이 거품을 문 낯짝을 나란히 하고 달렸다. 테슬렌코는 피가 나도록 보쟈긴의 손을 내리쳤다. 보쟈긴은 고삐를 안장 굴곡부에 걸고 뻣뻣해진 손가락으로 아이의 축 처진 작은 몸뚱이를 껴안으며 나간권총으로 손을 뻗었다.

"애를 버릴 수 없어. 얼어 죽을 거야! 놓아라, 이 시체 같은 늙은이야. 죽여 버릴 거야!"

허연 콧수염의 우크라이나인은 소리 내어 울면서 말고삐를 잡아당겼다.

"이제 도망갈 수 없어! 끝장이야!"

손가락은 남의 손가락처럼 말을 듣지 않았다. 혁대로 아이를 안장에 비끄러매면서 보쟈긴은 이를 갈았다. 보쟈긴은 단단히 매였는지 확인하고는 빙긋 미소를 지었다.

"갈기를 꽉 잡아라, 이 올챙이야!"

보쟈긴은 땀투성이가 된 말의 엉덩이를 칼집으로 때렸다. 테슬렌코는 늘어진 콧수염 밑으로 손가락을 찔러 넣고 산적이 신호하듯이 날카롭게 휘파람을 불었다. 두 사람은 몸이 가벼워져 날 듯이 질주하는 말들을 오랫동안 전송했다. 그리고 나란히 땅에 엎드렸다. 두 사람은 언덕에서 모습을 드러낸 모피 모자들을 향해 메마르고 요란한 일제사격을 퍼부어 댔다.

\* \* \*

두 사람은 사흘 동안 누워 있었다. 빨지 않은 거친 옥양목 속바지를 입은 테슬렌코의 쭉 찢어진 입에서 새어 나온 얼어붙은 피거품이 하늘을 향해 있었다. 앞머리에 깃털이 난 초원의 새들이 보쟈긴의 드러난 가슴을 겁 없이 뛰어다녔다. 그리고 찢어진 배와 속이 텅 빈 눈구멍에서 검은 꺼끄러기의 보리를 유유히 쪼아 먹고 있었다.

# 시발로크의 씨

"당신은 배운 여자고 안경도 끼고 있군. 그런데 이해하지 못하다니…… 내가 그 앨 어쩌란 말이오?

우리 부대는 여기서 40킬로미터쯤 떨어져 있는데, 난 그 앨 팔에 안고 여기까지 걸어왔소. 다리 거죽이 벗겨진 거 보이오? 당신이 이 고아원 원장이니까 이 앨 맡아 주쇼! 뭐 자리가 없다고? 그럼 이 앨 어디로 데려가란 말이야? 나는 얘 때문에 고통을 충분히 당했소. 쓴맛도 맛볼 만큼 맛봤다고……. 그래, 이 앤 내 새끼고 내 씨요. 두 살이고 엄마는 없어……. 애 어미에 대해 말하자면 아주 복잡하오. 그래, 말해 줄 수도 있지. 재작년에 난 특무중대에 있었소. 그때 우린 돈강 상류의 카자크 마을을 따라 이그나티예프의 반혁명 도당을 추격하고 있었어. 정확히 말해 난 기관총사수였고. 어느 날 우리는

말을 타고 마을을 벗어났는데, 초원은 대머리처럼 민둥민둥
했어. 엄청나게 무더웠지. 우리는 언덕을 넘어서 산 밑에 있는
작은 숲으로 내려갔는데, 기관총을 운반하는 마차에 탄 나는
맨 앞에 있었소. 그런데 근처의 언덕 위에 한 여자가 누워 있
었어. 나는 말들을 몰아서 여자 쪽으로 갔지. 평범한 여자였는
데 치맛자락을 머리 쪽으로 걷어 올리고 낯짝을 위로 향한 채
누워 있었어. 마차에서 내려서 보니까 아직 살아서 숨을 쉬고
있는 거야……. 난 여자의 이 사이로 칼을 꽂아 입을 벌리고
수통의 물을 쏟아부었지. 여자는 완전히 정신을 차렸어. 이때
중대의 카자크들이 말을 타고 달려와서 그녀에게 물었소.

'넌 도대체 어떤 여자이기에 창피한 모습으로 한길 가까이
에 자빠져 있는 거냐?'

그녀는 마치 죽은 사람처럼 신음 소리를 내더군. 아스트라
한 지역의 반혁명 도당이 그녀를 짐마차에 태워 여기로 데려
와서 능욕하고 나서, 흔히 그렇듯이, 길 한가운데에 버렸다는
걸 우리는 간신히 알아냈지……. 난 카자크들에게 말했소.

'형제들, 이 여자를 내 마차에 태울 수 있도록 해 줘. 이 여
자는 반혁명 도당에게 심한 고통을 당한 것 같아.'

그러자 전 중대원이 술렁이기 시작했소.

'시발로크, 기관총을 운반하는 마차에 여잘 태워! 여자들
은 살아 있으면 다 짐승이야. 몸이 좀 좋아지면 알게 될 거야!'

당신은 어떻게 생각하오? 난 여자의 치맛자락 냄새를 맡는
걸 싫어했지만, 그녀가 불쌍해서 재수 없게도 그녀를 마차에
태웠던 거요. 그녀는 얼마 동안 우리와 함께 살면서 우리에게

익숙해졌지. 카자크들의 빨래를 해 주고, 누군가를 위해 폭이 넓은 바지에 헝겊을 대어 기워 주고, 중대를 위해 여자가 할 수 있는 일을 모두 떠맡아 하는 거야. 그러나 중대에 여자를 붙잡아 두는 게 영 찝찝한 기분이었어. 중대장은 욕지거리를 퍼부어 대곤 했소.

'저 화냥년의 치맛자락을 잡아서 내던져 버려.'

난 그녀가 너무너무 불쌍해서 이렇게 말했어.

'다리야, 몸이 성해지면 여길 떠나거라. 안 그러면 멍청한 총알이 널 쫓아다닐 거고, 그럼 넌 울게 될 거야.'

그녀는 울음을 터뜨리고 소리쳤소.

'이 자리에서 날 쏴 죽여요, 사랑하는 카자크님들. 난 당신들에게서 떠나지 않겠어요!'

곧 내 마부가 전사했고, 그녀는 내게 어려운 부탁을 했어.

'날 마부로 쓰면 어때요? 알다시피, 난 다른 사람 못지않게 말을 잘 다룰 수 있어요…….'

난 그녀에게 말고삐를 건네주며 말했지.

'만약 전투 중에 기관총을 운반하는 마차를 수월하게 뒤로 돌리지 못한다면, 길 가운데 나자빠져 뒈져 버려라. 어쨌거나 내가 때려죽일 테니까!'

그녀는 카자크 근무자들이 모두 놀랄 정도로 말을 잘 부렸소. 비록 여자였지만 어떤 카자크 못지않게 말에 대해 잘 알고 있었거든. 진지에서 너무 빨리 마차를 돌려서 말들이 두 발로 서곤 했으니까. 시간이 지날수록 그녀는 말을 더욱 잘 다루었어……. 우리는 그녀와 관계를 갖기 시작했지. 그래, 짐작하는 대로 그녀는 임신을 했어. 그 여자는 우리 때문에 적잖은 고통을 당했지. 우리는 팔 개월여 동안 반혁명 도당을 추격했거든. 중대의 카자크들이 히히거리며 말했어.

'이봐, 시발로크. 자네 마부는 정부에서 주는 음식물을 먹고 어째 그렇게 뚱뚱해졌나? 마부석이 비좁을 정도야!'

그때 우리는 궁지에 빠졌소. 탄약이 동났고, 보급도 끊겨 버렸지. 반혁명 도당은 마을의 한쪽 끝에 배치되어 있었고, 우리는 다른 한쪽 끝에 있었지. 탄약이 동났다는 건 마을 사람들에게 절대 비밀로 했어. 그런데 배신 행위가 있었어. 밤중에 나는 초소에 있었는데 땅이 울리는 소리가 들리는 거야. 적들이 마을 너머에서 길게 산개하여 우리를 포위하려는 거였어. 그런데 공격해 오는 폼이 우리를 전혀 무서워하지 않았고, 심지어 우리에게 시끄럽게 소리를 지르는 거야.

'항복해라, 빨갱이 카자크들아. 너희들은 탄약이 없어! 형제들, 항복하지 않으면 골로 보내겠어!'

그래, 적들이 우릴 따라잡았던 거야……. 적들이 우리 후미를 너무 심하게 쥐어짜는 바람에 우리는 누구 말이 최고인가 알아보려고 언덕을 달려야만 했어. 아침에 마을에서 15킬로미터쯤 떨어진 숲속에 모였는데, 우리 측 병사 절반 이상이 모자랐어. 일부는 도망쳤고, 나머지는 참살당했지. 나는 우수에 시달렸고, 거처도 없었어. 게다가 다리야는 병이 났고. 그녀는 밤에 말을 타고 달렸고, 몸 전체가 변해서 얼굴이 까매졌어. 그녀는 우리와 뱅뱅 돌아다니다가 야영지에서 숲속 깊숙이 들어갔어. 무슨 일이 있다고 짐작한 나는 그녀 뒤를 쫓았지. 그녀는 계곡 속으로 들어가 비바람에 쓰러진 수목 사이에 몸을 숨기고 비에 움푹 파인 장소를 찾아냈어. 그리고 암늑대처럼 떨어진 잎사귀들을 긁어모으더니 처음엔 엎드려 누웠다가 나중엔 위를 향해 반듯이 누웠어. 그녀가 신음을 하면서 애를 낳으려고 하는 거야. 나는 덤불숲 뒤에 꼼짝 않고 앉아서 나뭇가지 사이로 그녀를 바라보았지. 그녀는 끙끙 신음을 하더니 마침내 비명을 질렀고, 눈물이 볼을 타고 흘러내렸지. 낯빛이 온통 파래졌어. 눈을 부릅뜨고 용을 쓰면서 진통을 하기 시작했어. 이건 카자크가 할 짓이 아니지만 가만히 지켜보니까, 애를 낳지 못하고 죽을 것 같더라고……. 나는 덤불숲에서 뛰쳐나가 그녀에게 달려갔지. 그녀를 도와야만 한다고 생각한 거야. 나는 허리를 굽히고 옷소매를 걷어붙였지. 너무나 무서워서 온몸이 땀에 젖었어. 그동안 난 사람들을 많이 죽여야만 했지만 무섭지 않았어. 그런데 그땐 그렇게 무섭더라니까! 그녀 주변에서 수선을 피우고 있는데, 그녀가 신음 소리를 멈추더니 얼토당토않은 말을 내게 퍼부어 대는 거야.

'야샤, 누가 반혁명 도당에게 탄약이 없다고 알렸는지 알아?' 이렇게 말하고 그녀는 아주 진지한 표정으로 날 쳐다보는 거야.

'누구냐?' 하고 내가 물었지.

'나야.'

'뭔 소리야. 이 멍청이가 못 먹을 걸 처먹었나? 지금은 지껄일 때가 아니야. 잠자코 누워 있어!'

그녀는 다시 말했어.

'내 머릿속은 온통 죽음뿐이야. 난 당신 앞에서 고백하고 싶어. 당신은 얼마나 악독한 뱀을 셔츠로 따뜻하게 덮어 주었는지 모를 거야……'

'그래, 고백해라, 도대체 뭐야!'

그러자 그녀는 모든 걸 털어놓고, 머리를 땅에 부딪치면서 내게 말했지.

'난 자진해서 반혁명 도당에 들어갔는데, 그들의 두목인 이그나티예프와 눈이 맞았어……. 일 년 전에 그들은 모든 정보를 캐내려고 날 당신의 중대에 보냈던 거야. 쇼를 하기 위해 내가 강간당한 것처럼 일을 꾸몄던 거지……. 난 죽을 거야. 죽지 않으면 당신의 중대를 모두 팔아넘겨 버릴지도 몰라……'

내 심장은 부글부글 끓어올랐소. 난 도저히 참지 못하고 군화로 그녀를 냅다 차 버렸어. 이때 다시 진통이 시작되었고, 그녀의 다리 사이로 아이가 보이더군……. 온통 피로 물든 채 누워서, 늑대의 이빨에 물린 토끼 새끼처럼 응애응애 울어 대더라고. 그런데 다리야는 울다 웃다 하다가 내 다리 밑으로 기어 오더니 무릎을 껴안으려고 했어……. 나는 휙 돌아서서 중대로 갔어. 그리고 카자크들에게 자초지종을 얘기했지……

카자크들 사이에서 대소동이 일어났어. 처음엔 날 죽이려고 했다가, 잠시 후 이렇게 말하더군.

'시발로크, 네가 마음이 끌려 그년을 데려왔어. 네가 그년과 새로 태어난 애새끼를 완전히 끝장내야 해. 안 그러면 양배추처럼 널 갈가리 찢어 버릴 거야……'

시발로크의 씨

난 무릎을 꿇고 말했지.

'형제들! 난 형제들의 위협이 무서워서가 아니라 양심에 따라, 그녀의 배신으로 목이 날아간 동료 형제들을 위해 그녀를 죽이겠어. 그러나 어린애는 불쌍히 여겨 줘. 어린애 속에 나와 그 여자가 반씩 섞여 있어. 당신들은 아내와 자식들이 있지만 난 이 애 말고 아무도 없어……'

난 중대원들에게 애원했고 땅에 입을 맞추었지. 그들은 날 불쌍히 여겨 이렇게 말했어.

'그래, 좋아! 시발로크, 네 씨는 자라서 너처럼 용감한 기관총사수가 될 거다. 여자는 끝장내!'

난 다리야에게 달려갔어. 그녀는 앉아서 몸을 수습하고 두 손으로 애를 안고 있더라고. 내가 말했지.

'아이를 네 가슴에 안기지 않겠다. 비참한 시절에 태어났으니 아이는 엄마 젖을 모를 거야. 다리야, 넌 우리 소비에트 정권의 적이다. 그러니 난 널 죽여야만 한다. 계곡을 등지고 서라!'

'야샤, 그럼 아기는? 얘는 당신의 피붙이야. 날 죽이면 이 아기는 젖이 없어 죽을 거야. 젖으로 애를 기른 다음에 날 죽여. 날 죽이는 건 상관없어……'

'안 돼. 중대원들이 내게 엄명을 내렸다. 난 널 살려 둘 수 없어. 애는 걱정 마라. 암말의 젖을 먹여 기를 테니까. 애를 죽게 하진 않겠다.'

나는 두 걸음 뒤로 물러나 어깨에서 총을 내렸소. 그녀는 내 발을 잡고 군화에 입을 맞추었지.

일을 끝낸 다음, 뒤도 돌아보지 않고 중대로 돌아오는데, 손은 와들와들 떨리고 다리는 휘청거리고, 벌거벗은 아기가 미끈거려서 자꾸 손에서 삐져나오는 거요…….

닷새쯤 지나서 우리는 그 장소를 지나게 되었지. 계곡의 숲 위로 먹구름이 떠 있었어……. 난 이 애와 슬픔을 맛볼 대로 맛보았지.

카자크들은 이렇게 말하곤 했소.

'애 다리를 잡아 마차 바퀴에 부딪혀 박살 내 버려! 시발로 크, 왜 애와 함께 고통을 당하는 거야?'

애새끼가 극도로 불쌍해질 땐 이렇게 생각하오. '이놈이 자라면 애비의 일을 떠맡아서 소비에트 정권을 수호할 거다. 사람들은 야코프 시발로크를 늘 기억하겠지. 난 잡초처럼 죽어 가진 않을 거야. 자식을 남겼으니까…….' 착한 시민인 당신이 믿을지 모르지만, 예전엔 난 괜히 눈물을 흘리지 않았소. 그러나 애 때문에 눈물을 흘렸어. 중대에서 암말이 새끼를 낳았는데, 우린 망아지를 총으로 쏴 죽이고 애에게 암말의 젖을 먹였지. 처음엔 애가 암말의 젖꼭지를 물지 않고 괴로워하더군. 그러다가 암말의 젖꼭지에 익숙해져서 다른 애들이 엄마의 젖꼭지를 빨듯이 암말의 젖꼭지를 잘 빨아 댔어.

난 내 속바지로 애에게 셔츠를 만들어 주었소. 지금은 애가 자라서 옷이 약간 작지만, 그건 별문제가 아니야. 애는 그럭저럭 잘 자랄 거요…….

자, 이제 이해하겠소. 나더러 이 애를 어쩌란 말이오? 애가 너무 어리다고? 애는 영리하고 쓸을 수도 있어……. 더 이상

불행한 일이 일어나지 않도록 애를 맡아 주오! 맡아 주겠소? 그럼, 고맙소, 동지! 포민의 반혁명 도당을 박살내고 곧장 애를 보러 말을 타고 달려오리다.

잘 있어라, 내 아들, 시발로크의 씨! 무럭무럭 크거라……. 오, 이 후레자식아! 왜 애비의 턱수염을 잡아당기냐? 널 보살피지 않았다고? 내가 널 돌보지 않았다고 싸움을 거는 거냐? 자, 네 정수리에 작별의 키스나 하게 해 다오…….

걱정하지 말아요, 선량한 시민 동지. 이 애가 깩깩댈 거라고 생각하오? 절대 안 그럴 거요! 이 아이는 우리 볼셰비키 기질을 약간 가지고 있으니까, 물어뜯어야만 할 때는 물어뜯을 거요. 뭘 숨기겠소. 그러나 이 아이가 눈물을 흘리게 하지는 마오!"

# 일류하[1]

## 1

이 일은 곰 사냥에서 시작되었다.

다리야 아주머니는 숲에서 나무를 베다가 사람이 다닐 수 없는 밀림에 다다라서 우연히 곰이 사는 굴을 발견했다. 민첩한 아주머니는 곰 굴 근처에서 아들이 망을 보도록 하고, 단숨에 마을로 달려갔다. 아주머니는 맨 먼저 트로핌 니키티치의 오두막으로 갔다.

"집에 있네?"

"그려."

"곰 굴을 발견했는디…… 죽이면 수입의 일부를 주지."

트로핌 니키티치는 그녀를 위에서 아래로, 다시 아래에서

---

1) 일리야의 애칭.

위로 훑어보면서 경멸하듯이 말했다.

"구라 풀지 말고, 앞장이나 서. 수입의 일부는 당신이나 갖고."

그들은 채비를 하고 출발했다. 다리야가 앞장서서 비틀거리며 걸어갔고, 트로핌과 아들이 뒤따라갔다. 그러나 일이 틀어졌다. 곰 굴에서 새끼를 밴 곰을 몰아내어 거의 코앞에서 총을 쏘았지만, 일부러 빗맞혔는지 아니면 어떤 알 수 없는 이유 때문인지 그만 곰을 놓쳐 버리고 말았다. 트로핌은 자신의 낡은 베르당총[2]을 오랫동안 살펴보며, 싱글거리는 일리야를 곁눈질하면서 다리야와 오랫동안 흥정을 하더니 자기 지분을 높이고 마침내 이렇게 말했다.

"곰을 절대로 놓칠 순 없지. 숲속에서 밤을 지새워야만 혀."

아침에 어린 소나무가 무성한 숲 사이로, 암곰이 동쪽의 글리니셰프스키 숲으로 걸어가고 있는 게 보였다. 얽히고설킨 곰 발자국이 방금 내린 눈 위에 선명하게 찍혀 있었다. 트로핌과 아들은 곰 발자국을 따라 이틀 밤낮을 돌아다녔다. 그들은 추위와 허기를 느꼈으며, 이틀째에 음식물이 떨어졌다. 사흘 밤낮이 지나서야, 그들은 숲속의 빈터에 고아처럼 슬픔에 잠겨 서 있는 자작나무 아래에서 갑자기 만난 암곰을 때려눕혔다. 그제야 트로핌은 270킬로그램이 넘는 곰의 몸뚱이를 뒤집는 일리야를 보며 말문을 열었다.

"넌 힘이 세구나. 때가 되었어……. 장가를 가야 해. 난 늙어서 힘이 없다. 짐승을 쫓아다닐 수도 없고, 목표물을 맞히지도

---

2) 19세기 후반 러시아 보병이 사용한 단발총.

못해, 눈물이 눈을 가려서. 봐라, 짐승도 배 속에 새끼를, 자손을 가졌지…… 사람에게도 그런 사명이 있다."

일리야는 피가 묻은 칼을 눈 속에 찔러 넣고 땀에 젖은 머리칼을 이마 뒤로 넘기고 나서 잠시 생각했다. '어휴, 또 시작이다……'

이때부터 성화가 시작되었고, 아버지와 어머니는 매일 더욱더 집요하게 일리야를 몰아붙였다. "결혼해라, 결혼해, 때가 되었어. 일하기에 어미는 너무 늙었어. 집에 늙은이를 도와줄 젊은 여주인이 필요해."

일리야는 페치카에 앉아서 거칠게 숨을 쉬며 잠자코 있었다. 두 노인네는 아들을 심하게 책망했다. 급기야 일리야는 노인들이 쓰던 톱을 조용히 자루에 싸서 넣고, 도끼와 목공에 필요한 다른 연장을 집어 들며 길 떠날 채비를 시작했다. 일류하는 정처 없이 떠나는 게 아니라 모셀프롬[3] 빵집에서 판매원으로 일하는 예뾤 아저씨에게 가기로 했다.

그러나 어머니는 자기 생각을 버리지 않았다.

"일류하, 네 색시를 봐 뒀다. 잘 익은 사과 같은 게 너한테 잘 어울릴 거야. 그 색시는 들에서 일을 하고, 즐거운 대화로 손님들을 맞이할 거야. 중매를 넣어야 해. 안 그러면 다른 사람들이 채 갈 거다."

---

3) 농업 생산품을 가공하고 판매하는 모스크바 기업연합으로 1922년에서 1937년까지 존재했다.

어머니는 아들의 마음을 아프게 하고 우울하게 했다. 결혼은 정말로 내키지 않았다. 게다가 솔직히 말해서 맘에 드는 처녀도 없었다. 마을 부근에는 그 어디를 둘러봐도 적당한 여자가 없었다.

상점 주인 페쟈의 딸을 신부로 점찍어 두었다는 걸 알고 일류하는 머리털이 곤두섰다.

아침에 이럭저럭 밥을 먹고 부모님과 작별 인사를 하고 나서 일류하는 정거장으로 걸어갔다. 아들을 보내면서 어머니는 울음을 터뜨렸고, 아버지는 회색 눈썹을 움찔거리며 화가 나서 말했다.

"일리야, 넌 떠돌아다니길 좋아하니 가거라. 그러나 집에 돌아오지 마라. 네가 콤소몰에게 감염된 거 알고 있다. 늘 나쁜 놈들과 어울리더니 물들었어. 네가 알고 있는 대로 살아라. 더 이상 너에게 이래라저래라 하지 않겠다……."

노인은 아들 등 뒤로 문을 쾅 닫고는, 곧고 넓은 거리를 따라 걸어가는 아들을 창문을 통해 바라보았다. 잠시 후 그는, 화가 난 할망구가 씩씩대는 소리를 들으면서 얼굴을 찌푸리고 천천히 한숨을 쉬었다.

일류하는 마을에 도착해서 잠시 도랑 옆에 앉아 부모님이 색시로 점찍어 놓은 나스챠를 떠올리고는 웃음을 터트렸다. 그녀는 여자 수도사와 아주 닮았는데, 입술을 표독스럽게 꽉 다물고 시골 노파처럼 늘 한숨을 쉬며 한 번도 예배에 빠지지 않았다. 그녀는 쉬어 터진 반죽 같았다.

## 2

모스크바는 코스트로마와 비교할 수 없었다. 맨 먼저 일리야는 자동차의 경적 소리에 깜짝 놀랐고, 요란한 소리를 내는 전차를 바라보며 몸을 떨었지만 점차 익숙해졌다. 예핌 아저씨가 그에게 목수 일을 주선해 주었다.

밤늦게 일리야는 일터에서 플류시하 거리를 따라 말없이 줄지어 서 있는 가로등 아래를 걷고 있었다. 일리야는 샛길로 가려고 구부러진 막다른 골목으로 들어섰다. 그때 대문 밑의 틈바귀 사이로 짓눌린 비명, 발 구르는 소리, 따귀 때리는 소리가 들렸다. 일리야는 재빨리 다가가서 대문 밑의 어두운 틈바귀를 들여다보았다. 축축한 둥근 벽 주위에 아스트라한 가죽[4]의 옷깃이 달린 코트를 입은 무기력한 주정뱅이가 어떤 여자를 꼭 붙잡고 껄껄 트림을 해 대면서 불분명하게 웅얼거리고 있었다.

"그, 그러나…… 자, 아가씨…… 우리 시대엔 아주 간단해. 순간의 행복……."

일리야는 아스트라한 가죽 옷깃 뒤에서 붉은 완장과 공포, 눈물, 혐오로 가득 찬 처녀의 눈을 보았다.

일리야는 주정뱅이에게 다가가 다섯 손가락으로 아스트라한 가죽 옷깃을 붙잡아서 뻗대는 몸뚱이를 벽에 처박았다. 주정뱅이는 "아아" 소리를 지르고 트림을 하더니 황소 같은 멍한

---

4) 러시아 아스트라한 지방에서 나는 새끼 양의 무두질한 가죽.

눈으로 일리야를 응시했다. 그러나 짐승처럼 무서운 청년의 눈길을 느끼고 방향을 돌리더니 비틀대고 두리번거리며 넘어지면서 골목을 따라 도망갔다.

붉은 스카프를 쓰고 닳은 가죽 옷을 입은 처녀가 일리야의 옷소매를 꼭 잡았다.

"고마워요, 동지…… 정말로 고마워요!"

"왜 저자가 당신을 붙잡았죠?" 일리야는 수줍어하고 당황한 채 물었다.

"술 취한 무뢰한이…… 괜히 트집을 잡았어요. 일면식도 없는 사람이었어요."

처녀는 주소가 적힌 종이를 일리야의 손에 쑥 찔러 넣었다. 그리고 주보프 광장까지 걸어가면서 계속 반복해서 말했다.

"동지, 한가할 때 들러요. 다시 보면 반가울 거예요."

3

일리야는 어느 토요일에 그녀의 집에 도착하여 6층으로 올라가서 '안나 보드루히나'라는 이름이 붙은 낡은 문 앞에 멈춰 섰다. 그는 어둠 속에서 한 손으로 문의 손잡이를 더듬어 찾아서 조심스럽게 두드렸다. 문은 저절로 열렸다. 그녀는 문지방에 서서 가까이 있는 것이 잘 안 보이는지 가늘게 눈을 떴다가 누군지 알아보고는 활짝 미소를 지었다.

"어서 들어와요."

불안한 마음을 털어 내며 일리야는 의자 모서리에 앉아서 조심스럽게 주변을 둘러보았다. 그리고 묻는 말에 짤막하고 무겁게 말했다.

"코스트로마…… 목수…… 돈을 벌려고 왔소……. 난 스물하나요……."

일리야가 결혼하기가 싫어서 신앙심이 깊은 색시한테서 도망쳐 왔다고 무심코 말하자 처녀는 웃음을 터뜨리며 바싹 관심을 보였다.

"얘기해 줘요, 얘기해 줘요."

웃어서 빨개진 얼굴을 바라보며 일리야도 활짝 웃음을 터뜨렸다. 일리야는 어색하게 두 손을 내저으며 모든 것에 대해 오랫동안 얘기했다. 두 사람은 이야기 중간중간에 젊은이답게 깔깔대며 싱그럽게 웃었다. 이때부터 일리야는 자주 그녀를 방문했다. 퇴색한 벽지에 성난 레닌의 초상화가 걸린 조그만 방은 일리야에게 곧 친숙해졌다. 일이 끝나면 그녀의 집에 가서 그녀와 함께 앉아서 레닌에 대한 간단한 얘기를 듣고, 그녀의 밝은 하늘색 잿빛 눈을 바라보고 싶어졌다.

봄날에 시내는 거리마다 온통 진창이었다. 일리야는 일이 끝나자마자 그녀의 집에 들러서 문가에 연장을 놓았다. 그리고 문의 손잡이를 잡고는 심한 냉기에 깜짝 놀랐다. 문에 붙은 종잇조각에는 '이바노보-보즈네센스크로 한 달간 출장'이라는 문구가 낯익은 필체로 비스듬하게 쓰여 있었다.

일리야는 계단을 따라 아래로 내려오면서 컴컴한 통로를 바라보며 발밑에 끈끈한 침을 내뱉었다. 울적해서 가슴이 답답해졌다. 며칠 후에 그녀가 돌아오는지 일리야는 헤아려 보았다. 돌아올 날이 가까워지면 가까워질수록 그의 마음은 더욱더 초조해졌다.

금요일에 일리야는 일터에 나가지 않았다. 아침부터 일리야는 밥도 먹지 않고 꽃이 만발한 포플러의 향기가 가득한 낯익은 거리로 나가서 붉은 완장을 찬 사람이면 누구에게나 눈길을 주었다. 저녁 무렵에 그녀가 골목에서 걸어 나오는 걸 보고는 그만 참지 못하고 그녀를 향해 달려갔다.


4


다시 일리야는 일요일마다 아파트나 콤소몰 클럽에서 그녀와 만났다. 그녀는 일리야가 더듬거리며 글을 읽고 쓸 수 있도록 가르쳤다. 일리야의 손가락에서 펜이 사시나무 잎처럼 떨리고 종이 위에 잉크 얼룩이 번졌다. 붉은 완장을 찬 그녀가 그에게 가까이 몸을 굽히면 일리야의 머리는 대장장이가 관자놀이를 규칙적으로 무섭게 두드리는 것 같았다.

손가락으로 잡은 펜이 뛰어오르며 일리야처럼 큼직하고 구부정한 철자를 종이 위에 그렸다. 두 눈은 안개가 낀 것처럼 흐릿해졌다.

한 달 후에 일리야는 자신을 콤소몰 회원으로 받아 달라는 신청서를 건설위원회의 당 세포 서기에게 제출했다. 그건 단순한 신청서가 아니라 일리야가 직접 종이 위에 비스듬하고

삐뚤삐뚤하게 쓴 것이었다. 그것은 마치 대패 밑에 쌓인 수북한 대팻밥 같았다.

일주일이 지난 어느 날 저녁에 안나는 살짝 얼음이 언 커다란 6층 건물의 입구에서 그를 맞이하며 유쾌하고 낭랑한 목소리로 소리쳤다.

"안녕, 일리야 동지, 콤소몰 회원!"


## 5


"일리야, 벌써 2시네. 집에 가야지."

"기다려. 그런데 충분히 잠을 못 잤나?"

"이틀째 잠을 못 잤어. 가요, 일리야."

"거리는 엄청 질퍽하고…… 집에서는 여주인이 '어딜 쏘다니는 거야. 당신들 때문에 쓸데없이 문을 여닫아야만 해.'라고 짖어 대고……."

"그러니까 좀 더 일찍 가요. 한밤중까지 앉아 있지 말고."

"여기, 아무데서나…… 자고 가면 안 될까?"

안나는 책상에서 일어나 불빛을 향해 등을 돌렸다. 그녀의 이마에 비스듬한 가로 주름이 도랑처럼 잡혔다.

"일리야…… 내게 접근하고 있다면 그만둬요, 요새 뭔가에 뜻이 있는 것 같아……. 내가 결혼했다는 걸 당신이 알았어야만 했는데. 남편은 사 개월째 이바노보-보즈네센스크에서 일하고 있어요. 며칠 전에 남편에게 갔다 온 거야……."

일리야의 입술이 마치 회색 재로 덮힌 것처럼 거무죽죽하게 변했다.

"당신이 겨-얼-호-온했다고?"

"그래요. 어떤 콤소몰 회원과 살고 있어요. 당신에게 이걸 미리 말하지 않은 게 유감이야."

일리야는 이 주 동안 일터에 나가지 않았다. 그는 얼굴이 붓고 파래진 채로 침대에 누워 있었다. 그 후, 일리야는 웬일인지 침대에서 일어나 녹이 슨 톱을 손가락으로 건드려 보고 부자연스럽게 일그러진 미소를 지었다. 일리야가 콤소몰에 나타나자 세포의 동료들이 질문을 퍼부어 댔다.

"무슨 병으로 고생한 거야? 산송장 같아. 왜 그렇게 얼굴이 누렇게 뜬 거야?"

일리야는 클럽의 복도에서 세포 서기를 우연히 만났다.

"일리야지?"

"네."

"어디로 사라졌더랬어?"

"앓았어요⋯⋯. 머리가 좀 아팠어요."

"농학 학습 출장이 하나 있는데 갈 거지?"

"난 아주 무식하잖아요. 안 그러면 가곤 싶은데⋯⋯."

"됐어! 거기에서 준비 학습이 있을 거고, 배우게 될 거야⋯⋯."

*　　*　　*

일주일이 지난 어느 날 저녁에 일리야가 일터에서 학습장으로 가고 있는데 뒤에서 누군가가 소리쳐 불렀다.

"일리야!"

뒤돌아보니 그녀, 안나였다. 안나가 일리야를 뒤쫓아 오며 멀리서 미소를 짓고 있었다. 그녀는 일리야의 손을 꼭 잡았다.

"어떻게 지내요? 학습을 받고 있다고 들었는데?"

"천천히 살면서 배우고 있어. 읽고 쓰기를 가르쳐 준 거 고마워."

둘은 나란히 걸어갔다. 붉은 완장이 옆에 있었지만 일리야는 이미 머리가 어지럽지 않았다. 헤어지기 전에 안나가 옆을 바라보며 웃으면서 물었다.

"그런데 병은 다 나았어?"

"여러 가지 병에 걸린 땅을 치료하는 법을 배우고 있어. 그런데 그 병은……."

일리야는 한 손을 내젓고 오른쪽 어깨에서 왼쪽 어깨로 연장을 옮겼다. 그리고 육중한 몸을 움직이며 어색하게 앞으로 걸어갔다.

# 알료시카의 심장

두 해 여름 잇달아서 가뭄이 농민들의 밭을 까맣게 태워 버렸다. 두 해 여름 연속해서 무자비한 동풍(東風)이 키르기스의 초원에서 불어와 불그스레한 곡물 꺼끄러기를 흐트러뜨렸고, 바싹 마른 초원을 바라보는 농민들의 눈과 그들의 눈에 이따금 흐르는 따끔따끔한 눈물을 말려 버렸다. 계속해서 기근이 들었다. 알료시카는 기근을 눈 없는 거인이라고 상상했다. 거인은 길이 없어도 걸어가고, 거리나 농민 부락이나 카자크 마을을 손으로 휘젓고 다니며 사람들의 목을 조이고, 딱딱한 손가락으로 알료시카의 심장을 조여서 죽음으로 내몰고 있었다.

알료시카의 배는 불룩하게 부풀어서 아래로 처졌고 두 다리는 부어올랐다……. 푸르뎅뎅한 장딴지를 손가락으로 건드리면 처음엔 하얀 작은 구멍이 생겼다가 그 작은 구멍 위로 곪은 종기처럼 피부가 부풀어 올랐다. 손가락이 닿은 자리에는 오랫동안 흙빛의 피가 고였다.

알료시카의 귀도, 코도, 광대뼈도, 턱도, 살갗과 뼈도 완전히 달라붙었다. 피부는 바싹 마른 벚나무 껍질 같고, 눈은 아주 움푹 꺼져서 빈 웅덩이 같았다. 알료시카는 열네 살이다. 알료시카는 다섯 달째 빵 구경을 하지 못했고, 굶어서 몸이 부풀어 올랐다. 꽃이 한창인 초원의 시비료크[1]가 꿀처럼 달콤한 향기를 바자울 주위에 흩날렸다. 이른 아침부터 꿀벌들이 시비료크의 노란 꽃을 향해 취한 듯이 날개를 퍼덕였다. 이슬에 씻긴 아침이 맑은 고요 속에 잠겨 있었다. 이 시각에 알료시카는 바람에 흔들거리며 길가의 도랑까지 나와 신음 소리를 내면서 간신히 도랑을 뛰어넘어 이슬에 젖은 바자울 곁에 앉았다. 알료시카는 반가운 마음에 머리가 빙빙 돌았고, 명치 아래가 욱신거렸다. 반가운 마음에 머리가 빙빙 돈 이유는 알료시카의 푸르죽죽한 움직이지 않는 두 다리 옆에 아직 온기가 남은 망아지의 시체가 있었기 때문이다.

이웃집 암말의 출산이 임박했다고 했다. 주인들은 이 암말을 잘 돌보지 못했다. 어느 날 암말이 목장으로 가고 있는데 마을의 씨소가 만삭이 된 암말의 배 밑을 뾰족한 뿔로 받아버렸다. 그 바람에 암말이 유산을 했다. 아직 온기가 남은, 피로 물든 망아지가 바자울 옆에 누워 있었다. 알료시카는 관절

---

1) 초원에서 자라는 담초(Caragana arborescens)의 일종.

이 튀어나온 손바닥으로 땅을 짚고 그 옆에 앉아서 계속 웃고 있었다…….

알료시카는 망아지의 시체를 들어 올리려고 했지만 힘이 달렸다. 알료시카는 집으로 돌아와서 칼을 집어 들었다. 바자울까지 가는 동안에 망아지가 누워 있던 자리에 개들이 모여들어 서로 싸우면서 먼지투성이의 땅 위로 분홍빛 고깃덩어리를 질질 끌고 갔다. 알료시카의 일그러진 입에서 "아, 아, 아…….' 하는 소리가 튀어나왔다. 걸려 넘어지면서, 알료시카는 칼을 휘두르며 개들을 향해 달려갔다. 그는 얇은 창자 하나 남기지 않고 모조리 끌어모아 반으로 나누어서 집으로 날라 왔다.

저녁 무렵에, 섬유질의 고기를 너무 많이 먹어서 눈이 까만 알료시카의 여동생이 죽었다.

어머니는 땅바닥에 얼굴을 대고 오랫동안 누워 있다가 일어나서 알료시카를 향해 잿빛 입술을 움직이며 말했다.

"다리를 잡아라."

어머니와 알료시카는 여동생의 시체를 잡았다. 알료시카는 두 다리를, 어머니는 곱슬곱슬한 작은 머리를 잡고 마당가 도랑으로 운반하여 흙을 살짝 덮어 파묻었다.

다음 날, 이웃집 꼬마가 골목길을 기어가는 알료시카를 보고는 콧구멍을 후비고 눈길을 피하면서 말했다.

"료시카, 우리 집 암말이 유산했는데, 개들이 망아지를 먹어 버렸어!"

알료시카는 대문에 기댄 채 아무 말도 하지 않았다.

"그리고 개들이 네 여동생 뉴라트카를 도랑에서 파헤쳐 내어 심장을 먹어 버렸어……."

알료시카는 등을 돌려 돌아보지 않고 잠자코 집으로 걸어 갔다.

꼬마가 한 발로 뛰어오르며 알료시카의 등 뒤에 대고 외쳤다.

"우리 엄마가 그러는데, 신부도 없이 묘지가 아닌 곳에 파묻힌 사람들은 지옥에서 악마들한테 갈기갈기 찢긴대……. 료시카, 알겠어?"

*　　*　　*

일주일이 지났다. 알료시카의 잇몸이 곪았다. 아침마다 구역질이 날 정도로 허기가 심해서 알료시카는 진이 많은 느릅나무 껍질을 씹어 먹었다. 그래서인지 입속에서 이빨이 흔들리고 춤을 추었으며, 경련이 일어나 목구멍을 꽉 눌렀다.

사흘 밤낮을 누워 있던 어머니가 알료시카에게 속삭이듯이 말했다.

"료시카…… 마당에 나가서…… 등대풀을 뽑아 올 수 있겠니……."

알료시카의 다리는 마치 풀줄기 같다. 알료시카는 자신 없는 듯이 다리를 바라보다가 벌렁 드러누웠다. 그리고 입술이 찢기는 듯한 아픔을 느끼며 느릿느릿 말했다.

"엄마, 난 갈 수 없어…… 바람에 쓰러질 거야……."

이날, 알료시카의 누나인 폴카는 마카르치하라는 별명으로 불리는 부유한 이웃집 여자가 강 건너 채소밭으로 김매러 나가는 걸 끝까지 지켜보았다. 그리고 나서 마당에서 아른거리는 노란 수건을 쳐다보고 창문을 통해 이웃집으로 기어들어 갔다. 폴카는 의자를 발받침 삼아서 페치카로 기어 올라가 기름이 없는 수프를 솥째로 마시고 손으로 감자를 집어 먹었다. 감자를 미어터지게 먹은 폴카는 머리를 페치카 위에 얹고 다리는 의자 위에 늘어트린 채 그대로 잠들어 버렸다. 점심 무렵에 마카르치하가 돌아왔다. 건장하고 사나운 여자였다. 마카르치하는 폴카를 보고는 빽 소리를 질러 댔다. 그리고 한 손으로 헝클어진 머리칼을 부여잡고, 다른 손으론 쇠다리미를 꽉 잡고는 폴카의 머리, 얼굴, 속이 쿵쿵 울리는 말라빠진 가슴을 말없이 내리쳤다.

알료시카는 자기 집 마당에서 마카르치하가 주위를 살피면서 다리를 잡고 폴카를 현관 계단에서 끌어 내리는 걸 보았다. 폴카의 치맛자락은 머리 꼭대기까지 올라가 있었고, 머리칼은 마당에 먼지를 일으키며 땅 위에 가느다란 핏줄기를 새겨 놓았다. 바자울의 바둑무늬 모양의 틈새를 통해 알료시카는 마카르치하가 오래전에 허물어진 우물 속으로 폴카를 내던지고 재빨리 흙을 덮는 것을 눈 한 번 깜박이지 않고 바라보았다.

*    *    *

밤중에 마당에서는 눅눅한 흙냄새와 쐐기풀꽃 향기 그리고 의식을 몽롱하게 하는 독말풀 향기가 풍겼다. 내버려진 채소밭에서 자라난 우엉이 잠을 자지 않고 소로를 지키고 있었다. 밤중에 알료시카는 마당으로 나와서 마카르치하네 마당과 운모(雲母) 창문과 마당에서 자라는 무성한 잎사귀에 쏟아지는 달빛을 오랫동안 바라보았다. 그리고 마카르치하네 뜰 안의 대문을 향해 다가갔다. 헛간 밑에서 짤그랑짤그랑 쇠사슬 소리를 내며 매여 있던 수캐가 으르렁거리기 시작했다.

"쉬! 세르코…… 세르코……." 입술을 오므리면서 알료시카는 달래듯이 휘파람을 불었다. 그러자 수캐가 잠잠해졌다.

알료시카는 쪽문으로 들어가지 않고 바자울을 넘은 다음, 손으로 땅을 더듬어 기어서 잡초와 나뭇가지로 뚜껑을 만들어 덮어 놓은 움으로 갔다. 귀를 기울이면서 쇠사슬에 손을 대자 딸그락 소리가 났다. 움은 잠겨 있지 않았다. 알료시카는 뚜껑을 들어 올리고 등을 웅크리면서 사다리를 타고 내려갔다.

알료시카는 마카르치하가 부엌문에서 뛰쳐나오는 걸 보지 못했다. 잠옷 자락을 걷어 올리면서 마카르치하는 마당 한가운데 세워 놓은 짐마차로 날 듯이 달려가서 바퀴의 굴대를 뽑아 들고 움으로 향했다. 마카르치하는 헝클어진 머리를 밑으로 숙이고 움 속을 들여다보았다. 알료시카가 흐릿한 눈을 감고 두근거리는 심장의 고동을 들으면서 숨도 쉬지 않고 항아리의 우유를 마시고 있었다.

"야, 이눔의 새끼야, 뭐 하는 거야? 이 개자식이……."

그 순간, 갑자기 무거워진 항아리가 알료시카의 차가워진 손가락에서 미끄러졌고, 사닥다리 모서리에 부딪히면서 박살이 났다.

마카르치하가 커다란 덩어리처럼 움 안으로 떨어졌다.

*　　*　　*

마카르치하는 알료시카를 가볍게 어깨에 들어 올리고, 입술을 꽉 다물고 말없이 뒷골목으로 걸어 나와 바자울 밑을 지나서 작은 냇가로 가서 물가의 진흙 위에 축 늘어진 몸뚱이를 던져 버렸다.

다음 날이 성모 강림제 축일이었다. 마카르치하네 집 마루에는 목질박하와 성모초가 깔려 있었다. 아침부터 마카르치하는 암소의 젖을 짜고 소를 방목하러 내보낸 뒤에 명절날에 사용하는 화려한 당초무늬 숄을 쓰고 알료시카의 어머니에게 갔다. 출입구의 방문은 활짝 열려 있었고, 청소를 하지 않은 방에서 시체 냄새가 풍겼다. 알료시카의 어머니는 침대 위에 누워서 다리를 꼭 오므리고 있었고, 햇빛 때문에 한 손으로 두 눈을 가리고 있었다. 마카르치하는 연기에 그을린 성상을 향해 열심히 성호를 그어 댔다.

"팔자 좋네, 아니시모브나!"

정적. 아니시모브나의 입은 비죽이 열려 있었다. 파리가 뺨에 달라붙어 있고, 입속에서 윙윙대고 있었다. 마카르치하는 침대로 다가갔다.

"계속 자기만 하네, 이봐요…… 실은 당신네 집을 팔지 않나 알아보려고 잠깐 들렀어. 알다시피, 난 나이가 찬 딸년이 있는데 사위를 들이고 싶어서…… 그런데 자고 있는 거야?"

마카르치하는 손을 건드려 보고 찌르는 듯한 냉기에 화들짝 놀랐다. 마카르치하는 악 소리를 지르고 송장에게서 도망쳐 나왔다. 그런데 알료시카가 백지장처럼 하얀 얼굴을 하고 문가에 서 있었다. 그는 온몸이 피와 강가의 진흙으로 범벅이 되어 문설주에 달라붙어 있었다.

"난 살아 있어. 아주머니…… 날 죽이지 마…… 안 그럴게!"

*　　*　　*

어둠이 내리기 전에, 알료시카가 자욱한 먼지가 융단처럼 깔린 거리와 광장을 지나서, 낡은 교회 담장을 따라 그림자처럼 걷고 있었다. 알료시카는 학교 부근의 우울하게 찌푸린 아카시아 나무 아래서 신부를 만났다. 교회에서 돌아오고 있는 신부는 등을 구부리고, 러시아식 만두와 소금에 절인 고기가 든 자루를 들고 있었다. 알료시카가 입술을 비틀며 쉰 목소리로 말했다.

"제발……"

"그만해!" 이렇게 말하고 신부는 등을 잔뜩 구부리고, 법의 (法衣) 밑에 입는 긴 옷자락에 다리가 엉키면서 옆으로 지나 갔다.

시냇가에는 벽돌로 지은 창고와 헛간이 몇 개 있는데, 거기 에 곡식이 있었다. 마당에는 함석지붕을 얹은 집이 있었다. 돈 지방 식량위원회 제32 식량조달 사무소였다. 창고의 처마 밑 에는 야전용 주방과 포탄을 실어 나르는 이륜마차가 한 대 있 었다. 헛간 쪽에서 발소리가 나고 더러워진 총검의 끝이 보였 다. 경비였다.

알료시카는 보초가 등을 돌리기를 기다렸다가 헛간 밑으 로 기어들어 갔다.(이미 아침에, 헛간 밑 틈새에서 곡식이 누렇게 흘러 떨어지는 걸 봐 두었던 것이다.) 알료시카는 딱딱한 알곡을 손바닥으로 떠서 게걸스럽게 씹어 댔다. 알료시카는 뒤에서 나는 소리에 번쩍 정신이 들었다.

"거기 누구냐?"

"나요……"

"넌 누구냐?"

"알료시카……"

"그래, 기어 나와!"

알료시카는 몸을 일으키고 실눈을 뜨고 손바닥으로 얼굴 을 가리면서 주먹이 날아오기를 기다렸다. 그렇게 오래 서 있 었다……. 잠시 후 선량한 목소리로 투덜대는 소리가 들렸다.

"나 있는 데로 가자, 알료시카! 내게 찐 밀이 있어."

알료시카는 매부리코에 뿌연 안경을 걸친 남자가 조금도

화내지 않고 미소를 짓고 있는 걸 보았다. 안경을 낀 남자는 죽마를 타고 가듯이 긴 다리로 성큼성큼 걸어갔다. 알료시카는 부딪혀 넘어지고 두 손으로 땅을 짚어 가면서 그 뒤를 따라갔다. 조달 사무소 복도 우측의 두 번째 문에는 이렇게 쓰여 있었다.

'정치위원 시니친 재실!'

그들은 안으로 들어갔다. 안경 낀 남자가 유지(油脂) 등불에 불을 붙이고, 두 다리를 넓게 벌리고 등받이가 없는 걸상에 앉았다. 그리고 알료시카의 코밑에 찐 밀이 들어 있는 단지와 해바라기 기름 반병을 쑥 내밀었다. 남자는 알료시카의 광대뼈가 움직이고, 뺨이 혹처럼 불거져 빠르게 움직이는 것을 바라보았다. 잠시 후 남자가 일어나서 단지를 잡았다. 알료시카는 사마귀투성이의 손가락으로 단지 가장자리를 꽉 잡았다. 그리고 머리를 흔들며 흐느껴 울었다.

"아까워, 이 욕심쟁이?!"

"아까운 게 아냐, 바보야. 한꺼번에 배가 터지도록 먹으면 죽어."

\*　　\*　　\*

다음 날, 날이 밝아 오자 알료시카는 식량조달 사무소 마당으로 갔다. 그는 이빨을 딸그락거리면서 부서진 문지방에 앉아 있었다. 알료시카는 해가 뜨기 전에, '정치위원 시니친

재실!'이라는 쪽지가 붙은 문이 삐걱이며 열리고, 안경 낀 남자가 문지방에 나타날 때까지 기다리고 있었다.

태양이 벽돌로 지은 창고 지붕 위로 넘어갔다. 그제야 안경 낀 남자가 일어나서 현관 계단으로 나와 코를 틀어막았다.

"이 악취가 너한테서 나는 거냐, 알료시카?"

"난 먹고 싶어……." 알료시카는 이렇게 웅얼대고 눈을 치켜뜨며 안경을 쳐다보았다.

"이제 죽을 쑤자. 그런데…… 여전히 너한테서 악취가 나는구나, 알료시카."

알료시카는 단순하고 사무적으로 말했다.

"마카르치하가 날 죽이려고 했어요. 지금 무더우니까 머릿속에서 구더기가 일기 시작했어……."

안경 낀 남자가 낯빛이 창백해져서 다시 물었다.

"구더기가 일었다고?"

"머릿속에! 마구 물어뜯어요……."

알료시카는 피에 젖어서 썩은 삼 다발을 머리에서 떼어 냈다. 안경 쓴 남자가 알료시카의 머리에 난 둥그런 고름투성이의 상처를 들여다보았다. 남자는 짓무른 고름 사이에서 하얀 구더기가 뾰족한 머리를 내미는 걸 보고는 현관 계단 너머로 몸을 구부리고 신음 소리를 냈다.

알료시카는 점점 대담해져서 말했다.

"아저씨, 저기…… 막대기로 파내 줘요. 그리고 구멍에 석유를 부어요……. 구더기도 석유에는 죽겠지요?"

안경 낀 남자는 끝이 뾰족한 막대기로 상처에서 미끈거리는 구더기를 후벼 냈다. 알료시카는 이빨을 악물고 발을 굴렀다. 이때부터 두 사람 사이에 우정이 싹텄다. 매일 알료시카는 조달 사무소로 와서 접시에 담긴 귀리 가루를 먹고 기름을 마셨는데, 게걸스럽게 많이 먹었다. 그리고 자신을 바라보는 탐색하는 듯한 부드러운 시선을 불안하게 느꼈다.

*　　*　　*

목장으로 가는 길 너머, 사각사각거리는 산 삼밭의 푸른 벽 너머에 옥수수 꽃이 다 떨어졌다. 이삭이 부풀어 올라서 커다란 젖빛 알갱이가 영글었다. 매일 알료시카는 옥수수 밭 옆을 지나서 조달 사무소의 말들을 초원으로 몰고 가 풀을 뜯겼다. 알료시카는 말의 한쪽 발만 묶어서, 옆으로 난 쑥 길이나 털이 많은 잿빛의 나리새 풀밭에 말들을 풀어놓고는 옥수수 밭으로 들어갔다. 키가 큰 옥수수 줄기는 부드럽게 콕콕 몸을 찔러 댔지만 알료시카에게 자리를 내주었다. 알료시카는 옥수수가 상하지 않게 애쓰면서 조심스럽게 바닥에 드러누운 채, 손으로 옥수수 껍질을 벗기고 아직 여물지 않아서 흰 젖이 가득한, 향긋하고 부드러운 옥수수 알을 속이 메스꺼워질 정도로 먹어 댔다.

어느 날, 알료시카는 말들을 초원으로 몰고 갔다. 알료시카는 고집이 세고 뒷발질하는 버릇이 있는 암말 주위를 오랫동안 빙빙 돌면서 갈기에 붙은 우엉과 피부에 눌러붙은 마른 때를 떼어 내려고 했다. 암말은 거무스름한 이빨을 드러내며 알료시카를 물거나 뒷발로 찰 기회를 노리고 있었다. 알료시카는 멋지게 기회를 잡아 말꼬리를 잡았다. 그때 뒤에서 목소리가 들렸다.

"야, 알료시카! 심심풀이 장난은 그쯤 해. 우리 집으로 일하러 오지 않겠니? 먹여 주고 신발도 사 주마."

알료시카는 말 꼬리를 놓고 뒤를 돌아보았다. 멀지 않은 곳에 마을의 부농인 이반 알렉세예프가 서서 미소를 짓고 알료시카를 바라보고 있었다.

"일꾼으로 올래? 우리 집 음식은 당연히 고급이지…… 우유가 있고, 그 밖에 여러 가지…….."

알료시카는 생각해 보지도 않고, 일자리와 음식이 그저 반가워서 그 자리에서 경솔하게 말했다.

"갈게요, 이반 알렉세예프."

"그럼, 가재도구를 챙겨서 저녁 무렵에 와!" 이렇게 말하고 이반 알렉세예프는 빛바랜 셔츠를 아른거리며 옥수수 밭을 따라 걸어갔다.

가난한 사람에게 옷을 입는다는 건 그저 허리띠를 매는 것뿐이다. 알료시카는 의지할 데 없는 사람이다. 토지는 돌밭뿐이고 오두막집도, 그 주위의 터도 어머니가 죽기 전에 이웃들에게 하나씩 팔아 버렸다. 오두막집은 아홉 줌의 밀가루를 받고 팔았고, 대지는 밀을 받고 팔았다. 마카르치하는 오두막집 주변의 조그만 산을 우유 한 단지를 주고 샀다. 알료시카의 재산이라고는 아버지가 입던 농민용 겉옷과 어머니의 다 해진 펠트 장화뿐이었다. 말들이 방목장에서 돌아오자 알료시카는 이반 알렉세예프의 집으로 갔다. 안주인이 취사장 주변에 마포를 깔고 가족끼리 땅 위에 앉아서 저녁을 먹고 있었다. 알료시카의 콧구멍이 삶은 양고기 냄새로 더욱 벌렁거렸다. 알료시카는 침을 꿀꺽 삼키고 곁에 서서 테가 없는 모자를 만지작거리며 '안주인이 앉아서 저녁을 먹으라고 하지 않을까……'하고 마음속으로 생각했다. 그러나 그런 일은 없었다. 아낙은 노발대발하고 주철 솥을 두드리며 소리쳤다.

"또 식충이를 데려왔어! 이 녀석은 벌어들이는 것보다 더 많이 먹겠군……. 알렉세예프, 제발 이자를 돌려보내! 지금은 일손이 필요하지 않아!"

"조용히 해, 이 여편네야! 콧구멍이 두 개면 코나 풀어!" 소매로 턱수염을 닦아 내면서 이반 알렉세예프가 말했다.

이것으로 이야기는 끝났다.

알료시카가 일을 하는 건 이번이 처음은 아니었다. 아버지를 닮아서 일하는 데 끈기가 있었고, 일곱 살 때부터 소몰이꾼으로 일하며 소꼬리를 쫓아다녔다.

알료시카는 사흘을 지내면서 일을 완전히 익혔다. 알료시카는 주인집 며느리와 함께 제분소에 갔다 오기도 하고, 풀 베는 곳에서 건초 단을 묶기도 했다. 알료시카는 창고의 처마 밑에서 잠잘 준비를 했다. 그 첫날 밤에 주인이 처마 밑으로 와서 양파 냄새가 지독하게 풍기는 트림을 해 대며 말했다.

"만약 여기서 담배를 피우면, 이놈아, 내 손으로 모가지를 비틀어 놓을 테다! 알았냐?"

"아저씨, 난 담배 안 피워요."

"그래, 조심해!"

주인은 돌아갔지만 알료시카는 잠이 오지 않았다. 다음 날 밤도 마찬가지였다. 밭일로 두 다리와 팔이 욱신거리고, 등이 종기처럼 부풀어 올라 잠이 오지 않았다. 사흘째 되는 날 이른 아침에 알료시카는 조달 사무소로 달려갔다. 안경 낀 남자가 현관 계단에서 끙끙대고 푸푸 소리를 내면서 세수를 하고 있었다.

"어디 가서 안 보였었나, 알렉세이?"

"일꾼으로 고용되었어요."

"누구네 집에?"

"이반 알렉세예프 집에…… 마을 끝에서 살고 있어요……."

"그래, 형제, 밤에 왔다 가도록 해. 하는 일에 대해 얘기하자."

저녁에 알료시카는 가축에게 물을 주고 나서 사무소로 왔다. 안경 낀 남자가 책들을 뒤지고 있었다.

"알렉세이, 읽고 쓸 줄은 아나?"

"교구 소속 초등학교에서 배웠어요. 내 이름은 쓸 줄 알아요."

"나랑 같이 가자!"

그들은 복도를 따라 걸어갔다. 맨 끝의 방문에 백묵으로 뭐라고 쓰여 있었다. 알료시카는 '러시아공산청년동맹 클럽'이라고 이해했다. 이상하고 이해가 안 갔다. 안경 낀 남자가 안으로 들어갔고, 알료시카는 두려워하며 그 뒤를 따라 들어갔다. 작은 방 안에는 초상화 몇 개, 색이 바랜 붉은 기 그리고 안면이 있는 사람들이 몇 명 있었다. 그들은 큰 소리로 책을 읽다가 삐걱거리는 문 쪽을 곁눈질로 바라보고 다시 책상에 고개를 숙이고 앉아서 수업을 들었다. 알료시카도 귀를 기울였다. 그들은 주인들이 일꾼들을 어떻게 고용해야만 하는지에 대해 읽었고, 다른 여러 가지 사항에 대해서도 읽었다. 알료시카는 한밤중에 클럽에서 돌아왔다. 그는 해진 막베 위에서 오랫동안 뒤척였다. 날이 샐 때까지 초승달이 그의 눈을 집요하게 들여다보고 있었다.

\* \* \*

이반 알렉세예프는 알료시카에게 말했다.

"너, 이 개새끼, 우리 집에서는 일을 빨리빨리 해야 해. 한눈파는 게 눈에 띄면, 그 즉시 쫓아낼 거야! 나가라, 길에 나가서 뒈져 버려!"

알료시카는 풀을 베고 곡물을 찧고 가축을 돌보았다. 이반 알렉세예프는 수술 장식이 달린 넓은 띠에 두 손을 찔러 넣고 엷은 웃음을 지으며 마당을 서성였다.

한번은 명절날에 이웃이 그를 불렀다.

"잘 있는가, 이반 알렉세예프!"

"덕분에."

"자네는 한 가닥 양심도 없는가?"

"대체 무슨 소리야?"

"자넨 지독한 짓을 하고 있더군······. 자네 집 료시카는 꼭 말처럼 뛰어다니고 있어……. 그 젊은이는 과로로 쓰러질 거야. 그건 자네 죄야!"

"이봐, 자네 재산이나 잘 챙겨. 남의 일에 괜히 간섭하지 말고. 당장 꺼져 버려, 병신 같은 자식!" 알렉세예프는 이웃에게 휙 등을 돌리고 점잖게 몸을 흔들면서 걸어갔다. 그리고 창고 모퉁이를 돌자마자 크고 누런 이빨 사이로 턱수염을 물고 상스러운 욕을 퍼부어 대면서 당분간 이웃 사람에 대한 은밀한 원한을 마음속 깊이 묻어 두기로 했다.

이때부터 알렉세예프는 말이 없는 가난한 이웃 사람에게 복수를 했다. 추수가 끝난 자기 밭에서 암소를 몰아내어 이틀 밤낮을 잡아매 놓고는 먹이를 주지 않았다. 그리고 알료시카에게는 더욱더 많은 일을 시켰고, 별일 아닌데도 그를 두들겨 팼다.

알료시카는 안경 낀 남자에게 고통을 호소하고 싶었지만, 이반 알렉세예프가 알면 자기를 쫓아낼까 봐 두려워서 잠자코 있었다. 알료시카는 짧고 답답한 밤마다 창고의 처마 밑에서 쓰디쓴 눈물로 베개를 흥건히 적셨다. 그리고 항상 저녁마다 가축에게 물을 주고는 곧바로 탈곡장을 지나 살금살금 바자울에 바짝 달라붙어서 클럽으로 달려갔다. 알료시카는 매일 안경 낀 남자와 만났다. 안경 낀 남자는 뿌연 안경 너머로 알료시카를 바라보면서 미소를 지으며 등을 토닥거렸다. 일요일에 알료시카는 어둡기 전에 클럽에 도착했다. 작은 방 안에는 사람들로 가득했고, 모두가 소총을 들고 있었다. 안경 낀 남자는 허리띠에 가죽끈을 감은 권총집과 유리병 같은 반짝이는 물건을 차고 있었다.

그는 알료시카를 보고 웃으면서 다가갔다.

"반혁명 도당이 우리 관구로 침입해 왔어, 알렉세이. 놈들이 마을을 점령하면 너는 즉시 우리에게 와서 클럽을 지켜야 해!"

알료시카는 어떻게 무엇을 지켜야 하는지 묻고 싶었지만, 사람들이 너무 많아서 감히 물을 수가 없었다. 다음 날 아침에 알료시카는 풀 베는 기계에 기름을 치고 있었다. 알료시카가 취사장 쪽을 바라보았을 때, 문에서 주인이 걸어 나왔다. 알료시카의 심장이 덜컥 내려앉았다. 주인은 눈썹을 잔뜩 찌푸리고 걸으면서 턱수염을 잡아당겼다. 잘못한 것이 아무것도 없는 것 같은데, 알료시카는 주인이 무서웠다. 그의 징벌은 정말로 지독했기 때문이다. 주인이 풀 베는 기계 쪽으로 다가왔다.

"넌 밤마다 어딜 들락거리냐? 이 비열한 놈아!"

"클럽에……."

"아, 아…… 클럽에? 다시 한번 말해 봐, 뭣이 어쩌고 어째?!"

주인의 주먹은 누런 털이 더부룩하게 나 있었지만 아령처럼 무거웠다. 알료시카는 목덜미를 한 대 맞고 다리를 휘청거리며 풀 베는 기계의 흙받이 위로 쓰러졌다. 눈에서 불꽃이 튀었다.

"싸다니는 버릇이 조금은 없어지겠지!…… 아니면 여기에 네 더러운 냄새 풍기지 말고 냉큼 꺼져서 지옥에나 가라!" 풀 베는 기계에 말을 매면서 주인이 호통을 쳤다. "불쌍해서 거두어 주었더니 개새끼들과 어울려? 나중에 다른 정권이 들어서면 너 같은 불한당을 위해 우릴 괴롭히겠지! 그래, 다시 클럽에 갔다간 네놈에게 기념품을 박아 줄 테다!"

알료시카의 이빨은 듬성듬성하고 큼직했지만, 마음은 순박해서 태어나서 누구에게도 화를 낸 적이 없었다. 어머니는 알료시카에게 이렇게 말하곤 했다.

"아, 료시카야, 내가 죽게 되면 너도 성치 못하겠지. 병아리들도 널 두엄인 양 긁어모을 거야! 도대체 넌 누굴 닮았니? 네 아버지는 그 태도 때문에 탄광에서 맞아 죽었는데……. 네 아버진 무슨 일에나 끼어들었지……. 지금도 애들이 널 쪼아 대는데, 나중엔 얻어맞아도 기어 올 수 없겠지……."

알료시카는 마음이 착했다. 빵 한 조각이라도 준 주인에게 어찌 악의를 품을 수 있단 말인가? 알료시카는 일어나서 겨우 숨을 돌리려고 했다. 그런데 다시 주인이 알료시카를 때리려고 트집을 잡았다. 알료시카가 풀 베는 기계 위로 넘어지면서 기름을 엎질렀다는 것이다. 알료시카는 간신히 밤까지 기다렸다가 막베 밑으로 쓰러져 베개로 머리를 감쌌다…….

알료시카는 날이 새기 전에 잠에서 깨어났다. 뒷골목에서 딸가닥딸가닥 말발굽 소리가 울리더니 대문 앞에서 조용해졌다. 쪽문의 문고리가 딸그락 소리를 냈다. 발소리와 창문 두드리는 소리가 들렸다.

"주인장!" 누군가 아주 조용히 나지막한 목소리로 말했다.

알료시카는 귀를 기울였다. 문이 삐걱거렸고, 현관 계단으로 이반 알렉세예프가 걸어 나왔다. 그들은 오랫동안 나직한 목소리로 뭔가를 속삭였다.

"말에게 먹이를 조금 주었으면 하는데……." 목소리가 창고까지 들려왔다.

알료시카는 머리를 약간 들어 올려서 외투를 입은 두 사람이 안장 없은 말을 뜰 안으로 끌고 와 현관 계단에 매는 걸 보았다. 주인은 그들 중 한 사람과 탈곡장 쪽으로 향했다. 주인이 창고 옆을 지나면서 처마 밑을 힐끗 내려다보고 조용히 물었다.

"자고 있냐, 알료시카?"

알렉세이는 몸을 숨기고 코를 조용히 골면서 머리를 약간 들어 올리고 귀를 바짝 기울였다.

"우리 집에 젊은 놈이 하나 있는데…… 믿을 수 없는 놈이라서……."

오 분쯤 지나서 탈곡장의 쪽문이 삐걱거리더니 주인이 건초를 한 아름 안고 나왔다. 낯선 남자가 칼을 짤각거리고 외투 자락에 발이 엉키면서 그 뒤를 따라 걸어갔다. 알료시카는 짓눌린 듯한 쉰 목소리를 들었다.

"놈들은 기관총을 갖고 있소?"

"어디서 기관총이 나겠어요! 적위군 2개 소대가 사무소의 마당에 있소……. 그게 전부요……. 그리고 정치위원 한 명에 검량원들이 있어요……."

"내일 한밤중에 손님으로 갈 거요……. 카존니 숲에 모두 가…… 만약의 경우에는 다 베어 버리는 거야……."

현관 계단 근처에서 말이 울기 시작했다. 외투를 입은 다른 남자가 표독스럽게 소리쳤다.

"쉬, 이놈의 말!"

말을 때리는 소리와 말이 날뛰는 말발굽 소리가 들렸다.

날이 밝기 전, 점점 엷어지는 어둠 속에서 두 명의 말 탄 사람이 이반 알렉세예프의 마당에서 카죤니 숲으로 향하는 길을 따라 쏜살같이 달려갔다.


*　　*　　*


아침 식사 때, 알료시카는 거의 아무것도 먹지 않고 눈을 내리뜬 채 앉아 있었다. 주인이 의심에 차서 곁눈질을 했다.

"왜, 안 처먹어?"

"머리가 아파서요."

알료시카는 아침 식사가 끝나기를 간신히 기다렸다. 그리고 살금살금 탈곡장으로 가서 바자울을 뛰어넘어 쏜살같이 사무소로 달려갔다. 알료시카는 정치위원 시니친의 방으로 쏜살같이 뛰어들어 문을 쾅 닫고는, 두 손으로 방망이질하는 심장을 누르면서 문지방에 섰다.

"어디서 달려왔나, 알료시카?"

알료시카는 허둥대면서 밤중에 왔던 손님들과 자기가 들은 단편적인 대화에 대해 얘기했다. 안경 낀 남자는 한마디도 흘리지 않고 얘기를 다 듣고는 자리에서 일어나 알료시카에게 다정한 눈길을 주었다.

"여기 잠시 앉아 있어……." 이렇게 말하고 그는 밖으로 나갔다.

알료시카는 안경 낀 남자의 방에 반 시간쯤 앉아 있었다. 유리창 위에서 말벌이 화가 난 듯이 윙윙댔고, 마루 위에서는 햇빛 다발이 흔들리고 있었다. 마당에서 나는 목소리를 듣고서 알료시카는 창문을 내다보았다. 현관 계단에 사람들이 서 있었다. 안경 낀 남자와 두 명의 적위군 병사였다. 그 중앙에 주인 이반 알렉세예프가 있었다. 주인의 턱수염이 흔들리고 입술이 씰룩거렸다.

"내게 악의를 품고 중상한 거야……."

"어디 두고 보면 알겠지!" 알료시카는 안경 낀 남자의 이런 모습을 본 적이 없었다. 눈썹이 콧날 쪽으로 바싹 붙었고, 안경 너머로 눈이 냉혹하게 빛났다. 그는 벽돌로 지은 창고의 문을 열쇠로 열고 옆으로 비켜서서 이반 알렉세예프에게 아주 엄하게 말했다.

"들어가!"

알료시카의 주인은 등을 구부리고 창고 안으로 들어갔다. 문이 뒤에서 쾅 하고 닫혔다.


*　　*　　*


"자, 잘 봐. 이렇게 또 이렇게, 그런 다음에 하나, 둘에서 탄약통이 튀어나와. 탄환은 여기에 장전하고."

안경 낀 남자의 손 밑에서 소총의 격발기가 철컥 소리를 냈다. 그는 안경 너머로 알료시카를 바라보고 미소를 지었다.

밤이 되자 타르의 웅덩이처럼 어둠이 카자크 마을 위에 깔렸다. 광장의 교회 담장 옆에 적위군 병사들이 일렬로 엎드려 있었다. 안경 낀 남자 옆에 알료시카가 있었다. 알료시카의 소총에서 가죽 띠 냄새가 났고, 총대는 밤이슬로 젖어 있었다…….

한밤중에 카자크 마을의 끝에 있는 공동묘지 부근에서 개한 마리가 짖어 대기 시작했다. 잠시 후, 다른 개가 짖자마자 요란한 말발굽 소리가 파도처럼 귓전을 때렸다. 안경 낀 남자가 한쪽 무릎을 세우고 엉거주춤 일어나 거리의 끝을 향해 조준하면서 소리쳤다.

"중대…… 사격!"

탕! 탕! 탕! 탕!

담장 너머에서 깜짝 놀란 메아리가 "윽, 윽, 윽!" 하고 연이어서 울렸다.

알료시카는 하나둘 격발기를 움직이고 나서 탄약통을 버렸으며, 다시 "중대, 사격!" 하고 외치는 쉰 목소리를 들었다.

넓은 거리의 끝에서 욕지거리, 총소리, 말의 비명이 들렸다. 알료시카는 귀를 기울였다. 머리 위에서 길게 늘어지고 단조롭게 '슈우웅!' 하고 총알이 날아갔다.

일 분쯤 후에 또 다른 총탄이 알료시카의 머리보다 70센티미터쯤 위로 날아가 담장에 명중했고 벽돌의 파편이 후드득 떨어졌다. 거리의 끝에서 총성이 뜸해지고 잦아지더니 무질서하게 멀어져 가는 말발굽 소리가 들렸다.

안경 낀 남자가 용수철처럼 벌떡 일어나 소리쳤다.

"날 따르라!"

모두가 달려갔다. 알료시카의 입안은 쓰고 바싹 말랐고, 심장이 가슴에서 터져 나올 것만 같았다. 거리의 끝에서 안경 낀 남자가 죽은 말에 걸려 넘어졌다. 그와 나란히 달리고 있던 알료시카는 전방에 있던 두 사람이 바자울을 넘어 마당을 따라 달려가는 것을 보았다. 문이 쾅 닫혔고, 빗장이 요란한 소리를 내며 채워졌다.

"저놈들이다! 두 놈이 오두막집으로 도망쳤어!" 알료시카가 소리쳤다.

안경 낀 남자가 뻗 다리를 절뚝거리며 알료시카를 따라잡았다. 그들은 마당을 포위했다. 적위군들은 공동묘지 울타리 뒤나 마당의 눅눅한 구스베리 덤불숲 뒤에 빽빽이 엎드렸고, 도랑에 몸을 잔뜩 웅크리고 있었다. 적들은 베개를 쌓아 올린 오두막집 창문 너머에서 총을 쏘았다. 요란한 총성 사이로 쉰 목소리의 욕설과 헐떡이는 목소리가 들리더니, 이윽고 모든 것이 조용해졌다.

안경 낀 남자와 알료시카는 나란히 누워 있었다. 동트기 전에 눅눅한 어둠이 소용돌이치며 마당을 기어다녔다. 안경 낀 남자가 머리를 쳐들지 않고 소리쳤다.

"어이, 항복해라! 아니면 수류탄을 던지겠다!"

오두막집에서 두 발의 총성이 울렸다. 안경 낀 남자가 한 손을 흔들었다.

"창문을 쏴!"

메마르고 또렷한 일제사격 소리가 들렸다. 다시 한 번, 다시 또 한 번. 두 명의 적군은 두꺼운 벽돌담에 몸을 숨기고 창문에서 창문으로 옮겨 다니면서 이따금 총을 쏘았다.

"알료시카, 너는 나보다 키가 작으니까 도랑을 따라 창고까지 기어가서 문을 향해 수류탄을 던져…… 그렇게 하지 않으면 우리는 놈들을 빨리 잡을 수가 없어……. 이 고리를 잡아 빼고 던져라. 꾸물거리면 끝장이야!"

안경 낀 남자는 병 비슷한 물건을 허리띠에서 풀어서 알료시카에게 넘겨주었다. 등을 굽히고 눅눅한 땅에 찰싹 달라붙어서 알료시카는 기어갔다. 도랑 위에서는 총알에 잡초가 쓰러지면서 차가운 이슬을 그에게 뿌렸다. 알료시카는 창고까지 기어가서 수류탄의 고리를 잡아 뽑고 문을 겨누었다. 그때 문이 삐걱거리며 흔들리더니 활짝 열렸다……. 두 사람이 문지방을 넘어섰다. 앞의 남자가 두 손으로 네 살쯤 되어 보이는 여자아이를 안고 있었다. 날이 밝기 전의 어스름 속에서 삼베 속옷이 더욱 희어 보였다. 두 번째 남자의 갈기갈기 찢어진 넓은 카자크 바지는 피에 젖어 있었다. 그 남자는 머리를 옆으로 숙인 채, 문설주에 달라붙듯이 서 있었다.

"항복한다! 쏘지 마! 어린애가 죽는다!"

알료시카는 오두막집에서 여자가 문지방으로 달려 나와서 비명을 지르고 두 손을 구부리면서 여자아이를 몸으로 감싸는 것을 보았다. 알료시카는 뒤를 힐끔 돌아다보았다. 안경 낀 남자가 무릎을 세우고 엉거주춤 일어났는데, 그 얼굴이 백묵보다도 더 희었다. 알료시카는 주변을 슬쩍 바라보았다.

알료시카는 자신이 무엇을 해야만 하는지 알았다. 알료시카의 이빨은 크고 듬성듬성 나 있다. 그런데 이빨이 듬성듬성 난 사람의 마음은 부드럽다. 알료시카의 어머니가 그렇게 말하곤 했다. 알료시카는 병처럼 반짝이는 수류탄 위에 배를 대고 엎드리고 나서 손바닥으로 얼굴을 가렸다…….

그러나 안경 낀 남자가 알료시카에게 달려가 그를 발로 걸어차고, 입을 찡그리며 순식간에 수류탄을 집어서 옆으로 내던졌다. 일 초쯤 지나서 마당 위에 불기둥이 작열했고, 알료시카는 요란한 폭음과 안경 낀 남자의 신음하는 듯한 외침 소리를 들었다. 그리고 고약한 냄새가 나는 유황 같은 것이 가슴을 태우고, 찌르는 듯한 짙은 장막이 눈에 쳐진 것처럼 느꼈다.

\*     \*     \*

의식을 되찾은 알료시카는 자기 옆에서 며칠 밤을 지새워서 흙빛으로 변한 안경 낀 남자의 얼굴을 보았다.

알료시카는 머리를 들려고 했으나 타는 듯한 통증을 가슴에 느끼고 신음 소리를 내다가 웃기 시작했다.

"내가 살아 있어…… 죽지 않았어…….″

"넌 죽지 않을 거야, 료시카! 지금 죽어선 안 돼, 자 이걸 봐!″

안경 낀 남자의 손에는 번호가 적힌 당증이 있었다. 그는 당증을 알료시카의 눈으로 가까이 가져가 읽었다.

"러시아청년공산당원 포포프 알렉세이…… 알았지, 알료시카? 심장에서 2, 3센티미터 떨어진 곳에 수류탄 파편이 떨어졌어……. 그러나 이제 우리는 널 완전히 치료했어. 노동자와 농민의 정권을 위해 네 심장이 여전히 고동칠 수 있게 말이야."

안경 낀 남자가 알료시카의 손을 굳게 잡았다. 알료시카는 땀에 젖은 뿌연 안경 속에서 지금껏 보지 못했던 것을 보았다. 그것은 두 개의 자그마한 은빛 눈물방울과 일그러진 채 떨리고 있는 미소였다.

# 공화국 혁명군사회의 의장

우리 공화국은 특별히 넓지 않아. 전부 일백 가구 남짓하고, 카자크 마을에서 톤카 계곡을 따라 40여 킬로미터 떨어져 있지.

우리 부락이 공화국이 된 과정은 이래. 이른 봄에 나는 부존느이 동지의 부대에서 고향 집으로 돌아왔는데, 부락민들이 날 마을 의장으로 뽑았어. 그건 내가 브란겔리 지배하에서 대담한 용맹성을 발휘하여 적기(赤旗) 훈장을 받았기 때문이야. 부존느이 동지가 직접 내게 훈장을 달아 주며 아주 존경스럽게 내 손을 잡아 주었어.

나는 부락 의장직을 맡았지. 우리 부락민들은 모든 인민들처럼 평화롭게 살았을 거야. 그러나 곧 반혁명 도당이 우리 지역에 출현해서 우리 마을을 모조리 황폐화시키기 시작했어.

반혁명 도당들은 때론 마을을 습격하여 말들을 끌어가면서 병든 말을 버리고 갔고, 때론 마지막 남은 사료를 짓뭉개 버렸어.

우리 부락 주변의 비열한 인민들은 반혁명 도당을 더 좋아하여 환대하기까지 했지. 이웃 마을 사람들이 반혁명 도당을 환대하는 걸 보고, 나는 부락 회의를 소집하여 부락민들에게 이렇게 말했어.

"여러분이 날 의장으로 앉혔지요?"

"그랬지."

"그렇다면, 나는 부락의 모든 프롤레타리아트의 이름으로 우리 부락의 자치권을 지키고, 이웃 마을로의 이동을 금지합니다. 그들은 반혁명 도당이고, 그런 자들과 같은 길을 밟고 다니는 게 너무 부끄럽기 때문이오……. 우리 부락은 이제 부락이 아니라 공화국으로 불릴 거요. 여러분이 날 부락 의장으로 뽑았으니, 나는 자신을 공화국 혁명군사회의 의장으로 임명하고 주변이 포위되었음을 선언합니다."

전혀 의식이 없는 사람들은 잠자코 있었고, 적위군에 있었던 젊은 카자크들은 이렇게 말했어.

"좋은 때야! 투표도 하지 않고!"

나는 즉시 그들에게 연설을 했지.

"동지들, 소비에트 정권을 도와서 마지막 피 한 방울이 남을 때까지 반혁명 도당과 싸웁시다. 그놈들은 괴물이고 철저하게 비열한 놈들로 전체 사회주의를 갉아먹고 있소!"

사람들 뒤에 있던 노인들은 처음엔 반대를 했지만, 내가 상스러운 말로 선동을 했지. 그러자 소비에트 정권이 우리를 길러 준 어머니이고, 우리 모두가 단호하게 이 정권의 옷자락을 잡고 이 정권을 지켜야 한다는 내 의견에 모두가 동조했소. 우리는 부락 회의에서 총과 탄약을 달라고 카자크 마을 집행위원회로 편지를 썼고, 나와 니콘 서기가 카자크 마을로 가기로 했소.

이른 새벽에 암말에 마구를 채우고 우리는 떠났지. 10킬로미터쯤 가서 계곡으로 접어들었는데, 바람이 불어서 길에 뽀얀 먼지가 일었고, 그 먼지 속에서 다섯 명의 기병이 우리를 향해 달려오는 거야.

머릿속이 지끈거리기 시작하더군. 반혁명 도당에 속한 나쁜 놈들이 달려오고 있다고 생각했지.

나와 서기는 어떤 조치도 취할 수 없었어. 정말이지 뭘 생각해 낼 수가 없었어. 주변엔 초원이 끝없이 펼쳐져 있고, 계곡엔 몸을 숨길 관목이나 움막 하나 없었어. 우리는 길 한가운데에 암말을 멈춰 세웠지…….

우리는 무장도 하지 않았고, 마치 강보에 싸인 어린애처럼 유순했어. 말에서 도망치는 것은 참으로 멍청한 짓이었지.

이 무서운 적들을 보고 깜짝 놀란 서기는 기분이 아주 안 좋아졌어. 서기는 짐마차에서 뛰어내려 도망치려고 했지만, 어디로 도망칠지 자신도 모르는 거야. 내가 서기에게 말했지.

"이봐, 니콘, 꽁지를 내리고 가만히 있어! 난 혁명군사회의 의장이고, 자네는 내 서기야. 우리는 같이 죽음을 맞아야만 해!"

그러나 계급의식이 없는 니콘은 짐마차에서 뛰어내려 초원을 따라 뛰기 시작하는 거야. 기병들이 쫓아갈 수 없을 만큼 빠른 속도로 뛰었지. 그러나 의심스러운 자가 초원을 따라 도망가는 것을 본 기병들이 뒤쫓아 가서 곧 작은 언덕 부근에서 그를 붙잡았어.

나는 점잖게 짐마차에서 내려서 부적절한 편지와 서류를 삼켜 버리고 멀리서 기병들이 오는 걸 지켜보았지. 기병들은 서기와 아주 짧게 말을 하고 나서 다 같이 달려들어서 서기를 칼로 난도질하기 시작하더군. 서기는 땅에 넘어졌고, 기병들은 그의 주머니를 뒤지며 주변에서 잠시 법석을 떨더니 다시 말을 타고 날 향해 달려왔어.

맨 앞에 포민이라고 불리는 그들의 두목이 있었는데, 붉은 턱수염을 온통 헝클어트리고 먼지 속에 서 있는 모습이 꼭 짐승 같았지. 그자가 두 눈을 껌뻑이며 말했어.

"네가 바로 보가트이료프 의장이냐?"

"그렇다."

"내가 의장직을 그만두라고 너에게 경고했지?"

"그런 말을 들었다……."

"왜 그만두지 않았나?"

그자는 그런 비열한 질문을 내게 던지면서 성난 모습을 거두지 않았지.

난 즉시 절망했는데, 그런 난폭한 자에게서 온전히 목숨을 보존할 수 없다는 걸 알았기 때문이야. 나는 그자에게 대답했어.

"난 소비에트 정권의 강령을 확고히 지지하고 철저히 지키고 있으니, 날 이 강령에서 벗어나게 할 수는 없다!"

그자는 거친 말로 욕설을 해 대고 채찍으로 내 머리를 세게 내리쳤어. 엄청 아린 혹이 이마에 생겨나서 아낙들이 종자를 하려고 남겨 놓은 커다란 오이만큼 커졌지…….

난 손가락으로 혹을 주무르고 그자에게 말했어.

"당신은 내가 당신 편이 아니라고 날 아주 잔인하게 다루지만, 난 시민전쟁에서 적을 물리쳤고 당신과 비슷한 브란겔리들을 가차 없이 처단했지. 그래서 소비에트 정부로부터 훈장을 두 개 받았어. 당신은 내게 아무것도 아니야. 당신은 내 안중에도 없어!"

그자는 즉시 세 번이나 말을 몰아서 날 짓밟으려고 했고, 채찍으로 날 내리쳤어. 그러나 나는 우리의 모든 소비에트 권력처럼 마차의 차대에서 꿈적도 하지 않았지. 말이 발굽으로 내 무릎에 상처를 냈고, 여기저기 부딪혀서 귀에서는 기분 나쁘게 윙윙 소리가 났어.

"앞장서라!"

그들은 날 작은 언덕으로 내몰았어. 그 언덕 주변에 서기 니콘이 누워 있었는데 온몸이 피로 물들어 있더군. 그들 중 한 사람이 말에서 내리더니 얼굴이 위로 향하게 니콘을 뒤집어 놓으며 말했어.

"봐라. 네가 소비에트 정권에서 물러나지 않으면 네 서기처럼 즉시 널 베어 버리겠다!"

니콘의 바지와 속옷은 아래로 내려졌고, 성기는 남잔지 여잔지 알 수 없을 정도로 흉측하게 난도질되어 있었어. 나는 그런 흉측한 모습을 바라보는 게 너무 괴로워서 고개를 돌렸지. 그러자 포민이 이빨을 드러내며 말했어.

"외면하지 마라! 네놈을 확실하고 신속하게 처리하고, 네놈이 사는 구제불능의 공산주의 부락을 사방에서 활활 태워 버리겠다!"

난 이 말에 열이 받쳐서 참지 못하고 거칠게 대답했지.

"숲속의 뻐꾸기가 날 위해 슬피 울게 해라. 그러나 우리 부락에 관한 한, 우리 부락 같은 부락은 하나가 아니라 러시아에 천 개도 넘는다!"

나는 담배쌈지를 꺼내어 부싯돌로 불을 붙여 연초를 피우기 시작했지. 포민은 고삐를 당겨 말을 움직여서 날 향해 달려들며 말했어.

"이봐, 연초 좀 피우자! 넌 연초가 있지만 우린 이 주째 궁하게 생활하며 말똥을 피우고 있다. 그 대신 널 고통스럽게 죽이지 않고, 명예로운 전장에서 죽은 것처럼 칼로 베어 버리고, 네 시체를 갖다 묻으라고 가족에게 전해 주마……. 자, 빨리 넘겨라, 우린 시간이 없어!"

나는 담배쌈지를 한 손에 쥐었지. 우리 밭에서 기른 연초를, 소비에트 땅에서 자란 향기로운 연초를 저 흉악하고 기생충 같은 놈들이 피울 거라고 생각하니 화가 치밀고 슬퍼졌어. 난 그들을 힐끗 쳐다보았지. 그들은 내가 바람에 연초를 흩날려 버릴까 봐 몹시 걱정하고 있었어. 포민이 안장에서 담배쌈지를 향해 한 손을 쭉 뻗더군. 그자의 손이 부르르 떨렸어.

그러나 난 연초를 공중에 흩날려 버리고 나서 말했지.

"원하는 대로 날 죽여라. 난 카자크의 칼로 죽음을 맞을 테니, 너희들은 꼭 두레박 막대기 주변에서 법석을 떨어라. 유행이니까!"

그들은 냉담하게 날 칼로 베기 시작했고, 난 마른 땅에 쓰러졌어. 포민은 나간권총으로 내 가슴과 다리에 두 발을 쏘았어. 바로 그때 나는 도로에서 '따당! 따당!' 하는 총소리를 들었지.

총알이 우리 주변에 떨어지고 잡초에 부딪혀 쉬쉭쉭 소리를 냈어. 살인자들은 혼비백산하여 도망갔지. 도로에서 카자크 마을 민병대가 먼지를 일으키며 오고 있더라고. 나는 흥분해서 벌떡 일어나 30미터쯤 달려갔어. 피가 눈을 가리고 발밑의 땅이 빙빙 돌더군…….

내 기억에 이렇게 소리쳤던 것 같아.

"형제들, 동지들, 한 놈도 도망가지 못하게 해!"

그리고 두 눈에 아무것도 보이지 않았어…….

두 달 동안 나는 통나무처럼 누워서 말을 할 수 없었고, 기억도 깜빡깜빡했어. 손에는 감각이 돌아왔는데, 왼쪽 다리가 없는 거야. 총 맞은 곳이 탄저균에 감염되어 잘라 낸 거지.

관구(管區) 병원에서 집으로 돌아와 토담 주변에서 목발을 잡고 탁탁 소리를 내고 있는데, 카자크 마을 군사위원이 말을 타고 마당으로 들어와 인사도 하지 않고 심문하는 어투로 말하는 거야.

"자네는 왜 스스로를 혁명군사회의 의장이라고 부르고 부락에 공화국을 선포했나? 우리 마을에 하나의 공화국이 있는 거 알고 있지? 무슨 이유로 자치권을 행사했나?"

나는 이 물음에 분명하게 대답했지.

"동지, 너무 엄격하게 말하지 마오. 공화국에 대해 설명할 수 있소. 반혁명 도당이 쳐들어왔을 땐 공화국이었지만, 지금처럼 평화로울 땐 토프찬 부락이오. 그러나 생각해 보시오. 소비에트 권력이 다시 하얀 괴물들이나 다른 무뢰한들의 공격을 받게 된다면, 우리는 모든 부락을 요새와 공화국으로 만들 수 있고 노인들과 젊은이들을 말에 태울 거요. 그리고 내가 비록 다리 하나를 잃었지만 결단코 맨 앞에 나가서 피를 흘릴 겁니다."

그는 더 이상 날 나무라지 않고 내 손을 꼭 쥐고는 온 길을 따라 다시 말을 타고 가 버렸지.

# 망아지

대낮에, 연녹색의 파리들이 잔뜩 달라붙은 퇴비 더미 옆에서, 그놈은 어미의 배 속에서 머리를 앞으로 내밀고 앞발을 쭉 뻗으면서 빠져나왔다. 그리고 바로 머리 위에서 유산탄이 폭발하여 녹아내리는 부드러운 회청색 덩어리를 보았다. 울부짖는 듯한 굉음이 그놈의 축축한 작은 몸뚱이를 어미의 발밑으로 내던졌다. 이곳, 지상에서 맛본 최초의 느낌은 공포였다. 화약 냄새가 진동하는 우박 같은 산탄이 마구간 기와지붕을 따다닥 때리고 땅에 살짝 떨어졌다. 산탄이 떨어지는 소리에 망아지의 어미인 트로핌네 적갈색 암말이 두 발로 펄쩍 뛰어올랐다. 암말은 다시 히이잉 하고 짧은 울음소리를 내면서 땀에 젖은 배를 몸 풀기에 좋은 퇴비 더미에 대고 쓰러졌다.

뒤이어 깔린 무더운 정적 속에서 파리들이 더욱더 분명하게 윙윙거렸다. 포격 때문에 감히 바자울에 뛰어오르지 못하는 수탉이 우엉 그늘 아래 어디선가 한두 번 날개를 치고는 제멋대로, 그러나 나직하게 울어 댔다. 어떤 농가에서 기관총 사수가 울며 신음하는 소리가 들렸다. 비명을 지르고 격렬하게 욕설을 해 대면서 기관총사수는 이따금 날카로운 쉰 목소리로 소리쳤다. 집 앞의 작은 꽃밭에서는 비단처럼 붉은 양귀비꽃 위로 꿀벌들이 붕붕대며 날고 있었다. 카자크 마을 너머 초원에서는 기관총사수가 탄띠의 총알을 다 쏘아 버리고 있었다. 첫 번째 포격과 두 번째 포격 사이에 기운찬 연발 사격 소리를 들으며 적갈색의 암말은 첫 새끼를 사랑스럽게 핥고 있었다. 첫 새끼는 불룩한 어미의 젖통에 몸뚱이를 기대고 처음으로 생명의 충만함과 잊을 수 없이 달콤한 어미의 애무를 느꼈다.

두 번째 포탄이 탈곡장 뒤쪽에 쾅 하고 떨어졌을 때, 트로핌이 농가의 문을 박차고 나와 마구간 쪽으로 갔다. 퇴비 더미를 빙 돌아다니면서 트로핌은 햇빛에 눈이 부셔서 손바닥으로 눈을 가렸다. 긴장한 망아지가 몸을 떨면서 적갈색 암말의 젖통을 빨고 있는 걸 보고 나서, 트로핌은 황급히 호주머니를 뒤져서 떨리는 손가락으로 담배쌈지를 찾아냈다. 그리고 종이를 말아서 만든 꽁초에 침을 바르면서 겨우 말을 내뱉었다.

"그래…… 결국 새끼를 낳았단 말이지? 때를 잘도 골랐다……. 할 말이 없군." 마지막 한마디에는 쓰디쓴 분노가 스며 있었다.

땀이 말라서 털이 헝클어진 암말의 옆구리에 잡초 줄기와 마른 똥이 붙어 있었다. 암말은 흉측할 정도로 마르고 축 처져 보였지만, 두 눈은 피로가 어린 자랑스러운 기쁨으로 빛났고, 공단처럼 매끄러운 윗입술은 미소를 띠며 수줍어했다. 적어도 트로핌에게는 그렇게 보였다. 마구간으로 들어간 암말이 히이힝 울음소리를 냈다. 사료가 든 자루를 흔들면서, 트로핌은 버팀기둥에 기대어 원망스러운 눈빛으로 망아지를 곁눈질하며 차갑게 물었다.

"그래 흡족하냐?"

대답을 기다리지도 않고 트로핌은 다시 말문을 열었다.

"이그나트의 씨말하고 그랬다면 몰라도, 이건 도대체 어느 말의 씨인지도 모르잖아…… 그래, 이놈을 어떻게 하지?"

마구간의 어슴푸레한 정적 속에서 암말이 바삭바삭 밀을 씹는 소리가 들린다. 문틈 사이로 비스듬히 비쳐 드는 햇빛이 금실을 흩뿌리는 듯하다. 햇빛이 트로핌의 왼쪽 뺨에 떨어진다. 적갈색의 콧수염과 뻣뻣한 턱수염이 붉게 물들고, 더욱 깊어 보이는 입가의 주름이 거뭇해진다. 망아지는 부드러운 털에 싸인 가느다란 두 다리로 마치 장난감 목마처럼 서 있다.

"저놈을 죽여 버려?" 담뱃진으로 누렇게 물든 트로핌의 엄지손가락이 망아지를 향해 굽었다.

암말은 핏발이 선 눈알을 굴리고 눈을 깜빡이면서, 비웃듯이 주인을 곁눈질하고 있었다.

\*   \*   \*

그날 밤, 기병 중대장이 묵고 있는 방에서 이런 대화가 있었다.

"가만히 살펴보니까, 우리 집 암말이 조심성이 있고, 속보나 구보를 싫어하고, 숨이 차서 헉헉대더라고요. 자세히 보니까, 그놈이 새끼를 뱄던 겁니다. 그래서 그렇게 조심조심 움직였던 거죠⋯⋯. 망아지는 밤색 털이고⋯⋯ 이게⋯⋯." 트로핌이 얘기했다.

기병 중대장은 공격하기 전에 군도를 쥐듯이 차를 담은 청동 컵을 손으로 꽉 쥐고, 졸린 눈으로 램프를 쳐다보았다. 노르스름한 작은 불꽃 주위에서 부드러운 털에 싸인 나방들이 미친 듯이 창문으로 날아들더니 유리에 부딪혀 한 마리 한 마리씩 불에 타 죽었다.

"⋯⋯마찬가지야. 밤색 말이건 검정 말이건 마찬가지야. 쏴 죽여야 해. 우리가 망아지를 데리고 다니면 집시처럼 될 거야."

"뭐라고? 그래, 집시처럼 된단 말이야. 만약에 사령관이라도 오면 어쩌겠어? 사령관이 부대를 사열하러 왔는데, 그놈이 대열 앞에 나타나서 장난치며 소란을 피우고, 이렇게 꼬리를 흔들면 어떻게 해, 응? 이건 적위군 전체에 대한 수치고 웃음거리야. 트로핌, 어떻게 자네가 새끼를 낳도록 했는지 도무지 알 수가 없어. 내전이 한창인데, 갑자기 이런 우스운 일이⋯⋯ 이건 부끄럽기까지 한 일이야. 마필 당번병들에게 엄명을 내려서 수말들을 따로 지켰어야지."

아침에 트로핌은 소총을 가지고 농가에서 나왔다. 태양은 아직 떠오르지 않았다. 풀 위엔 분홍빛 이슬이 맺혀 있었다. 보병의 군화에 짓밟히고 곳곳에 참호가 파인 초원은 울어서 슬픔으로 일그러진 소녀의 얼굴을 생각나게 했다. 야전 취사장 주변에서 취사병들이 바삐 움직이고 있었다. 오랫동안 땀에 젖어서 뻣뻣해진 속셔츠를 입은 기병 중대장이 현관 계단에 앉아 있었다. 중대장은 연발 권총 자루의 신선한 냉기에 익숙해진 손가락으로 잊어버린 고향의 것을 어설프게 생각해 내면서 바레니크[1]를 만들 때 쓰는 이상한 조리를 엮고 있었다. 옆을 지나가다가 트로핌이 관심을 보였다.

"조리를 엮고 있습니까?"

기병 중대장은 가느다란 잔가지로 손잡이를 얽어매고 나서 입속말로 중얼거렸다.

"주인 여자가 자꾸 만들어 달라고 부탁해서…… 옛날에는 잘 만들었는데, 이제 안 되네……."

"아닙니다. 꽤 괜찮은데요." 트로핌이 칭찬했다.

기병 중대장은 무릎에서 나뭇가지 조각들을 털어 내고 물었다.

"망아지를 죽이러 가나?"

트로핌은 말없이 한 손을 내젓고 마구간으로 갔다.

기병 중대장은 머리를 숙이고 총성을 기다렸다. 일 분, 이 분이 지났다. 그러나 총성은 들리지 않았다. 트로핌이 마구간

─────────────

1) 곡분에 우유와 달걀 등을 넣고 반죽하여 만든 일종의 푸딩.

모퉁이에서 약간 당황한 모습으로 나타났다.

"왜 그러나?"

"아마 공이가 망가졌나 봅니다. 뇌관을 때리질 않아요."

"그래, 소총을 이리 줘 봐."

트로핌은 마지못해 소총을 건넸다. 기병 중대장은 노리쇠를 움직여 보고 눈을 가늘게 떴다.

"여기 총알이 없잖아!"

"그럴 리가!" 트로핌이 열을 내며 소리쳤다.

"없다니까."

"그럼 저기…… 마구간 뒤에 떨어트린 모양입니다……."

기병 중대장은 소총을 옆에 놓고, 새 조리를 손에 들고 오랫동안 빙빙 돌려 댔다. 끈적끈적한 새 나뭇가지에서 달콤한 꿀 냄새가 풍겼고, 꽃이 핀 버드나무 향기가 코를 찔렀다. 그리고 흙냄새와 계속되는 전쟁의 불길 속에서 잊었던 노동의 냄새가 풍겨 났다…….

"이봐! 하는 수 없지! 그놈을 어미 곁에 있게 해. 임시로 그렇게 하자고. 전쟁이 끝나면 그놈도 역시 땅을 갈겠지. 사령관도 이런 경우엔 그놈의 처지를 이해할 거야. 새끼는 젖을 빨아야만 하니까……. 사령관도 젖을 빨았고, 우리도 젖을 빨았어. 관습이란 게 다 그만그만한 거야! 그런데 자네 소총의 공이는 말짱하군."

*　　　*　　　*

한 달이 지난 어느 날, 트로핌이 속한 기병 중대는 우스티 호표르스카야 마을 부근에서 카자크 기병 중대와 교전을 벌였다. 해가 지기 전에 총격전이 시작되었다. 어두워지자 그들은 돌격했다. 돌격하는 중에 트로핌은 자기 소대에서 가망 없이 뒤처졌다. 채찍도, 입술이 찢어져 피가 날 정도로 물린 재갈도 암말을 빨리 달리게 할 수 없었다. 암말은 머리를 높이 세우고 히이잉 울면서, 망아지가 꼬리를 세우고 자기를 쫓아올 때까지 제자리에서 발을 굴렀다. 트로핌은 안장에서 뛰어내려 칼을 칼집에 꽂고, 증오로 일그러진 얼굴을 하고 어깨에서 소총을 내렸다. 부대의 우익은 이미 백위군과 뒤엉켜 있었다. 절벽 주위에서는 바람에 나부끼듯이 사람들의 물결이 좌우로 흔들리고 있었다. 병사들이 말없이 싸우고 있었다. 말발굽 밑에서 땅이 둔중하게 울렸다. 트로핌은 잠시 전투가 벌어지고 있는 쪽을 바라보고는 망아지의 반듯한 머리를 향해 총을 겨누었다. 흥분해서 손이 떨렸는지, 아니면 다른 이유가 있어 총알이 빗나갔는지, 총성이 울린 뒤에도 망아지는 장난치듯 발길질을 해 대며 살짝 히이잉 울어 댔다. 그리고 말굽 아래 잿빛 먼지를 일으키고 원을 그리며 멀어져 갔다. 트로핌이 망할 놈의 밤색 망아지를 향해 쏜 총알은 보통 탄환이 아니라 끝에 붉은 구리가 붙은 장갑탄이었다. (우연히 탄약대에서 손에 잡힌) 장갑탄이 이 밤색 암말의 새끼에게 어떤 상처나 치명상도 입히지 못했음을 확인한 트로핌은 냅다 욕설을 퍼부으며

암말에 올라탔다. 그리고 턱수염이 잔뜩 난 붉은 피부의 구교
도들[2]이 중대장과 세 명의 적위군 병사를 벼랑 쪽으로 몰아
붙이며 압박하고 있는 쪽으로 능숙하게 말을 몰았다.

그날 밤, 기병 중대는 초원의 깊지 않은 계곡 주변에서 야
영을 했다. 담배를 조금 피우고, 말의 안장도 내리지 않았다.
돈강 쪽에서 돌아온 기병 척후가 나루터 쪽에 적의 대군이 집
결해 있다고 보고했다.

트로핌은 고무 망토의 옷자락으로 맨발을 감싸고 나서 비
몽사몽간에 지난 하루의 일들을 생각해 보았다. '벼랑으로 뛰
어내린 중대장, 정치위원을 칼로 십자를 그어 죽인 곰보 구교
도, 조각조각 토막 난 카자크, 검은 피에 젖은 누군가의 안장,
망아지…….' 이런 것들이 눈앞을 스쳐 지나갔다.

날이 밝기 전에 기병 중대장이 트로핌에게 다가와서, 어둠
속에서 옆에 쪼그리고 앉았다.

"자나, 트로핌?"

"졸고 있습니다."

아물거리는 별을 바라보며 기병 중대장이 말했다.

"자네의 망아지를 없애야만 해! 전투에 혼란을 일으켜…….
그놈을 보면 손이 떨려서…… 적을 벨 수가 없어. 그놈이 가족
의 모습을 하고 있기 때문이야. 전쟁에서는 그런 게 바람직하
지 않아……. 돌 심장도 흐물흐물한 수세미로 변하거든…….

---

2) 니콘의 종교개혁(1652~1666)에 반대한 비개종파. 구교도들은 끝까지 구
교의식을 지키면서 따로 부락을 만들어 집단생활을 했다. 혁명 시에는 백위
군들을 구교도라고 불렀다.

그런데 그놈은 돌격전에서도 밟혀 죽지 않고, 다리 사이로 빙빙 돌아다녔어⋯⋯." 잠시 말을 멈추고 기병 중대장은 꿈꾸는 듯한 미소를 지었다. 그러나 트로픰은 그 미소를 보지 못했다. "트로픰, 그놈의 꼬리는 정말이지⋯⋯ 등 위로 치켜올라간 것이⋯⋯ 꼭 여우 꼬리 같아⋯⋯. 참 멋진 꼬리야!"

트로픰은 아무 말도 하지 않았다. 그는 외투를 머리에 뒤집어쓰고, 이슬의 습기에 떨면서 순식간에 잠이 들었다.


\*    \*    \*


오래된 수도원을 마주 보고, 산 쪽에 찰싹 달라붙어 있는 돈강이 아주 빠른 속도로 흐르고 있었다. 강굽이에서는 강물이 고수머리처럼 굽이치고, 말갈기 같은 푸른 파도가 봄의 눈사태로 강가에 흩어진 백묵같이 하얀 덩어리들을 느닷없이 떠밀어 내고 있었다.

만약에 카자크들이 물살이 더 약한 강굽이, 더 넓고 잔잔한 돈강 지역을 점령하지 않았다면, 그리고 그쪽에서 산기슭으로 포격을 시작하지 않았다면, 기병 중대장은 중대가 수도원 맞은편에서 헤엄쳐서 강을 건너게 할 결심을 결코 하지 않았을 것이다.

정오에 강을 건너기 시작했다. 그다지 크지 않은 짐배에 기관총을 실어 나르는 마차 한 대, 사수와 말 세 필을 실었다. 돈강의 중앙에서 짐배가 물살을 거슬러 급하게 돌면서 살짝 옆으로 기울어지자 물을 본 적이 없는 왼쪽 곁말이 깜짝 놀랐다. 곁말이 불안하게 히이잉 울어 대고 편자로 짐배의 나무 판때기를 치는 소리가 말에서 내린 중대원들이 안장을 풀고 있는 산 밑에까지 분명하게 들렸다.

"배가 가라앉겠어!" 트로핌이 눈살을 찌푸리며 투덜댔고, 땀에 젖은 암말 등으로 가져가던 손을 멈추었다. 짐배 위에서 곁말이 사납게 씩씩거리며 기관총을 나르는 마차의 채 쪽으로 뒷걸음치며 뒷발로 섰기 때문이었다.

"쏴 버려!" 기병 중대장이 채찍을 망가트리면서 악을 썼다.

트로핌은 조준수가 말의 목에 달라붙어서 귀에 권총을 밀어 넣는 걸 보았다. 총성이 애들이 갖고 노는 딱총처럼 울렸다. 가운데 말과 오른쪽 곁말은 서로에게 몸을 더욱더 밀착시켰다. 기관총 사수들은 짐배가 전복될까 봐 걱정하면서 사살된 말을 기관총을 나르는 마차의 뒷부분 쪽으로 내리눌렀다. 사살된 말의 앞다리는 천천히 구부러졌고, 머리는 축 처졌다…….

십 분쯤 지나서 기병 중대장은 말을 타고 여울에 나타나 맨 먼저 자신의 짙은 갈색 말을 물속으로 몰아넣었다. 그 뒤를 따라 중대원들이 첨벙첨벙 물소리를 내며 물속으로 들어갔다. 반쯤 벌거벗은 108명의 기병과 108필의 다양한 색깔의 말이었다. 안장은 세 척의 작은 짐배에 실려 운반되었다. 소대장 네 체푸렌코에게 암말을 맡긴 트로핌이 그중 한 척의 노를 저었다. 트로핌은 돈강의 중앙에서 선두의 말들이 무릎까지 물에 잠겨서 억지로 물을 먹고 있는 걸 보았다. 기병들은 나직한 목소리로 말들을 재촉하며 몰아 댔다. 일 분 후에 강 언덕에서 40여 미터 떨어진 수면에서 물에 잠긴 말들의 머리가 오밀조밀하게 거뭇거뭇해졌고, 말들이 다양한 목소리로 히이잉 울어 대는 소리가 들렸다. 소총에 옷과 탄약대를 붙들어 맨 적위군들이 말의 갈기를 잡고, 말들과 나란히 헤엄쳐 가고 있었다.

작은 짐배에 노를 내려놓은 후, 트로핌은 햇빛에 눈이 부셔 눈을 가늘게 뜨며 몸을 최대한 쭉 펴고 헤엄쳐 오는 밤색 머리들 중에서 자신의 암말을 열심히 찾았다. 기병 중대는 사냥꾼의 총소리에 놀라 하늘로 흩어진 기러기 떼와 비슷했다. 맨 앞에 기병 중대장의 짙은 갈색 말이 번들번들한 등을 높이 세우고 헤엄쳐 오고 있었다. 중대장의 말 바로 뒤에서 이전에 정치위원의 것이었던 말의 귀가 하얀 반점처럼 아른거렸다. 그 뒤로 일단의 검은 무리들이 헤엄쳐 왔다. 그리고 맨 뒤에, 순간순간 점점 더 뒤처지고 있는 소대장 네체푸렌코의 앞머리가 보였고, 그 왼쪽에 트로핌의 암말의 뾰족한 귀가 보였다. 시선을 집중해서, 트로핌은 망아지도 보았다. 망아지는 때론 물에서 높이 솟아오르고, 때론 겨우 콧구멍이 보일 정도로 물속에 잠기면서 심하게 흔들리며 헤엄치고 있었다.

바로 이때, 돈강 위로 부는 바람에 실려 마치 거미줄같이 가늘게 '히이이잉!' 하고 도움을 요청하는 듯한 말의 울음소리가 트로핌에게 들렸다.

물 위로 울려 퍼지는 비명은 낭랑하고 마치 칼날처럼 예리했다. 그 소리는 트로핌의 심장을 콕콕 찔렀다. 한 남자의 마음에 이상한 일이 일어났다. 트로핌은 오 년 동안 전쟁을 겪으면서 죽음의 신이 여러 번 자신의 눈을 들여다보았지만 눈 하나 깜짝하지 않았다. 그런데 이번에는 붉은 턱수염 밑이 하얗고 희푸르스름하게 변했다. 트로핌은 노를 잡아 들고, 힘이 빠진 망아지가 소용돌이에 휘말려 들어가는 쪽으로 물살을 거슬러 작은 짐배를 저어 갔다. 망아지로부터 20미터쯤 떨어진 곳에서 네체푸렌코가 쉰 목소리로 울어 대며 소용돌이 쪽으로 헤엄쳐 가는 어미 말을 되돌리려고 애를 썼지만 되돌릴 수가 없었다. 작은 짐배에 실은 안장들 위에 앉아 있던 트로핌의 친구인 스테시카 예프레모프가 엄한 목소리로 소리쳤다.

"바보 같은 짓 하지 마! 강 언덕으로 노를 저어! 저기에 카자크들이 있단 말이야!"

"죽여 버리겠어!" 트로핌은 숨을 몰아쉬고 소총의 가죽끈을 잡아당겼다.

망아지는 물살에 휩쓸려 기병 중대가 강을 건넌 지점에서 멀리 떠내려갔다. 작은 소용돌이가 빗살 모양의 푸른 물결로 망아지를 핥으면서 가볍게 빙빙 돌리고 있었다. 트로핌은 미친 듯이 노를 저었고, 작은 짐배는 빠르게 움직였다. 벼랑에서 오른쪽 강 언덕으로 카자크들이 뛰쳐나왔다. '막심' 기관총의 나지막한 산탄 소리가 울리기 시작했다. 총알이 퐁퐁 소리를 내며 물속에 마구 떨어졌다. 찢어진 즈크[3] 셔츠를 입은 한 장교가 연발 권총을 휘두르며 뭐라고 소리쳤다.

망아지는 점차 뜸하게 울어 댔고, 끊어질 듯한 짧은 비명도

---

3) 삼실이나 무명실 따위로 두껍게 짠 직물.

더 불분명하고 더 가늘어졌다. 소름 끼치는 공포를 자아내는 이 소리는 어린애의 비명과 비슷했다. 네체푸렌코는 암말을 버리고 왼쪽 강 언덕으로 가볍게 헤엄쳐 가고 있었다. 트로핌은 부들부들 떨면서 소총을 잡아 들고 소용돌이에 휘말린 망아지의 목 밑을 겨누어 총을 쏘았다. 그리고 군화를 벗어 던지고 불분명한 울음소리를 내며 두 손을 뻗으면서 물속으로 뛰어들었다.

오른쪽 강 언덕에서 즈크 셔츠를 입은 장교가 소리쳤다.

"사격 중지!"

오 분 후에 트로핌은 망아지에게 다가가 차디차게 식어 버린 망아지의 배를 왼손으로 잡고, 물을 실컷 들이마시고 발작적으로 딸꾹질을 하면서 왼쪽 강 언덕으로 움직여 갔다…….
오른쪽 강 언덕에서는 한 방의 총도 쏘지 않았다.

하늘, 숲, 모래…… 모든 것이 연푸른 환영처럼 보였다…….
초인적인 마지막 노력. 마침내 트로핌은 두 다리로 땅을 디뎠다. 그리고 미끈거리는 망아지의 몸뚱이를 모래 위로 질질 끌어 올리고, 눈물을 흘리며 푸른 물을 토해 내고 두 손으로 모래를 더듬었다. 숲속에서 강을 건넌 중대원들의 목소리가 왁자지껄했고, 여울 너머 어딘가에서 포성이 울렸다. 밤색 암말은 몸을 흔들어 물을 털어 내고 망아지를 핥아 주면서 트로핌 곁에 서 있었다. 축 늘어진 암말의 꼬리에서 무지갯빛 물방울이 모래에 구멍을 내면서 떨어졌다…….

트로핌은 비틀거리며 두 발을 딛고 일어서서 모래사장을 따라 두 걸음을 옮기다가 펄쩍 뛰어오르더니 옆으로 쓰러졌다. 마치 뜨거운 침이 가슴을 찌른 것 같았다. 트로핌은 쓰러지면서 총성을 들었다. 오른쪽 강 언덕에서 쏜 총알 한 방이 가슴에 박힌 것이다. 오른쪽 강 언덕에서 찢어진 즈크 셔츠를 입은 장교가 화약 연기 나는 탄피를 버리면서 기병총의 노리쇠를 냉정하게 움직였다. 망아지로부터 두 걸음 떨어진 모래 위에서 트로핌이 얼굴에 경련을 일으켰다. 오 년 동안 아이들에게 입맞춤을 하지 못한 거칠고 푸르스름한 입술에 미소가 감돌고 피거품이 일었다.

# 소용돌이

1

해 질 무렵에 이그나트가 카자크 마을에서 돌아왔다.

그는 마른 나뭇가지를 엮어 만든 대문을 밀어서 수북이 쌓인 눈 더미를 무너트리고, 고드름이 잔뜩 매달린 말을 마당으로 끌고 들어와 마구도 벗기지 않고 현관 계단으로 뛰어올랐다. 현관의 얼어붙은 마룻장이 삐걱거리고, 펠트 장화에 묻은 눈을 빗자루로 급히 털어 내는 소리가 들렸다. 페치카 위에서 도낏자루를 깎던 파호미치가 무릎에서 대팻밥을 털어 내고 막내인 그리고리에게 말했다.

"가서 암말의 마구를 풀어 줘라. 꼴은 내가 마구간에 넣어 놓았다."

이그나트는 문을 활짝 열고 들어와 인사를 하고, 곱은 손가락으로 천천히 방한용 두건의 끈을 풀었다. 그는 얼굴을 찡

그리며 녹아내리는 고드름을 콧수염에서 떼어 내고는 기쁨을
감추지 않고 미소를 지었다.

"소문을 들었는데, 적위군들이 관구로 오고 있대요……."

파호미치가 페치카에서 두 다리를 늘어트리고 관심을 보이
며 침착하게 물었다.

"전쟁이 난 거냐, 아니면 어떻게 된 거냐?"

"말들이 많아요……. 마을이 온통 뒤숭숭하고, 사람들이
부산하게 움직여요. 마을 사무소에도 사람들이 엄청 많고요."

"토지에 대한 소문은 못 들었니?"

"볼셰비키들이 지주의 토지를 고무래로 밀어서 빼앗는대요."

"그으래." 파호미치가 떨떠름하게 투덜대고는 젊은이처럼 페
치카에서 뛰어내렸다.

노파는 페치카의 왼쪽 구석에서 숟가락을 달그락거리며 양
배추 국을 접시에 따르면서 말했다.

"야식을 먹으라고 그리샤트카를 불러요."

밖은 이미 어두워졌다. 싸락눈이 내리고 있었고, 푸르스름
한 밤이 음산해졌다. 파호미치는 숟가락을 놓고 수놓은 수건
으로 턱수염을 닦으며 말했다.

"증기 제분소에 대해서는 알아보았어? 언제부터 곡물을 빻
는다냐?"

"제분소에서는 곡물을 빻고 있어요. 가지고 가면 돼요."

"그럼, 야식을 끝내고 창고로 가자. 곡식을 다시 까불러야
해. 내일 날이 좋으면, 아침에 곡식을 빻으러 가야겠다. 길은
어때, 엉망이지 않더냐?"

"길은 쉴 틈이 없어요. 밤낮으로 사람들이 다니니까. 다만 마차가 엇갈려 지나가기가 조금 힘들어요. 길가의 눈이 허리보다 더 높이 쌓였으니까요."


## 2


그리고리는 대문 밖까지 나가서 전송했다.

파호미치는 엄지장갑을 끼고 썰매 앞쪽에 자리를 잡았다.

"암소를 잘 봐라, 그리샤. 젖통이 가득 찬 걸 보면 곧 새끼를 낳을 거야⋯⋯."

"알았어요, 아버지. 다녀오세요!"

썰매의 미끄럼대가 바삭바삭 소리를 내며 녹고 있는 눈의 얼어붙은 표면을 잘게 부수었다. 파호미치는 털로 만든 고삐를 가볍게 움직이며 길 위에 뿌려 놓은 재를 피해 가면서 썰매를 몰았다. 흙이 드러난 곳을 지날 때는 썰매의 미끄럼대 밑에 댄 날이 땅에 들러붙기도 했다. 말들은 등에 잔뜩 힘을 주고 옆으로 피하면서 썰매를 끌었다. 마구도 충분하고 말도 배불리 먹였지만, 파호미치는 가끔 썰매에서 내려 가마니를 너무 많이 실었다고 투덜거렸다.

언덕 위에 다다라서 땀에 흠뻑 젖은 말들을 쉬게 하고, 다시 속보로 걷게 했다. 해빙으로 군데군데 길이 우스꽝스럽게 패어 있었다. 초봄의 따스함. 눈이 녹고 있는 한낮이었다.

파호미치의 주위를 숲이 둘러싸기 시작했다. 이때 그를 향해 트로이카가 달려왔다. 숲 가장자리에는 바람에 날려 온 눈이 산처럼 쌓여 있었다. 거대한 눈 더미 속에 작은 길이 뚫려 있기 때문에 두 대의 썰매가 엇갈려 지나가기가 불가능했다.

"어이구, 이런, 세상에! 워, 워⋯⋯."

파호미치는 말을 멈추고 썰매에서 내려 모자를 벗었다. 땀에 젖은 백발의 머리칼을 바람이 핥고 지나갔다. 파호미치가 초라한 모자를 벗은 이유는 마주친 트로이카에 보리스 알렉산드로비치 체르노야로프 대령이 타고 있는 걸 알았기 때문이다. 파호미치는 내리 팔 년 동안 대령의 땅을 빌려서 농사를 지었다.

트로이카가 가까이 다가왔다. 방울들이 서로 나지막하게 얘기를 나누었다. 좌우의 곁말들은 입에 거품을 물고 있고, 가운데 말은 괴로운 듯이 헐떡이고 있었다. 마부가 엉거주춤 일어나서 채찍을 휘둘렀다.

"옆으로 돌려라, 이 얼빠진 늙은이야! 왜 길을 막고 있어?!"

마부는 파호미치 앞에서 말을 멈춰 세웠다. 털가죽 반외투 자락에 발이 엉키면서, 파호미치는 모자를 벗고 썰매로 달려가서 허리를 굽혀 인사했다.

곰 가죽을 둘러씌운 썰매에서 한 남자가 동그랗게 뜬 눈을 껌벅이지도 않고 빤히 보고 있었다. 푸른빛이 돌 정도로 밀어 버린 오돌도돌한 입술이 일그러졌다.

"야, 이놈아, 왜 길을 비키지 않는 거야? 볼셰비키의 자유에 물들었냐? 평등이야?"

"나리! 제발 절 피해서 지나가시쥬. 나리는 빈 썰매지만, 제

썰매에는 짐이 잔뜩 실려 있어서…… 길에서 벗어나면 다시 올라올 수 없슈."

"너 때문에 내 말을 눈 속에 빠져 죽게 해야 하느냐? 이 나쁜 놈아! 장교의 견장을 존경하고 길을 양보하는 법을 네게 가르쳐 주마!"

그는 다리에서 양탄자를 털어 버리고 새끼 염소 가죽 장갑을 좌석에 내던졌다.

"아그템, 채찍을 이리 줘!"

체르노야로프 대령은 썰매에서 뛰어내려 손을 높이 쳐들더니 파호미치의 미간을 채찍으로 내리쳤다.

노인은 '윽' 소리를 내고 비틀거리며 손으로 얼굴을 감쌌다. 손가락 사이로 피가 흘러내렸다.

"이거나 먹어라, 이 불한당 놈아!"

대령은 파호미치의 허연 턱수염을 잡아당기고 침을 뱉으며 쉰 목소리로 말했다.

"내가 네놈들에게서 빨갱이 정신을 없애 주마! 이 나쁜 놈아, 체르노야로프 대령을 기억해라! 기억해!"

녹은 눈 위에 푸른 멍에가 어렴풋이 보인다. 방울들이 알아듣기 힘들게 속삭이며 말한다. 길가에서 파호미치의 말이 멍에와 끌채를 연결하는 끈을 끊으려고 몸부림치고 있다. 끌채가 부러져 뒤집힌 썰매는 얌전하고 무력하게 누워 있다. 파호미치는 눈 하나 깜박이지 않고 트로이카를 바라본다. 그는 백조의 목처럼 휘어진 썰매의 뒷부분이 긴 계곡 속으로 사라질 때까지 바라볼 것이다.

소용돌이

파호미치는 보리스 알렉산드로비치 체르노야로프 대령을
평생 잊지 않을 것이다.


## 3


파호미치의 늙은 아내가 양동이를 들고 우물에서 돌아왔다.

부끄러울 정도로 벌거벗은 버드나무 사이에서 갈가마귀들
이 미친 듯이 울어 댄다. 마당 저쪽, 언덕 위의 태양이 붉은 모
자의 풍차 날개 사이에 밤을 보낼 자리를 만들고 있다. 도랑의
물이 힘겹게 끙끙대고 흐르면서 바자울을 흔들고 있다. 하늘
은 마치 시들어 버린 벚꽃 같다.

짐마차 한 대가 마당 쪽으로 다가와서 대문 옆에 멈춰 섰
다. 말들은 꼬리를 짧게 비틀어 맨 역마차용이었다. 진흙투성
이에다 추워 보이는 말들의 다리 밑에서 암탉들이 따스한 똥
을 쪼아 먹고 있었다. 장교 외투의 앞깃을 세워 올리면서 키가
크고 비쩍 마른 남자가 곱슬곱슬한 양피 가죽으로 만든 털모
자를 쓰고 타란타스[1]에서 내렸다.

"미셴카! 애야! 갑자기 웬일이냐!"

양동이를 매단 멜대를 내던지고 노파는 남자의 목을 얼싸
안았다. 노파의 메마른 입술은 그의 입술에 닿지 않았다. 노
파는 그의 가슴에 안겨 몸부림치며 빛나는 단추와 잿빛 나사

---

1) 러시아 특유의 여행용 포장마차.

(羅紗)[2]에 입을 맞추었다.

　어머니의 찢어진 재킷에서는 소똥 냄새가 났다. 남자는 가볍게 뒤로 물러서면서 마치 어머니의 얼굴에 끓는 물을 끼얹듯이 웃음을 지었다.

　"길거리에서 어색해요, 엄마…… 말들을 어디에 넣어야 할지 가르쳐 줘요. 제 트렁크도 방으로 나르고…… 이봐, 마부, 안으로 들어와."


## 4


　카자크군 소위. 깨끗한 견장. 반듯하게 밀어붙인 숱이 많지 않은 머리. 피와 살을 나눈 제 자식이었지만, 파호미치는 마치 남의 자식처럼 거북스러웠다.

　"얘야, 오래 묵을 거냐?"

　미하일은 창가에 앉아서 일을 하지 않은 하얀 손가락으로 책상을 두드리고 있었다.

　"카자크군 아타만에게서 특별 임무를 받고 노보체르카스크에서 출장 왔어요. 당분간 있을 겁니다……. 엄마! 테이블에서 우유를 닦아요. 도대체가 불결하군! 두 달쯤 여기에 있을 겁니다."

　이그나트가 더러워진 장화 발자국을 남기며 작은 축사에서

---

2) 양털 또는 거기에 무명, 명주, 인조 견사 등을 섞어서 짠 모직물.

돌아왔다.

"야, 형, 잘 있었어! 잘 왔어."

"잘 있었냐?"

이그나트가 손을 뻗어 형을 껴안으려고 했지만, 이상하게 엇갈려서 냉랭하고 어색하게 손가락을 마주 잡는 것으로 끝났다.

이그나트가 서먹서먹하게 웃으며 말했다.

"형은 아직도 견장을 달고 있네. 우리는 견장 같은 건 오래전에 악마에게 내던져 버렸어……."

미하일이 눈살을 찌푸렸다.

"난 아직 카자크의 명예를 팔지 않았다."

잠시 지루하게 침묵이 흘렀다.

"어떻게 지내요?" 장화를 벗으려고 몸을 굽히면서 미하일이 물었다.

파호미치가·벤치에서 일어나 아들에게 달려갔다.

"내가 벗겨 주마. 미샤, 손이 더러워진다." 파호미치는 무릎을 꿇고 조심스럽게 장화를 벗기면서 대답했다. "그럭저럭 지낸다. 우리 생활이야 다 그렇지. 너희들이 사는 읍내에 무슨 소식이라도 있냐?"

"우린 적위군들을 쳐부수기 위해 카자크들을 조직하고 있어요."

이그나트가 땅바닥에 시선을 던지며 물었다.

"왜 그들을 쳐부숴야만 해?"

미하일이 일그러진 웃음을 지으며 말했다.

"넌 모르니? 볼셰비키들은 우리 카자크들을 쓸어버리고, 코뮌을 만들려고 해. 모든 것을 농촌공동체 소유로 만들려고. 땅도 여자도……."

"헛소문이야! 볼셰비키들은 우리 노선을 따르고 있어."

"너희들 노선이 뭔데?"

"지주들에게서 땅을 빼앗아 인민들에게 주는 것. 바로 이게 우리의 노선이지……."

"그럼, 이그나트, 넌 볼셰비키들 편이냐?"

"그럼, 형은 누구 편이야?"

미하일은 아무 말도 하지 않았다. 그는 뿌옇게 흐린 창을 향해 몸을 돌리고 앉아서 웃음을 지으며 유리창 위에 희미한 그림을 그렸다.


5


계곡 너머, 어린 떡갈나무의 꼭대기 너머로 분묘 하나가 게트만 대로에 걸쳐 있었다.

분묘 위에는 돌로 만든 여인상이 하나 있는데, 수백 년이 지나면서 침식되어 구멍이 송송 뚫려 있었다. 푸른 이끼가 덕지덕지 낀 여인상의 머리 위로 아침마다 태양이 떠올라 하늘 높이 솟아오르고, 안개처럼 뿌연 먼지 장막 사이로 암캐가 새끼들을 핥아 주듯이 끈적끈적하고 뜨거운 햇빛으로 초원과 정원과 기와지붕을 정성스럽게 핥아 주었다.

새벽녘에 파호미치가 쟁기를 들고 대로 쪽에서 나타났다. 늙어서 휘청거리는 다리로 4데샤티나[3]의 땅을 재고 나서, 적 갈색 황소에게 한 번 채찍을 휘두르고는 쟁기로 흑토를 갈기 시작했다.

그리시카가 쟁기 손잡이를 누르고 거의 무릎 깊이로 땅을 갈았다. 파호미치는 윤기 흐르는 밭이랑을 절뚝거리며 걸으면 서 채찍을 휘둘렀다. 그는 아들이 대견스러웠다. 아들은 아직 열아홉 살의 청년이었지만, 일에서는 어떤 카자크에게도 뒤지 지 않았다.

세 이랑을 갈고 멈춰 섰다. 태양이 떠오르고 있었다. 땅에 뿌리를 내린 돌 여인상이 분묘 위에서 보이지 않는 눈으로 밭 을 가는 사람들을 바라보았고, 자기 자신은 불꽃에 휩싸인 듯 햇빛으로 붉게 물들어 있었다. 바람이 대로를 따라 가루투성 이의 먼지를 흔들리는 기둥처럼 불러일으켰다. 그리시카는 한 참을 바라보았다. 말 탄 사람이 달려오고 있었다.

"아버지, 저기 말 타고 오는 게 우리 마하일 아닌가요?"

"그런 거 같구나……."

미하일이 말을 타고 달려와 땀에 흠뻑 젖은 말을 마차 옆에 버려 놓고, 파헤친 흙더미에 발이 걸리면서 두 사람을 향해 달 려왔다. 두 사람 곁에 온 미하일은 거의 숨을 쉬기가 어려울 정도였다. 그는 마치 오래 달려와서 헐떡거리는 말처럼 숨을 쉬었다.

---

3) 미터법 이전의 러시아의 지적 단위. 1데샤티나는 1.092헥타르.

"누구의 땅을 갈고 있어요?!"

"우리 땅이지."

"이건 체르노야로프 대령의 땅이 아닙니까?"

파호미치는 팽 하고 코를 풀더니 삼베 셔츠의 옷자락으로 코를 닦으면서 천천히 묵직하게 말했다.

"전에는 그의 것이었지. 그러나 얘야, 지금은 우리 인민의 것이다……."

안색이 하얗게 변하며 미하일이 소리쳤다.

"아버지! 난 이게 누구의 짓인지 알아요! 그리시카와 이그나트가 아버지를 나쁜 길로 데려가고 있어요! 아버진 남의 재산을 강탈한 책임을 져야 합니다."

파호미치는 완강하게 머리를 숙였다.

"지금은 우리의 땅이다!…… 한 사람이 1000데샤티냐 이상의 땅을 가지라는 법은 없다……. 이제 됐다! 이게 평등이다……."

"아버지는 남의 땅을 갈 권리가 없어요!"

"그에게도 초원을 독점할 권리는 없다. 우리는 소금기가 있는 땅에 씨를 뿌리고 있는데, 그는 흑토를 차지하고 삼 년 동안이나 내버려 두고 있어. 이게 무슨 법이냐?"

"아버지, 밭을 가는 걸 그만둬요. 안 그러면 아타만에게 명령해 체포하겠어요!"

"넌 네 피붙이들 덕분에 공부하고…… 성장했다! 나쁜 놈, 개자식 같으니!"

새파랗게 질린 미하일이 이빨을 갈았다.

"이 늙은이가……." 그는 주먹을 쥐고 아버지를 향해 한 발짝 다가섰다. 그러나 그리시카가 철 막대기를 들고 밭이랑을 넘어 달려오는 것을 보면서, 어깨 사이로 머리를 움츠리고는 뒤도 돌아보지 않고 마을로 갔다.

<br>

## 6

파호미치의 오두막은 짚을 섞어 만든 흙벽돌로 지은 집이었다. 앞뜰 주위에 울타리가 말의 갈비뼈처럼 서 있었다.

그리고리는 아버지와 함께 밭에서 돌아왔다. 이그나트는 잔나뭇가지로 작은 축사를 짜다가 그들을 향해 다가갔다. 그의 손에서 오랫동안 쌓아 놓은 나뭇잎의 얼얼하고 향긋한 냄새가 났다.

"그리고리, 우리더러 마을의 관청으로 나오래. 시장이 서는 광장에서 마을 모임이 있대."

"왜?"

"동원이란 말이 있어……. 적위군들이 칼리노프 마을을 점령했어."

탈곡장의 횡목(橫木) 뒤로 저녁노을이 빛을 잃고 사라지고 있었다. 뒤에 남은 한 줄기 햇살이 검붉은 왕겨 더미에 머물렀으나, 동쪽에서 불어온 바람이 왕겨를 흩날리자 그 햇살마저 사라졌다.

그리시카는 말을 깨끗이 씻기고 곡물을 먹였다. 옆으로 기운 현관 계단에서 홀아비 신세의 이그나트가 여섯 살짜리 아들과 놀고 있었다. 그리시카가 그 옆을 지나다가 웃어서 가늘어진 형의 눈을 바라보고 속삭였다.

"밤에 칼리노프로 가야만 해. 안 그러면 여기서 동원돼!"

그리고 현관에서 송아지를 내쫓고 있는 어머니에게 말했다.

"엄마, 나와 이그나트에게 속옷을 챙겨 줘요. 건빵도 넣고요……."

"도대체 어디 가려고?"

"그냥 아무 데나요."

시장이 서는 마을 광장에서는 늦은 밤까지 많은 사람들이 웅성거렸다. 파호미치는 해가 진 뒤에 마을 광장에서 돌아왔다. 파호미치는 그리시카가 자고 있는 창고 문 옆에서 걸음을 멈추고, 잠시 서 있다가 돌 문지방 위에 힘없이 쪼그려 앉았다. 몸이 나른하고 구역질이 났다. 심장이 약하게 뛰고, 귓속에서는 길게 늘어지고 살을 에는 듯한 소리가 났다. 파호미치는 돌 문지방에 앉아 얼어붙은 웅덩이에 비친 희미한 달그림자를 향해 이따금 침을 뱉으면서, 지금까지 잘 꾸려 온 일상이 뒤도 돌아보지 않고 사라지고 있고, 다시는 돌아오지 않으리라는 걸 고통스럽게 느꼈다.

돈강 부근의 채소밭 어디선가 개들이 있는 힘을 다해 짖어 댔고, 초원에서는 메추라기 한 마리가 리드미컬하고 낭랑하게 울고 있었다. 밤이 초원 위에 날개를 펴고, 우윳빛 안개가 마당을 감쌌다. 파호미치는 넋두리를 하다가 문을 삐걱거리며 열었다.

"자니, 그리샤?"

창고 안은 아주 고요했고 오래 저장해 둔 곡물 냄새가 났다. 파호미치는 안으로 들어가 양피 외투를 더듬어 찾았다.

"그리샤, 자고 있니?"

"아뇨."

노인은 양피 외투 끝에 쪼그려 앉았다. 그리시카는 아버지의 손이 계속 가늘게 떨리는 소리를 들었다. 파호미치가 나지막하게 말했다.

"나도 너희들과 가겠다…… 복무하러…… 볼셰비키군에……"

"무슨 소리예요, 아버지? 집은 어쩌고요? 게다가 아버진 늙으셨어요……"

"그래, 나이가 무슨 상관이야? 난 수송대에서 일할 수 있고, 그게 안 되면 말을 탈 수도 있어……. 집안일은 미하일에게 맡기고…… 우린 그 녀석하고는 남남이다. 땅도 남의 것이고……. 잘 살라고 해. 하느님이 심판할 거야. 우리는 어머니 같은 땅을 싸워서 뺏기 위해 가야 해."

첫 수탉들이 서로 다른 목소리로 크게 울기 시작했다. 구불구불한 숲 울타리 너머 돈강 위에 아침놀이 활활 타오르기 시작했다. 사라져 가는 그림자가 겁을 내며 조심스럽게 땅을 기어갔다.

파호미치는 말 세 마리를 끌고 나와 물을 먹이고 안장 깔개를 조심스럽게 고르며 안장을 얹었다. 파호미치의 늙은 아내와 함께 탈곡장 문이 흐느껴 울었고, 말발굽 소리가 소금기 있는 땅 위에 낭랑하게 울렸다.

"아버지, 여름에만 다닐 수 있는 비포장 길로 가요. 대로로 가다간 사람들을 만날 수 있어요!" 이그나트가 목소리를 낮추어 말했다.

하늘빛이 엷어졌다. 풀이 꿀 향기를 머금은 찬 이슬로 흠뻑 젖어 있었다. 돈강 너머, 물과 함께 밀려 내려오는 레몬빛 모래를 밟고 아침이 다가오고 있었다.


# 7


체르노야로프 대령의 카키색 군복에는 작은 볼펜으로 조잡하게 그린 작은 별들이 박혀 있었다. 푸른 정맥이 보이는 살찐 볼. 귀족적이고 발음이 명료하지 않은 바리톤 음성이 시장이 서는 마을 광장의 거미줄투성이 벽에 부딪혔다. 그는 통통하고 손질을 잘한 분홍빛 손가락을 절도 있고 아주 품위 있게 움직였다.

그 주위에 땀에 젖은 채 빙 둘러앉은 사람들에게서 마호르카[4] 잎담배의 지독한 냄새와 시큼한 밀 빵 냄새가 났다. 모두들 꼭대기가 붉은 카자크 모자를 쓰고, 각양각색의 턱수염을 기르고 있었다. 그들은 입을 벌리고 열심히 듣고 있었다. 불명료하고 혐오스러운 바리톤 음성이 성병에 걸려 이지러진 입술에서 흘러나왔다.

---

4) 가지과의 일년생 초본. 그 잎과 줄기로 만든 매콤한 담배.

"친애하는 마을 주민 여러분! 옛날부터 여러분은 우리의 아버지인 황제와 조국을 지켜 왔습니다. 지금, 이 엄청난 혼돈의 시기에 전 러시아가 여러분들을 지켜보고 있어요⋯⋯. 볼셰비키들에 의해 더럽혀진 러시아를 구하라! 자신의 재산과 아내와 딸을 구하라⋯⋯. 시민의 의무를 다한 모범적인 인물은 여러분의 마을 동료인 미하일 크람스코프입니다. 그는 자기 아버지와 두 형제가 볼셰비키 쪽으로 달아난 것을 우리에게 맨 먼저 보고했습니다. 그는 고요한 돈강의 진실한 아들로 솔선해서 돈강을 지키고 있습니다!"

### 결의

우리 마을의 카자크 표트르 파호미치 크람스코프와 그의 아들 이그나트와 그리고리는 고요한 돈강의 적들에게 넘어갔으므로, 그들로부터 카자크 신분과 분배된 모든 토지를 박탈한다. 체포 시에는 뵤셴스카야 주둔군 야전 군법회의에 인도할 것.

### 8

부대는 말들에게 먹이를 주려고 작년에 거둬들인 건초 더미 옆에 멈추었다. 마을에 있는 탈곡장의 건조대 너머에서 기관총 소리가 들렸다.

뺨에 관통상을 입은 정치위원이 땀이 말라 허옇게 된 수말을 타고 기관총을 실어 나르는 마차로 가까이 달려와서 찢어지는 듯한 콧소리로 소리쳤다.

"가망이 없어! 우릴 박살 낼 것 같아!"

정치위원은 수말의 귀 사이를 채찍으로 한 번 찰싹 후려치고, 목에 걸린 검은 핏덩이를 내뱉으며 부대장의 귀에 대고 쉰 목소리로 말했다.

"돈강 쪽으로 빠져나가지 못하면 끝장날 수도 있어. 카자크들이 우릴 토막 내어 잡탕을 만들 거야…… 돌격 명령을 내려!"

주물공장의 기계공이었던 부대장은 속도 조절 바퀴가 처음에 천천히 돌아가듯이 느긋한 성격이었다. 그는 입에 파이프를 물고 빡빡 깎은 머리를 쳐들면서 소리쳤다.

"말에 타!"

정치위원은 6, 7미터쯤 말을 달리다가 뒤돌아보며 물었다.

"우리가 전멸할 거리고 생각하나?" 그리고 대답을 기다리지도 않고 말을 달렸다.

말발굽 밑에서 총알이 뽀얀 먼지를 일으키고 쉭쉭 소리를 내며 건초 더미에 숭숭 구멍을 냈다. 총알 하나가 기관총을 나르는 마차의 타르를 칠한 나뭇조각을 날려 버렸고, 총알이 날아가다가 기관총사수를 건드렸다. 기관총사수는 타르가 묻은 각반을 손에서 떨어트리고 쪼그려 앉더니, 새처럼 머리를 숙였다가 곤두세우고 죽어 버렸다. 한쪽 발에는 장화를 신고, 다른 한쪽 발에는 장화를 신지 않은 채. 노반 쪽에서 기관차의 떠는 듯한 기적 소리가 바람결에 실려 왔다. 들창코에 커다란 아가리를 벌린 포구가 플랫폼에서 초원의 건초 더미와 허등대는 사람들의 무리 쪽으로 향했다. 장갑열차 '코르닐로프' 호가 한바탕 포화를 뿜어 대더니 연결기 장치를 철컥거리면서 다시 움직였다. 포탄이 건초 더미 우측에 떨어졌다. 요란한 폭발음과 함께 검은 연기 다발과 지난해 거두어들인 뒤엉킨 수박 넝쿨이 솟아올랐다.

지나치게 무거운 짐 때문에 벌겋게 녹슨 레일이 오랫동안 울음소리를 냈고, 침목도 끙끙 신음 소리를 내며 울려 댔다. 초원의 건초 더미 옆에서는 파호미치의 임신한 암소가 유산탄을 맞고 부러진 다리로 일어서려고 오랫동안 애를 썼고, 쉰 목소리로 울면서 여러 번 머리를 들어 올렸다. 두 발에서 반쯤 닳은 편자가 반짝였다. 사암(砂巖)이 분홍빛 거품과 피를 들이마시고 있었다.

살을 에는 듯한 고통으로 심장이 바싹 말라 버린 파호미치가 작은 소리로 말했다.

"좋은 암소인데…… 에이, 이럴 줄 알았으면 데려오지 말걸……."

"무슨 바보 같은 소리를…… 아버지!" 이그나트가 말을 달리면서 소리쳤다. "달려와서 마차에 타요. 빨리 돌격해요!"

노인은 아들의 뒷모습을 무심히 바라보았다.

기관총이 마치 삼베 천을 갈기갈기 찢어 버리듯이 요란한 소리를 냈다. 파호미치는 탄약통 위에 누워서 쓰고 느끼한 침을 자주 내뱉었다. 봄비, 태양, 박하와 쑥 냄새가 밴 초원의 바람에 느른해진 대지 위로, 달콤한 땅의 붉은 녹 냄새와 뿌리가 썩은 묵은 풀에서 나는 자극적인 냄새가 자욱한 아지랑이처럼 떠다녔다. 지평선 위에 울퉁불퉁하고 푸르른 숲 가장자리가 부르르 떨고 있고, 초원 위에 깔려 있는 황금빛 먼지 장막 사이로 종달새가 구슬같이 떨리는 목소리로 기관총 소리에 응답했다. 그리고리가 탄약을 가지러 말을 타고 달려왔다.

"아버지, 슬퍼하지 말아요. 암말은 쉽게 구할 수 있어요!"

그리시카의 갈색 입술은 무더위로 부르텄고, 눈꺼풀도 밤에 잠을 자지 못해 부어 있었다.

땀에 흠뻑 젖은 그리시카는 탄약 두 상자를 껴안고는 미소를 지으며 바람처럼 사라졌다.

저녁 무렵에 부대는 돈강에 다다랐다. 포병대는 어두워질 때까지 협곡에서 사격을 해 댔고, 언덕 위에서는 카자크 기병 척후대가 서성대고 있었다. 밤에는 탐조등의 집요한 노란 눈이 가시나무 덤불을 이리저리 비추며 말과 사람과 텐트를 살살이 뒤졌다. 탐조등은 일 분 동안 죽음의 빛을 쏟아 내면서 끈질기게 뒤지다가 꺼져 버렸다.

동이 트자 언덕 위에서 마치 파도가 밀려오듯이 연달아 집중 공격이 시작되었다. 털이 많은 가시나무 덤불 쪽에서 때때로 일제히 조준 사격을 퍼부었다. 한낮에 부대장은 천을 덧대고 기운 장화 바닥에 파이프를 두들기며 무거운 시선으로 무심하게 모두를 둘러보았다.

"동지들, 우리는 실패했다! 강을 헤엄쳐 건너서 10킬로미터쯤 가면 그로모프 마을이 있다." 그리고 지친 듯이 말을 맺었다. "거기는 우리 편이다……."

말안장을 풀면서 그리시카가 아버지에게 소리쳤다.

"아버지, 뭐 해요?!"

"바보 같은 짓이야!!" 파호미치는 엄하게 말했지만, 아래턱이 떨리고 있었다. "헤엄쳐 가라, 그리샤! 말고삐를 풀어라…… 난…… 난 늙었다……."

"안녕히 계세요, 아버지!"

"무사해라, 얘야!"

"자, 가라, 점박이! 이놈이 무서워하는군!"

허리까지, 가슴까지 물에 잠기더니, 이제는 눈썹을 찌푸린 그리시카의 머리와 말의 뾰족한 귀만이 푸른 수면 위에 보였다.

파호미치는 꼬부라진 손가락으로 탄환을 장전하고 달려가는 사람을 조준했다. 그리고 연기가 나는 마지막 탄창을 내던지고 털북숭이의 손을 들었다.

"우린 끝장이다, 이그나트!"

이그나트는 말 낯짝에다 총구를 들이대고 총을 쏘고 나서 자리에 앉아 두 발을 넓게 벌렸다. 그리고 파도에 씻겨 동그래진 축축한 조약돌에 침을 탁 뱉고는 카키색 셔츠 깃을 허리까지 찢어 버렸다.


9


아침을 먹으면서 미하일은 화장품을 바른 희끗희끗한 콧수염을 기분 좋게 꼬고 있었다.

"어머니, 이번에 난 볼셰비즘을 근절시킨 공로로 중위로 진

급했어요. 날 우습게 보지 말아요. 조금만 잘못해도 그냥 안
놔둘 거야!"

어머니는 한숨을 지었다.

"그런데 미샤, 우리 식구들은 어찌 하려느냐? 돌아오기라도
하면……."

"어머니, 난 장교이자 고요한 돈강의 충성스러운 아들로서
어떤 혈연관계도 생각해서는 안 됩니다. 아버지든 형제든 간
에 난 똑같이 재판에 넘길 거요……."

"얘야! 미셴카! 그럼 난 어쩌라고? 너희들 모두를 내 품 안
에서 길렀는데, 모두 하나같이 불쌍하다!"

"불쌍히 여길 필요 없어요!" 그는 이그나트의 아들을 엄하
게 바라보았다. "이 새끼를 식탁에서 데려가요. 안 그러면 이
빨갱이 새끼의 목을 비틀어 버리겠어! 어라, 늑대 새끼처럼
쳐다보기는…… 이 새끼도 크면 제 애비처럼 볼셰비키가 될
거야!"


## 10


돈강 근처의 채소밭에서 눈이 녹아 넘쳐흐르는 물과 봉오
리가 부풀어 오른 포플러 냄새가 났다. 빗살 같은 물결이 기러
기들을 흔들어 대고, 채소밭 울타리를 핥으며 그 주변을 빨아
대고 있었다.

파호미치의 늙은 아내는 이 구멍에서 저 구멍으로 힘들게

움직이면서 감자를 심고 있었다. 허리를 굽히면 피가 머리로 내려와 역겨울 정도로 현기증이 났다. 그럴 때면 잠시 일어섰다가 앉곤 했다. 노파는 쭈글쭈글하게 얽히고설킨 손의 시커먼 혈관을 말없이 바라보았다. 노파는 푹 꺼진 입술로 소리 없이 웅얼거렸다.

바자울 너머에서 이그나트의 아들이 모래를 갖고 놀고 있었다.

"할머니!"

"왜 그러니, 애야?"

"봐요, 할머니. 뭔가가 물에 떠내려와."

"그래, 뭐가 떠내려올까?"

노파는 일어나서 삽을 천천히 땅에 꽂고 문을 삐걱거리며 열었다.

얕은 여울에서 죽은 말이 두 다리를 육지로 향한 채 수면에서 번들거리고 있었다. 배는 비스듬히 터졌고, 죽은 시체의 악취가 바람에 실려 왔다.

노파가 가까이 다가갔다.

죽은 사람이 손으로 말의 목을 꼭 껴안고 있었는데, 왼손에 말의 고삐가 단단히 묶여 있었다. 머리는 뒤로 젖혀져 있고, 머리칼이 눈 위로 흘러내려 있었다. 노파는 죽은 사람이 물고기에 뜯긴 입술 사이로 이빨을 드러내며 웃고 있는 걸 눈 하나 깜빡이지 않고 바라보다가 그만 쓰러져 버렸다…….

노파는 백발을 흔들며 네 발로 물속으로 기어들어 가 검은 머리를 끌어안고 통곡했다.

"그리샤! 내 아-들-아!"

명령 186호에서 발췌

돈강 상류 군관구 내에서 볼셰비즘을 근절하는 데 헌신적
이고 끊임없이 노력한 미하일 크람스코프 중위를 카자크 이등
대위로 승진시키고 N 지역의 야전 군사법정 사령관으로 임명
한다.

북방 전선 사령관

육군 소장 M. 이바노프

부관(서명 판독 불능)

11

길은 검게 그을려 있었다. 말을 탄 호송병들과 두 남자. 두
남자의 발바닥 상처에서 고름이 났다. 그들은 피에 오그라든
속옷 하나만 걸치고 있었다. 사람들이 죽 늘어선 마을과 거리
를 지날 때 사방에서 주먹이 날아들었다. 다음 날 저녁에 그
들은 고향 마을에 도착했다. 돈강과 무리 지어 있는 양 떼 같
은 백악산의 푸르른 줄기. 파호미치는 몸을 숙이고 푸른 밀을
한 다발 뽑더니 고통스럽게 입술을 움직였다.

"알겠니, 이그나트? 우리 땅이야…… 그리샤와 땅을 갈았
지……."

뒤에서 비비 꼰 채찍 소리가 났다.

"지껄이지 마!"

그들은 말없이 마을을 지나갔다. 다리가 납덩이처럼 무거웠다. 울타리 옆을 지나고, 짚을 넣어서 만든 흙벽돌집을 지나갔다. 파호미치는 겹꽃잎 잡초가 무성한 뜰을 힐끗 쳐다보고는 가슴을 문질렀다. 심장이 말뚝을 박은 것처럼 고통스럽고 이상하게 뛰었다.

"아버지! 저기 탈곡장에 어머니가……."

"우릴 못 볼 거야!"

뒤에서 소리쳤다.

"조용히 해, 이 비열한 놈들!"

곱슬곱슬한 풀이 무성한 광장. 마을 사무소. 사무소의 현관 계단에서 집회가 있었다.

"이봐, 파호미치! 싸워서 토지를 되찾으러 갔다 왔다고?"

"싸워서 무덤 자리를 얻었군."

"늙은 수캐에게 교훈이 되겠어!"

파호미치는 거북이 등처럼 불룩한 손톱이 달린 손가락을 들어 올리고 발작적으로 숨을 내쉬며 간신히 말했다.

"뭐라고, 이 머저리들아…… 비록 우리가 죽거나 선이 허사가 되더라도, 너희들…… 너희들에게 교훈이 될 거여. 정의는 너희들 편이 아니여!"

이웃인 아니심 마케예프가 파호미치의 옆으로 다가와 붉은 턱수염 사이로 이빨을 내보이며 손을 휘둘러서 말없이 파호미치의 머리를 때렸다.

"저놈들을 두들겨 패라!" 뒤에서 사람들이 소리쳤다.

꼭대기가 붉은 털모자를 쓴 말 없는 인파가 짐승처럼 씩씩거리며 몰려들어 광적인 소란에 빠져들었다. 빠르게 발로 짓밟는 소리와 구타 소리가 무겁고 낭랑하게 들렸다. 그러나 사무소 현관 계단에서 미키샤라가 쏜살같이 달려와 동요하는 군중을 쐐기를 박듯이 양쪽으로 갈라놓았다. 그는 찢어진 셔츠를 입고 군중 속으로 파고들어서, 창백한 얼굴에 뒤틀린 입으로 있는 힘을 다해 소리쳤다.

"형제들! 병사들! 살인을 허용하지 마라!" 그는 칼집에서 칼을 빼어 머리 위로 번쩍이는 강철 칼날을 부채처럼 휘둘렀다. "전선에는 나가지 않는 자들이…… 여기서는 살인을 할 수 있나?!"

"미키샤라도 두들겨 패라!…… 볼셰비키에게 팔렸다!……"

미키샤라와 휴가를 얻어 고향에 돌아온 여덟 명의 병사가 단단한 벽을 만들어 파호미치와 이그나트를 군중으로부터 떼어 놓았다.

노인들은 잠시 그 자리에 서서 큰 소리를 질러 대다가 하나둘 무리를 지어 광장을 떠났다. 어둠이 깔리고 있었다…….

\*     \*     \*

"이등 대위, 자네의 결단을 듣고 싶네. 물론 우리는 그들을 총살해야만 해. 그러나 어쨌든 간에 자네 아버지와 동생이니까……. 어쩌면 자네는 카자크군 대장에게 그들을 위해 청원

할지도 모르고……."

"대령님, 저는 황제와 위대한 돈강 부대를 위해 믿음과 진실로서 복무했고, 앞으로도 그럴 겁니다……."

대령은 비극적인 몸짓을 하며 말했다.

"이등 대위, 자네는 고결한 정신과 용감한 심장을 지녔네. 황제와 러시아 국민을 위한 자네의 헌신에 대해 러시아의 관습에 따라 자네에게 키스할 수 있게 해 주게!"

키스 소리 세 번과 휴지(休止).

"친애하는 이등 대위, 총살이 최빈곤층 카자크들 사이에 소요를 일으키지는 않을까?"

미하일 크랍스코프는 오랫동안 침묵하다가 머리를 숙인 채 낮은 목소리로 말했다.

"호송대에 믿을 만한 녀석들이 있습니다……. 그들을 붙여서 노보체르카스크 감옥으로 보낼 수 있습니다. 그들은 발설하지 않을 겁니다……. 죄수들은 이따금 탈주를 기도하니까요……."

"알겠네, 이등 대위! 대위 계급을 기대해도 좋네. 악수하세!"


12


전쟁 포로들을 가둔 창고는 거미줄을 친 거미집처럼 철조망으로 둘러싸여 있었다. 그 창고 속에 주물(鑄物)처럼 부풀어 오른 얼굴을 한 이그나트와 파호미치가 있었다. 길가 쪽에는 아버지의 챙 있는 모자를 쓴 이그나트의 아들과 파호미치의 늙은 아내가 돌처럼 딱딱한 두 손으로 철조망을 잡고 슬픔에 차서 얼어붙어 있었다. 노파는 피 묻은 눈꺼풀을 껌뻑이고 입을 삐죽거렸지만 눈물을 흘리지는 않았다. 이미 눈물을 다 쏟아 버렸기 때문이다.

파호미치는 깨진 혀를 간신히 움직였다.

"밀 베기는 루키치에게 부탁하고, 삯으로 작년에 난 송아지를 줘."

파호미치는 입술을 깨물고 마른기침을 했다.

"할멈, 우리에 대해 너무 슬퍼하지 말어! 우린 잘 살아왔어……. 모두가 가는 길이야……. 나중에 추도식이나 올려 주구려. 추도를 할 때, '적위군 표트르'가 아니라 '전몰 병사 표트르, 이그나트, 그리고리'라고 똑바로 써……. 안 그러면 신부가 받아 주지 않을 거야……. 자, 그럼, 잘 있어, 할멈! 잘 살고…… 손자를 잘 돌봐. 심하게 대한 적이 있었다면 용서해 주구려……."

이그나트는 두 손으로 아들을 잡았다. 보초는 못 본 체하고 뒤돌아섰다. 이그나트는 떨리는 손가락으로 아들에게 갈대 풍차를 만들어 주었다.

"아빠, 왜 머리에 피가 났어?"

"다쳤단다, 얘야."

"아빠가 창고에서 나왔을 때, 저 아저씨가 왜 총으로 아빠를 때렸어?"

"재밌는 녀석! 저 아저씨는 일부러 때린 거야, 장난으로……."

그들은 아무 말도 하지 않았다.

이크나트의 손톱 밑에서 갈대 줄기가 울렸다.

"집으로 가요, 아빠. 집에서 풍차를 만들어 줄 거지?"

"할머니랑 가, 얘야……" 이그나트의 입술이 가냘프게 떨리며 일그러졌다. "난 나중에 갈게."

사슬에 매인 늑대처럼 이그나트는 개머리판으로 언어맞은 한쪽 다리를 질질 끌면서 마당을 걸어 다니다가 아들의 깡마른 작은 몸뚱이를 가슴에 꼭, 꼭 껴안았다.

"아빠, 왜 눈이 젖었어?"

이그나트는 아무 말도 하지 않았다.

땅거미가 졌다. 초원과 관목이 우거진 늪에서, 오리나무 숲과 소택지에서 안개가 은발의 이슬이 되어 마당에 내렸고, 풀이 차갑고 축축한 땅에 누웠다.

창고에서 일단의 사람들이 걸어 나왔다. 카자크 이등 대위의 견장을 달고 곱슬곱슬한 고급 양피 모자를 쓴, 키가 크고 마른 장교가 역겨운 밀주 냄새를 풍기며 나지막한 목소리로 조용히 말했다.

"멀리 끌고 가지는 마! 마을 너머 관목 숲에서!"

정적 속에서 조심스럽고 둔탁한 발소리와 소총의 노리쇠가 철거덕거리는 소리가 들렸다.

칠흑 같은 괴괴한 밤이 내려앉았다. 돈강 너머에 보랏빛 초원이 아른거렸다. 언덕 위, 한창 싹이 나고 있는 밀밭 너머, 봄물에 씻긴 벼랑의 비바람에 넘어진 수목 속에서 암늑대가 오래된 낙엽의 취할 듯한 향기에 싸여 밤에 새끼를 낳고 있었다.

암늑대는 분만 중인 여자처럼 신음 소리를 내면서 배 밑의 피 묻은 모래를 씹었다. 암늑대는 축축하고 꺼칠꺼칠한 첫 번째 새끼 늑대를 혀로 핥으면서, 멀지 않은 협곡의 관목 숲에서 두 발의 잠긴 총성과 사람의 비명을 들었다.

　암늑대는 조심스럽게 귀를 기울였다. 그리고 신음하는 듯 한 짧은 비명에 응답하여 목쉰 소리로 격하게 울부짖기 시작 했다.

# 콜차크,[1] 엉겅퀴에 대하여

치안판사, 아니 인민재판관인 당신은 주먹으로 때리거나 모욕적인 행위에 대해 어떤 법 조항이 적용되는지 집회에서 말씀하셨는디…… 엉겅퀴 등에 대해서는 어떤 법 조항이 적용되는지 알고 싶네유……. 소비에트 권력하에서 나에 대한 시민들의 그런 태도는 허용되어서는 안 된다고 생각허유. 시민들은 여전히 날 반(半)모욕적으로 대하고, 여자들은 완전히

---

1) 알렉산드르 바실리예비치 콜차크(1873~1920). 사령관, 해군 대장(1918), 극지(極地) 연구가. 극지 탐험에 참가하고(1900~1902) 흑해 함대 사령관을 지냈다(1916~1917). 볼셰비키 혁명 이후, 1918년 11월에 백위군을 조직하여 '러시아 최고 통치자'로 자칭하면서 시베리아, 우랄 지역, 극동에서 맹활약했지만 1919년 전투에서 적위군에게 참패를 한 뒤, 곧 체포되어 1920년 1월에 총살당했다.

날 모욕적으로 대하고 있슈! 이 일이 일어난 후에 나는 사는 것이 고통스럽구먼유, 참말이유!

봄에 우리 마을에서 살던 나스차가 마을에 다시 나타났슈. 그녀는 광산에서 살았는디, 도대체 무슨 바람이 불었는지 갑자기 마을에 나타난 거유!

마을 의장인 스테시카가 우리 집에 와서 이렇게 말하데유.

"이봐, 페도트, 나스차가 광산에서 돌아온 거 알지. 머리를 짧게 깎고 붉은 수건을 썼더라고."

그런데 수건을 썼으면 썼지 그게 나랑 무슨 상관인가유. 물론 기분은 나빴지유. 여편네가 갑자기 머리를 짧게 깎은 이유가 뭐겠슈? 그러나 난 아무 말도 안 하고 이렇게 물었지유.

"고향을 찾아온 거 아녀?"

"그게 아니네! 우리 마을 여편네들을 모아서 무슨 조직을 만든다나 봐. 이제 눈을 크게 뜨고 잘 봐! 마누라를 조금만 건드려도 개새끼처럼 자네 꼬랑지를 잡아서 개집에 처넣을 거여."

우린 잠시 이런저런 얘기를 나누었는디, 그 사람이 불쑥 이런 제안을 했슈.

"페도트, 그 여자를 군(郡)으로 데려가. 그녀가 서류를 갖고 여성 집행위원인가 뭔가 하는 직책을 맡으러 군으로 가거든. 내 영광을 대신해서 그녀를 데려가 줘."

난 그에게 그럴 수 없는 이유를 늘어놨슈.

"스테시카, 그런 영광은 당신이나 가지셔. 그건 나에게 진짜 모욕이여. 일할 시기에 말을 구하기도 어렵고."

"어쨌거나 데려가!" 하고 그가 말하데유.

난 머리를 짧게 깎은 이 여자를 보면 구역질이 날 것 같아서 몸을 숨겨서 암말을 데리러 초원으로 갔지유. 우리 집 암말은 진짜 집시한테서 구한 건디, 뛸 때는 땅이 진동하고 쓰러지면 사흘을 누워 있는 놈이유, 한마디로 말혀서 '어디 날 잡아가 봐라' 하는 식이지유. 난 몇 번이나 도끼로 그놈을 때려죽이려고 했지만 망아지가 불쌍해서 못 죽였슈…….

'멍청이 같은 놈, 네놈을 데려가느니 차라리 여성위원을 데려가겠다. 제발 뻗대지 마라.'고 그놈을 잡아서 달래는 동안 나스차는 벌써 내 마누라에게 수작을 부리고 있었슈.

"남편이 당신을 때려요?" 그녀가 물었지유.

멍텅구리 같은 마누라가 "때린다!"고 했슈.

내가 집에 암말을 데리고 오자마자 나스차가 나한테 말했어유.

"당신은 왜 아내를 때리나요?"

"질서를 위해서지. 안 때리면 버릇이 없어져. 여편네는 말 같아서 때리지 않으면 움직이지 않거든."

"아내는 말할 것도 없고 말을 때려서도 안 돼요!" 그 여자가 이렇게 날 가르치더라고요.

우린 잠시 얘기를 나누고 마차를 타고 길을 떠났지유. 나는 꾀를 내어 채찍을 안 갖고 갔슈. 우리는 항아리를 나르듯이 아주 천천히 갔지유.

"빨리 가요!" 그녀가 말했슈.

"암말을 때리지 않고 어떻게 빨리 갈 수 있단 말요?"

그녀는 아무 말 하지 않고 입술을 깨물구, 움직이지 않고 앉아 있었지유. 기다렸던 바지유. 난 뒷좌석에 누워서 꾸벅꾸벅 졸았슈. 암말이 멍청이가 아니라면 제자리에 서겠지유. 나스차는 손으로 건초 한 다발을 잡아서 암말을 살살 긁어 주더라고요. 군까지는 18킬로미터쯤 되는데, 아침 녘에야 도착했지유. 나스차는 울음을 터트리며 날 비열한이라고 부르데유. 난 그녀에게 이렇게 말했지유.

"제 주제를 알고 떠들어야지!"

돌아오는 길에는 나한테 불행한 일이 일어났슈. 내가 전봇대보다 조금 작은 나뭇가지를 들이받는 바람에 암말이 쓰러졌고, 난 암말의 꼬랑지에서 먼지를 털어 냈슈.

"남녀평등을 원했나! 받아라! 받아!"

나는 안마당으로 들어서서 소란을 피웠지유.

"마구를 풀어, 어서!"

"당신은 나리가 아니여!" 여편네가 문지방에서 한 손을 내젓데유.

난 여편네에게 다가가서 앞머리를 잡았지유. 그뿐이었는데…… 막 막말을 하데유. 전에는 그저 두려움 속에서 살고 눈을 껌뻑이며 무서워했는디, 이젠 다짜고짜로 내 턱수염을 잡고 이상한 말을 해 대는 거유…… 그것도 애들 앞에서. 우리에겐 시집갈 나이의 계집애가 있거든유. 여편네는 힘이 세서 날 할퀼 수도 있었슈! 여편네가 그냥 내 얼굴을 놔 줘서 난 마치 알에서 뱀이 빠져나오듯이 그녀의 손아귀에서 빠져나왔슈. 이게 다 나스차, 머리를 짧게 깎은 그 학질 같은 여자 때문이지유!

이날부터 둘 사이에 내전이 벌어졌슈. 날이면 날마다 멍청한 여편네와 해가 질 때까지 싸우면서 일은 내팽개쳐 두었지유. 우리는 심한 욕설을 해 대며 싸웠슈. 일요일에 여편네는 자기 물건을 싸더니 애들을 데리고 갔고, 살림살이를 이것저것 챙겨서 나리의 마구간에 살림을 차렸슈.

옛날에 우리 마을에 한 지주가 살았는디, 적위군이 나타나자 깜짝 놀라서 따뜻한 지방으로 내뺐지유. 유식한 사람들은 거기는 지주들이 더 살기 좋다고 말들 했슈……. 우린 지주의 집을 불태웠고, 그래서 마구간만 남았지유. 벽돌로 지은 건디 포장이 쳐져 있슈. 멍청한 여편네가 이 마구간에 죽치고 앉은 거지유. 하얀 얼굴에 붉은 반점처럼 나 혼자 뎅그렁 남았슈. 아침에 암소의 젖을 짜려고 준비를 하는디, 이 망할 놈의 소가 날 보려고도 하지 않데유. 암소한테 갔는데도, 이놈의 소는 날 알은체도 않는 거유! 간신히 다리를 묶어서 담벼락에 붙잡아 매구 소리쳤지유.

"가만히 서 있어, 이 망할 놈아. 내 신경이 곤두서 있으니까 네놈을 죽일 수도 있어!" 난 암소의 배 밑에 양동이를 쑥 밀어 넣고 점잖게 손가락으로 젖꼭지를 잡았지유. 그러자 이놈이 더러운 빗자루 같은 꼬랑지로 갑자기 내 눈을 후려치는 거유. 오, 맙소사, 난 간절히 기도하고 싶었슈. 그놈이 날 꼬랑지로 후려쳤을 때, 죄 많은 나는 순수하게 조상을 공양하는 날을 만들었슈.

난 눈살을 찌푸리고 모자를 눈 밑까지 푹 눌러쓰고 암소의 젖꼭지를 이리저리 잡아당겼지유. 우유가 양동이 옆을 타고 흘렀고, 그놈은 다시 꼬랑지로 내 뺨을 때렸슈……. 분노로 멍해져서 양동이를 버리고 축사에서 막 떠나려고 했을 때, 그 망할 놈이 뒷발로 양동이를 걷어차서 마지막 남은 우유를 엎질렀지유. 난 암소를 저주하고 그놈의 뿔에 빈 양동이를 매달아 놓고 밥을 지으러 갔슈.

정말이지 이날부터 우리 마을의 생활은 붕 떠 버렸슈. 닷새 후에, 이웃에 사는 아니심이 오락회에서 젊은 애들을 넋을 놓고 쳐다보는 아내에게 그러지 말라고 훈계를 했지유.

"두냐, 조심해. 난 단번에 마차에서 말의 가슴걸이를 벗겨 내어 널 혼내 줄 수 있어!"

이 말을 듣자마자 그녀는 꽁지를 내리고 마구간의 내 멍청한 여편네에게로 갔슈. 이 일이 있고 며칠이 지나서 마을 의장인 스테시카의 집에서도 아내와 그 자매들이 나가서 역시 마구간으로 갔다구 해유. 얼마 후에 여편네 둘이 또 그들과 합류했슈. 이렇게 여덟 명이 마구간에서 무리를 지어 생활했는디, 그것으로 끝이데유. 우린 집안일로 죽을 지경이었지유. 하여간 밥을 먹는 둥 마는 둥 하면서 밭을 갈았지유. 그저 죽고만 싶었슈.

저녁에 우리 남정네들이 비탄에 빠져서 토담 주변에 모였는디, 내가 이렇게 말했슈.

"형제들, 우리가 언제까지 이런 조롱을 참고 견뎌야 혀? 마구간으로 가서 그것들을 두들겨 패서 집으로 끌고 오자고."

남정네들이 모여서 그리로 갔지유. 우린 스테시카를 이 일의 주동자로 뽑으려고 했는데, 그는 계속 욕지거리만 해 대고 발을 빼더라고요.

"난 어린. 미꾸라지처럼 빤질빤질하고 너무 여편네를 씹어 놔서 적당하지가 않어. 이봐, 페도트, 자넨 소비에트 정권을 위해 제3 수송대에서 피를 흘렸고, 생긴 것도 콜차크와 비슷하니 자네가 더 적격이여."

같이 마구간으로 걸어가면서 내가 말했슈.

"처음엔 창피하게 싸움을 벌이지 말자구. 내가 대표자처럼 여편네들에게 가서 '일단 집으로 돌아오면 모두 용서해 준다.' 고 말할 거여."

나는 기어서 담장을 통과하여 마구간으로 갔슈. 남정네들은 도랑 부근에 누워서 담배를 피웠구유.

내가 문을 열자마자 스테시카의 아내가 부젓가락을 들고 말했슈.

"왜 왔어, 흡혈귀!"

내가 입도 떼기 전에 아낙네들이 날 붙잡고 끌어당기면서 마구간에서 아주 무자비하게 질질 끌고 다녔슈. 아낙네들은 무리를 지어서 울부짖었고, 누구보다도 내 악마 같은 여편네가 소리를 고래고래 질러 댔지유.

"왜 왔어, 개자식아!"

난 아낙네들에게 다정하게 말했지유.

"어리석은 짓들 그만혀! 용서할 테니……."

이 말을 하자마자 아니심의 아내가 주먹을 쥐고 달려들었슈.

"평생 가축 부리듯이 우리를 달달 볶아 대고 때리고 욕하더니 지금 와서 무슨 씨도 안 먹히는 소릴 하는 거여? 헛소리하지 마셔! 당신이 용서받아야 혀. 우린 정직한 여자들이야! 괜히 꼼수 부리지 말고 어서 우리 앞에 나타나라고 해. 이보게들, 이자를 어떻게 할까?"

비장이 터진 것처럼 내 가슴이 철렁 내려앉데유. 이 비열한 아낙네들이 험한 짓을 할 거라고 생각했지유!

지금도 기억하지만 내 속은 뒤집어졌슈……. 이게 웬 모욕이래유?

여자들은 조금도 부끄러워하지 않고 바닥에 질펀하게 앉아 있고, 아니심의 아내인 두니카가 내 머리맡에 앉아서 말했슈.

"두려워하지 마, 페도트. 우린 당신을 가정상비약으로 대접할 테니까. 우리가 용서받을 대상이 아니라 남자의 아내들이라는 걸 당신이 기억하도록 말이야!"

가정상비약이라면 바로 그 엉겅퀴를 말하는 거 아뉴? 씨에서 자라나서 키가 70센티미터쯤 되는 그 야생초……. 이 일이 있은 후에 일주일 동안 나는 인간답게 앉아 있을 수가 없었고, 배를 깔고 누워 있어야만 했슈……. 가정상비약에 찔려서 내 엉덩이가 퉁퉁 부어올랐거든유.

다음 날 집회가 열렸고, 태어난 후로는 여자를 때릴 수 없고, 여성 집행위원회가 해바라기 밭 부근의 1헥타르의 땅을 경작할 수 있도록 하는 협정서가 작성되었지유. 아낙네들은 각자 자기 집으로 돌아갔고, 내 여편네도 집으로 돌아왔지만 지금도 나는 맘 편하게 살지 못하고 있슈. 이를테면 채소밭에서 송아지들이 배추를 씹는 것을 보고 내 아들 그리시카에게

'가서 송아지들을 쫓아내.'라고 말하면 이 망할 놈의 자식이 이렇게 말하는 거유.

"아빠, 왜 아빠를 콜차크라고 놀려 대죠?"

길을 가면 어린 놈들이 내 길을 막고 "콜차크! 콜차크! 여자들과 어떻게 싸웠슈?" 하고 놀려 대곤 해유.

내가 왜 이런 모욕을 받아야만 하나유? 난 평생 농사를 지었는데, 갑자기 콜차크라니유? 스테시카의 집에서 수캐를 그렇게 부른대유. 그러니까 내가 개의 처지란 말인가유? 아아뉴, 절대 동의할 수 없슈! 그래서 난 누군가에게 물어봤지유. 만약 내가 여자들을 고소하면, 재판관인 당신이 개 별명인 콜차크나 엉겅퀴 같은 모욕적인 말로 날 부른 것에 대해 어떤 법조문을 적용할 수 있는지 말이유.

# 타인의 피

재일(齋日)이 끝나고 성 필립의 날[1]에 첫눈이 내렸다. 밤에 돈강에서 바람이 불어와 하얀 서리가 내린 붉은 줄기의 풀을 사각사각 흔들고, 더부룩한 눈 더미를 판판하게 다듬으며 울퉁불퉁한 도로의 표면을 싹싹 핥아 주었다.

푸르스름하고 어슴푸레한 밤의 정적이 카자크 마을을 감쌌다. 농가 저쪽 너머에선 잡초가 무성하고 경작하지 않은 초원이 졸고 있었다.

한밤중에 벼랑에서 늑대가 희미하게 울부짖기 시작하자, 카자크 마을에서 개들이 짖어 댔다. 가브릴라 노인도 잠에서 깨어났다. 노인은 페치카에서 두 다리를 늘어트리고 페치카의

---

1) 크리스마스 전의 정진일.

아궁이 바로 윗부분을 잡고서 오랫동안 기침을 했다. 그러고 나서 침을 탁 뱉고는 담배쌈지를 손으로 더듬어 찾았다.

밤마다 노인은 첫닭이 울고 나면 잠에서 깨어나 앉아, 캑캑거리며 폐에서 가래를 떼어 내면서 기침을 해 대곤 했다. 천식 발작 사이사이에 이런저런 생각이 항상 익숙한 경로를 따라 머릿속에서 일어났다. 노인은 오직 한 가지, 전쟁에 나가서 소식도 없이 행방불명된 아들에 대해서만 생각했다.

처음이자 마지막인 외아들이었다. 노인은 아들을 위해 쉬지 않고 열심히 일했다. 적위군과 싸우기 위해 전선으로 나가는 아들을 전송해야 할 시간이 닥쳐왔을 때, 노인은 황소 두 마리를 시장으로 끌고 가서 황소를 판 돈으로 칼미크인2)에게서 군마(軍馬)를 샀다. 그건 말이 아니라 날아다니는 초원의 폭풍과도 같았다. 노인은 궤에서 안장과 할아버지가 쓰던 은 장식물이 달린 굴레를 꺼냈다. 그리고 아들을 전송하면서 이렇게 말했다.

"자, 표트르, 네가 군 복무를 할 수 있도록 모든 걸 장만했다. 장교라도 이런 말을 타는 게 부끄럽지 않을 게야……. 네 애비가 군 생활을 한 것처럼 해라. 카자크군과 고요한 돈강을 욕보이지 마라! 네 할아버지와 증조할아버지도 황제를 위해 봉사했는데, 이제는 네가 봉사해야만 한다!"

노인은 푸르른 달빛을 흩뿌려 놓은 듯한 창문을 바라보며, 뜰 안을 더듬으며 수상한 자를 찾고 있는 바람 소리에 귀

---

2) 유목 몽고 민족의 하나.

를 기울이고 결코 되돌아오지 않을 지난 나날을 회상하고 있었다…….

병사를 전송하면서 카자크들은 가브릴라네 집의 갈대 지붕 아래에서 카자크의 옛 노래를 우렁차게 불렀다.

우리는 싸운다, 군율을 지키면서,
명령만을 따를 뿐.
아버지인 상관들이 명령하면,
우리는 나아가 베고, 찌르고, 쳐부수리!

표트르는 술에 취하여 얼굴이 창백해져서 테이블에 앉아 있었다. 표트르는 마지막 한 잔, 이른바 '등자(鐙子)의 잔'을 비우고 피곤한 듯 눈살을 찌푸렸지만 굳세게 말에 올라탔다. 그리고 칼을 고쳐 차고 안장에서 몸을 구부려 고향 마당의 흙 한 줌을 움켜쥐었다. 지금은 그 아들이 어디에 누워 있고, 낯선 누구의 땅이 아들의 가슴을 따뜻하게 덮혀 주고 있을까?

노인은 오랫동안 마른기침을 했다. 가슴속의 풀무가 목쉰 소리를 내며 다양하게 울렸다. 기침을 멈추고 굽은 등을 페치카 아궁이 윗부분에 기대자 이런저런 생각이 익숙한 경로를 따라 또 머릿속에서 일어났다.

＊　　＊　　＊

　노인이 아들을 전송한 뒤 한 달이 지나서 적위군들이 왔다. 그들은 예로부터 내려오는 카자크 풍습을 적대시하고 참견하면서 노인의 일상생활을 빈 호주머니 뒤집듯이 뒤집어 버렸다. 표트르는 다른 쪽 전선인 도네츠강 부근에서 열심히 싸워서 하사관 견장을 받았다. 그러나 카자크 마을에서 가브릴라 노인은 옛날에 표트르를 보살피고 사랑하고 키웠듯이, 지금은 대러시아인들과 적위군들에 대해 노인다운 막연한 증오를 가슴에 품고 키우고 있었다.

　그들에게 악의를 품은 노인은 주름이 잡힌 나사에 카자크의 자유를 상징하는 붉은 세로 줄무늬 띠를 검은 실로 수놓은, 통이 넓은 카자크 바지를 입었다. 웃옷은 근위대의 오렌지색 장식 끈이 달리고, 옛날에 차고 다녔던 기병 특무상사 견장의 흔적이 남아 있는 것을 입었다. 그리고 믿음과 진실로써 전제군주에게 봉사한 공적으로 받은 메달과 십자 훈장을 가슴에 달았다. 노인은 모두가 볼 수 있도록 털가죽 반외투의 앞자락을 활짝 열어젖히고 일요일마다 교회에 나갔다.

　한번은 마을 소비에트 의장이 노인을 보자 이렇게 말했다.

　"할아버지 그 장식물들을 떼요! 지금은 그런 것을 달고 다녀서는 안 됩니다."

　노인은 벌컥 화를 내며 말했다.

　"자네가 달아 준 것도 아닌데 왜 떼라고 명령하나?"

　"그걸 달아 준 사람은 아마 오래전에 땅속에서 벌레들 밥이 되었을걸요."

"그럼, 그냥 놔둬! 나는 떼지 않을 거야! 죽은 사람에게서 떼 낼 건가?"

"이거 야단났네……. 난 할아버지를 가련하게 생각해서 충고한 건데…… 그런 걸 달고 잠을 잘 수도 있겠지만, 개들이…… 개들이 바지를 물어 찢어요. 요즘은 귀여운 개들도 그런 모습을 잊어버려서, 적이라고 생각할 거요."

꽃이 핀 쑥처럼 쓰디쓴 굴욕감이 생겨났다. 노인은 훈장을 떼 냈지만, 마음속의 굴욕감은 점점 더 커져서 증오와 같은 것이 되어 버렸다.

아들이 실종되었고, 이제 재산을 모아야만 할 사람이 아무도 없었다. 창고가 허물어지고 축사가 부서졌으며, 폭풍에 지붕이 벗겨진 외양간의 서까래가 썩고 있었다. 마구간의 텅 빈 선반에서는 쥐들이 맘대로 뛰어놀고, 처마 밑에서는 풀 베는 기계가 벌겋게 녹슬어 갔다.

카자크들은 철수하기 전에 말들을 가져갔고, 나머지는 적위군들이 가져갔다. 그 대신 적위군들이 버리고 간 다리에 털이 많이 나고 귀가 큰 마지막 말도 마흐노 일당[3]이 가을에 딱 한 번 보고 나서 사 갔다. 그 값으로 마흐노 일당은 노인에게 한 켤레의 영국제 각반을 남겼다.

"우리 것하고 바꿉시다!" 마흐노 일당의 기관총사수가 눈을

---

3) 볼셰비키 혁명 후 내전 시기(1918~1921)에 우크라이나의 마흐노가 이끈 반혁명 도당.

껌뻑이며 말했다. "할아버지, 우리 재산으로 부자 되시오!"

수십 년 동안 모은 전 재산이 이렇게 사라져 버렸다. 일할 기분도 나지 않았다. 그러나 온화하고 피로한 텅 빈 초원이 발밑에 눕는 봄이 오자, 흙은 명령하는 듯한 무언의 호소로 노인을 유혹하고 밤마다 불러 댔다. 노인은 저항할 수 없었다. 노인은 황소에 쟁기를 매고 나가서 강철로 초원을 갈아엎고 만족을 모르는 흑토의 태내에 굵은 기르카 밀[4] 씨앗을 뿌렸다.

카자크들이 바다에서, 혹은 바다 너머에서 돌아왔지만, 그들 중 표트르를 보았다는 사람은 아무도 없었다. 그들은 표트르와는 다른 부대에서 복무했고, 다른 지역에서 싸운 사람들이었다. 러시아는 작은 나라가 아니지 않은가? 그리고 표트르와 같이 연대에 복무한 마을 사람들은 질로빈 부대와의 전투 중에 쿠반 어딘가에서 전사했다.

가브릴라는 늙은 아내와 아들 얘기를 거의 하지 않았다.

가브릴라는 밤마다 늙은 아내가 베개에 눈물을 적시고 코를 훌쩍이는 소리를 들었다.

"할멈, 왜 그래?" 가브릴라가 끙끙 소리를 내며 물었다.

아내는 잠시 말이 없다가 대답했다.

"아마, 가스 냄새가 나서…… 왠지 머리가 아파유."

노인은 짐짓 모르는 체하며 이렇게 권하곤 했다.

"오이절임 물을 먹으면 좋을 거여. 움에 가서 좀 꺼내 올까?"

"그냥 자요. 좀 있으면 괜찮아지겠지유!"

---

4) 러시아 남부에서 자라는 알이 굵은 밀.

그리고 집 안은 다시 눈에 보이지 않는 그물 모양의 거미줄이 풀리듯이 정적에 휩싸였다. 타인의 슬픔, 어머니의 우수에 넋을 잃은 채, 달이 뻔뻔스럽게 창문을 들여다보고 있었다.

그러나 노인들은 여전히 아들을 기다렸고, 아들이 돌아오기를 바랐다. 가브릴라는 양 모피를 가공하려고 보내면서 늙은 아내에게 말했다.

"우리야 그럭저럭 지내면 되지만 표트르는 돌아와서 뭘 입지? 겨울이 오면 털가죽 반외투를 만들어 줘야 해."

노인들은 표트르의 키에 맞게 털가죽 반외투를 만들어서 궤에 넣어 두었다. 축사를 치울 때 신는 평상용 장화도 만들었다. 노인은 자신의 푸른 나사 군복을 좀이 슬지 않도록 담배가루를 뿌려 소중히 보관했다. 그리고 새끼 양을 잡아서는 양피로 운두가 높은 털모자를 만들어 못에 걸어 두었다. 마당에서 들어와 그 털모자를 보면, 표트르가 막 방에서 나와 웃으며 '아버지 어때요, 축사는 추운가요?' 하고 물을 것만 같았다.

이틀쯤 지나서 노인은 해 질 무렵에 축사를 치우러 갔다. 노인은 여물통에 건초를 긁어모으고 우물에서 물을 퍼 올리려고 하다가 엄지장갑을 집에 놓고 온 것을 알았다. 노인이 집으로 되돌아와서 문을 열고 보니, 늙은 아내가 의자 옆에서 무릎을 꿇고서 표트르의 새 털모자를 가슴에 껴안고 마치 어린애를 달래듯이 흔들고 있었다…….

노인은 눈앞이 캄캄해져서 짐승처럼 늙은 아내에게 달려들어 마루에 쓰러뜨리고 입에 거품을 물며 소리쳤다.

"내버려, 이 멍청아! 내버려! 무슨 짓을 하는 거야?"

노인은 노파의 손에서 털모자를 빼앗아 궤 속에 처넣고 자물통을 채웠다. 노인은 이때부터 노파의 왼쪽 눈이 바르르 떨리고 입이 삐뚤어진 것을 알아챘다.

며칠이 흐르고 몇 주가 흘렀다. 돈강의 물은 가을이 다가오자 담청색으로 변하여 늘 빠르게 흘렀다.

돈강에서 얼음 녹은 물이 얼어붙은 날이었다. 때늦은 기러기 떼가 카자크 마을 상공을 날아갔다. 저녁 무렵에 이웃집 소년이 가브릴라의 집으로 달려와서 성상을 향해 급히 성호를 그었다.

"하루를 잘 보내셨어요?"

"오냐."

"할아버지 들으셨어요? 프로호르 리호비도프가 터키에서 돌아왔어요. 그 사람은 할아버지 아들 표트르와 같은 연대에 있었잖아요!"

가브릴라는 기침과 빠른 걸음으로 숨을 헐떡이면서 골목길을 바삐 걸어갔다. 프로호르는 집에 없었다. 형이 사는 마을에 갔다가 내일 돌아온다고 했다.

그날 밤에 가브릴라는 잠을 자지 못했다. 노인은 페치카 위에서 잠을 이루지 못하고 이리저리 뒤척였다. 날이 새기 전에 노인은 유지(油脂) 등불에 불을 켜고 앉아서 펠트 장화의 밑창을 갈았다.

창백하고 피로한 아침이 회청색 동쪽 하늘에서 희미한 서광(曙光)을 뿌리고 있었다. 달이 중천에서 졸고 있었다. 그 달은 구름까지 다가가서 낮 동안 숨어 있기에는 힘이 모자랐다.

아침을 먹기 전에 가브릴라는 창문을 힐끗 쳐다보고 왠지 작은 목소리로 말했다.

"프로호르가 왔어!"

프로호르가 안으로 들어왔다. 카자크답지 않은 낯선 모습이었다. 그가 신고 있는 세련된 영국제 구두에서 삐거덕 소리가 났다. 아마도 다른 사람이 입었던 옷 같은, 이상한 모양의 외투가 헐렁헐렁했다.

"안녕하세요, 가브릴라 바실리치!"

"고맙네, 병사! 이리 와 앉지."

프로호르는 모자를 벗고 노파에게도 인사를 하고 성상 밑의 의자에 앉았다.

"정말 지독한 날씨예요. 눈이 흩날려서 걸을 수가 없어요!"

"그래, 요새는 눈이 일찍 내려…… 옛날 같으면 이때쯤 가축이 들판에서 풀을 뜯고 있을 텐데."

잠시 무거운 침묵이 흘렀다. 겉보기에 무심하고 의연해 보이는 가브릴라가 말했다.

"자네도 외지에서 늙었구먼!"

"젊어질 리가 없지요, 가브릴라 바실리치!" 프로호르가 웃음을 지었다.

노파가 더듬거리며 말했다.

"우리 표트르는……."

"조용히 해, 여편네야!" 가브릴라가 엄하게 소리 질러서 말을 막았다. "이 사람이 추위에서 벗어나 정신을 차리면, 어련히…… 알게 될까!"

손님을 향해 몸을 돌리면서 노인이 물었다.

"그런데 프로호르 이그나티치, 생활은 어땠나?"

"자랑할 게 없어요. 엉덩이를 다친 수캐처럼 간신히 집에 왔지요. 그저 고마울 따름입니다."

"그으래…… 터키에서 생활이 나빴단 말이지?"

"간신히 살아남았어요." 프로호르는 손가락으로 테이블을 두드렸다. "그런데 가브릴라 바실리치, 많이 늙으셨네요. 머리가 하얗게 세었어요……. 소비에트 정권 밑에서 살기는 어떠셔요?"

"이렇게 아들을 기다리고 있지……. 우리 늙은이들을 부양해야만 하는." 가브릴라는 일그러진 미소를 지었다.

프로호르는 재빨리 시선을 옆으로 돌렸다. 가브릴라가 그걸 알아채고 곧장 날카롭게 물었다.

"말해 줘, 표트르는 어디 있나?"

"정말로 못 들으셨어요?"

"별의별 얘길 다 들었네." 가브릴라가 날카롭게 대답했다.

프로호르는 더러워진 테이블보 술 장식을 손가락으로 만지면서 천천히 말문을 열었다.

"1월경이었나…… 맞아, 1월에 우리 중대가 노보로시스크 근처에 주둔했어요……. 연안 도시였죠. 음, 평상시처럼 주둔하고 있었어요……."

"전사했나?" 몸을 숙이면서 가브릴라가 낮은 목소리로 물었다.

프로호르는 눈을 내리깔고 마치 묻는 소리를 듣지 못한 것처럼 잠시 아무 말도 하지 않았다.

"주둔하고 있는데, 적위군들이 산 쪽을 돌파하여 녹위군[5]과 합류하려고 했어요. 중대장이 댁의 아들 표트르를 기병 척후로 임명했지요……. 우리 중대장은 이등 대위 세닌이었어요……. 바로 그렇게 된 겁니다…… 아시겠지요……."

페치카 옆에서 철 냄비가 요란한 소리를 내며 떨어졌다. 노파가 두 손을 내밀고 침상으로 걸어가면서 비명을 내질렀다.

"울부짖지 마!!" 가브릴라가 천둥 치듯 소리쳤다. 노인은 테이블에 팔꿈치를 기대고 프로호르를 뚫어져라 바라보면서 천천히 지친 듯이 말했다. "자, 끝까지 얘기하게!"

"칼에 맞았어요!" 얼굴이 창백해지면서 프로호르는 소리쳤고, 의자에서 모자를 더듬어 찾으면서 자리에서 일어났다. "표트르는 칼에 맞았어요…… 치명적으로……. 척후대는 숲 근처에 멈춰서 말을 쉬게 했지요……. 표트르는 안장에서 말의 복대를 느슨하게 했는데, 적위군들이 숲속에서……." 프로호르는 말하면서 목이 메었고, 떨리는 손으로 모자를 만지작거렸다. "표트르는 안장 앞뒤의 휘어진 부분을 잡았지만, 안장이 말의 배 아래로 미끄러졌고…… 성난 말을…… 제어할 수가 없었어요……. 그래서 뒤에 남게 되었지요……. 이게 전부예요!"

---

5) 볼셰비키 혁명 이후 내전 중에 크림과 카프카스 지역에서 백위군에 대항해 싸웠던 농민 유격대. 숲속에 숨어 있었기 때문에 녹위군이라 불렸다.

"그런데 내가 믿지 않는다면?" 가브릴라가 분명하게 말했다. 프로호르는 뒤돌아보지 않고 급히 문 쪽으로 갔다.

"맘대로 하세요, 가브릴라 바실리치. 나는 진실하게…… 진실을 말했어요……. 있는 그대로의 진실을…… 내 눈으로 보았어요……."

"그럼, 내가 이걸 믿고 싶지 않다면?!" 얼굴이 새빨개져서 가브릴라가 목쉰 소리로 말했다. 노인의 눈에 피눈물이 글썽거렸다. 셔츠의 깃을 찢고 나서, 노인은 털이 수북이 난 가슴을 내놓고 겁에 질린 프로호르에게 다가가 땀이 밴 머리를 뒤로 젖히고 신음 소리를 냈다.

"외아들이 죽었다고?! 우릴 부양할 아들이 죽었다고?! 우리 표트르가 죽었다고?! 거짓말이야, 개자식! 알았어?! 거짓말이야! 믿을 수 없어!"

밤에 노인은 털가죽 반외투를 걸치고 마당으로 나갔다. 그리고 펠트 장화를 신고 뽀드득 소리를 내며 눈 위를 걸어서 탈곡장을 지나 건초 더미 곁에 멈춰 섰다.

초원에서 불어오는 바람에 눈이 흩날렸다. 엄숙하고 시커먼 어둠이 잎이 진 벚나무들 사이에 쌓여 있었다.

"아들아!" 가브릴라는 나지막한 목소리로 불렀다. 그리고 잠시 기다렸다가, 움직이거나 머리를 돌리지 않고 다시 불렀다. "표트르! 아들아!"

그러고 나서 노인은 건초 더미 옆의, 밟아서 뭉개진 눈 위에 벌렁 누워서 무겁게 눈을 감았다.

　　　　　*　　　*　　　*

　　카자크 마을에서는 식량 징발과 돈강 하류 지역에서 올라
오는 반혁명 도당에 대한 소문이 사람들의 입에 오르내렸다.
마을 집회의 집행위원회에서 여러 가지 소식이 귓엣말로 전해
졌다. 그러나 가브릴라 노인은 집행위원회의 흔들거리는 현관
계단에 발을 들여놓은 적도, 또 그럴 필요도 없었으므로 대개
는 듣지도 못하고 알지도 못했다. 일요일 예배가 끝난 후에 가
죽으로 만든 짧은 노란 반외투를 입고 소총을 든 세 사람과
마을 소비에트 의장이 나타났을 때 가브릴라는 이상한 기분
이 들었다.

　　마을 소비에트 의장이 가브릴라와 악수를 하고 마른 하늘
에 번갯불같이 불쑥 말을 꺼냈다.

　　"자, 자백해요, 할아버지, 곡식이 있지요?"

　　"그럼 우리가 성령을 먹고 산다고 생각했나?"

　　"표독스럽게 말하지 말고 분명히 말해요. 곡식은 어디에 있
어요?"

　　"물론 창고에 있지."

　　"안내해요."

　　"대체 당신들이 내 곡식과 무슨 상관이 있나?"

　　금발에 키가 큰, 책임자같이 보이는 남자가 구두 뒤축으로
언 땅을 두드리며 말했다.

　　"식량의 여분을 국가를 위해 모으는 겁니다. 식량 징발이요.
할아버지도 들었죠?"

"만약 내가 내주지 않는다면?" 울화가 치밀어 오른 가브릴라가 쉰 목소리로 말했다.

"못 줘? 그럼 우리가 가져가야지!"

세 명의 남자는 의장과 작은 목소리로 잠시 의논하고 곡물 창고 안의 곡물 적치장으로 기어 들어가 이미 탈곡한 거무스름한 황금빛 밀에 장화에 묻은 작은 눈덩이를 떨어트렸다. 금발의 남자가 담배에 불을 붙이면서 결정했다.

"씨앗과 양식만 남겨 두고 나머지는 징발한다." 그는 빈틈없고 사무적인 눈길로 곡식의 양을 대강 재고는 가브릴라를 돌아보며 말했다. "씨앗을 몇 데샤티나나 뿌리오?"

"하나도 안 뿌린다!" 가브릴라가 기침을 하고 발작적으로 얼굴을 찌푸리면서 씩씩거렸다. "가져가라, 이 망할 놈들아! 도적질해 가라! 모두 네놈들 거다!"

"왜 그래요? 그렇게 화만 내지 말고 진정하세요, 가브릴라 할아버지!" 가브릴라를 향해 엄지장갑을 흔들면서 의장이 간청했다.

"남의 재산을 먹다가 목구멍에나 걸려라! 잘 처먹어!"

금발의 남자는 콧수염에서 녹아내리는 고드름을 떼어 내고, 영리하고 비웃는 듯한 시선으로 가브릴라를 힐끗 바라보고 나서 조용한 미소를 지으며 말했다.

"할아버지, 날뛰지 말아요! 소리쳐 봐야 소용없어. 왜 그렇게 빽빽거려? 누가 꼬랑지라도 밟은 거요?" 그리고 남자는 눈살을 찌푸리며 날카롭게 목소리를 바꾸었다. "나불대지 마! 혓바닥이 길면 이빨에 잡아 매! 선동에 대해선……." 남자는 말을 끝맺지 않고 혁대에 비스듬히 매달린 권총집을 손바닥으로 찰싹 내리쳤다. 그리고 훨씬 부드러워진 목소리로 말했다. "오늘 곡물 징집소로 가져와요."

노인은 놀랐다기보다는 단호하고 분명한 목소리에 마음이 약해져서 실제로 소리쳐 봤자 소용이 없다는 걸 깨달았다. 노인은 한 손을 내젓고 현관 계단으로 향했다. 마당을 반쯤 지났을 때, 노인은 쉰 목소리로 거칠게 외쳐 대는 소리를 듣고 몸을 부르르 떨었다.

"식량 징발 대원들은 어디 있나?!"

가브릴라는 뒤돌아보았다. 기병이 날뛰는 말을 뒷발로 세우고 나서 빙빙 돌고 있었다. 뭔가 이상한 예감이 들어 무릎이 오싹했다. 입을 열기도 전에 기병이 창고 곁에 있는 사람들을 발견하고 갑자기 말을 멈췄다. 그리고 거의 눈 깜짝할 사이에 손을 움직여 어깨에서 소총을 내렸다.

한 방의 총성이 낭랑하게 울렸다. 총성에 뒤이어 마당에 깔린 순간적인 정적 속에서 분명히 방아쇠가 두 번 울렸고, 탄피가 탁탁 튀는 소리가 들렸다.

망연자실한 순간이 지나갔다. 금발의 남자가 문기둥에 찰싹 달라붙어서 떨리는 손으로 아주 천천히 권총집에서 권총을 빼냈다. 마을 소비에트 의장은 토끼처럼 허리를 숙이고 뜰을 지나 탈곡장으로 달려갔다. 식량 징발 대원들 중 한 사람은 한쪽 무릎을 꿇고 바자울 너머에서 흔들리고 있는 검은 털모자를 향해 카빈총을 쏘았다. 뜰이 총성으로 가득했다. 가브릴라는 마치 눈 위에 달라붙은 듯한 다리를 간신히 떼어 내어, 현관 계단을 향해 잔걸음으로 간신히 걸어갔다. 뒤돌아보니, 가죽 반외투를 입은 세 사람이 눈 더미에 발이 빠지면서 각기 흩어져 탈곡장을 향해 달려갔다. 활짝 열린 대문을 통해 기병들이 쏟아져 들어왔다.

맨 앞에 운두가 낮고 위가 넓은 가죽 모자에 밤색 말을 탄 남자가 몸을 굽히고 안장 앞뒤의 휘어진 부분에 매달려서 머리 위로 칼을 휘두르기 시작했다. 가브릴라의 눈앞에서 하얀 방한용 두건 끝자락이 백조의 날개처럼 아른거렸고, 말발굽에 채인 눈이 얼굴을 때렸다.

무늬가 새겨진 현관 계단에 무력하게 기댄 채, 가브릴라는 밤색 말이 다가와 바자울을 뛰어넘고, 뒷발로 서서 이삭이 붙은 보리 짚 더미 주위를 빙빙 돌고 있는 것을 보았다. 그리고 안장에서 축 늘어진 쿠반 카자크가 몸을 비틀며 기어가는 식량 징발 대원 한 사람을 열십자로 베어 버리는 걸 보았…….

창고에서 단속적이고 불분명한 소음, 소란, 누구가가 길게 흐느껴 우는 소리가 들렸다. 잠시 후에 총성 한 방이 은은히 울려 퍼졌다. 총성에 놀랐던 비둘기들이 다시 창고 지붕에 돌아왔다가 보랏빛 산탄처럼 하늘로 날아올랐다. 탈곡장에서 기병들이 말에서 내렸다.

부드러운 교회 종소리가 끊임없이 마을에 울려 퍼졌다. 마을의 바보인 파샤가 종루로 기어 올라가 모든 종을 손으로 잡고 어리석게도 경종이 아닌 부활절의 춤곡을 울리고 있었다.

하얀 방한용 두건을 어깨에 걸친 쿠반 카자크가 가브릴라를 향해 다가왔다. 열이 나서 땀에 젖은 그의 얼굴이 바르르 떨렸고, 입술의 양 끝에는 침이 줄줄 흐르고 있었다.

"귀리 있어?"

가브릴라는 현관 계단에서 간신히 움직였다. 노인은 지금까지 지켜본 광경에 혀가 얼어붙어 말을 할 수가 없었다.

"당신 귀머거리야, 빌어먹을?! 귀리가 있냐고 묻잖아. 자루를 가져와!"

말들을 먹이통에 데려갈 사이도 없이 또 한 사람이 대문으로 뛰어 들어왔다.

"말에 타! 산에서 보병이 내려오고 있어⋯⋯."

쿠반 카자크는 욕설을 해 대면서 땀에 젖어 김이 모락모락 나는 말에게 마구를 채웠고, 뭔가 붉은 것으로 심하게 더럽혀진 오른쪽 소맷자락을 오랫동안 눈으로 닦아 냈다.

뜰에서 다섯 명이 말을 타고 나갔다. 가브릴라는 금발 머리를 한 식량 징발 대원의 피로 얼룩진 노란 가죽 반외투가 마지막으로 나간 기병의 안장 뒷부분 고리에 매달려 있는 것을 보았다.


*　　*　　*


저녁때까지 언덕 너머의 가시나무 덤불 계곡에서 총성이 우레처럼 울렸다. 마을에는 두들겨 맞은 개처럼 비루한 정적이 깔렸다. 어둠이 푸르스름하게 깔리고 나서야 가브릴라는 탈곡장으로 나가 볼 결심을 했다. 활짝 열린 작은 문으로 들어가서 보니, 탈곡장의 횡목에 총을 맞은 마을 소비에트 의장이 머리를 떨군 채 매달려 있었다. 축 늘어진 두 손은 횡목 맞은편에 떨어진 모자를 잡으려고 하는 것처럼 보였다.

건초 더미에서 멀지 않은 곳에, 가축이 먹다 남은 건초와 왕겨로 덮인 눈 위에 옷이 벗겨져 속옷 바람이 된 식량 징발 대원 셋이 나란히 누워 있었다. 그들을 바라보면서, 가브릴라는 공포에 질려서 아침부터 마음에 품어 왔던 증오심을 더 이상 느끼지 못했다. 이웃집 염소들이 늘 건초 더미를 잡아당기며 훔쳐 갔던 탈곡장에 지금은 칼로 살해된 사람들이 누워 있다는 것이 꿈만 같고 믿기지가 않았다. 그들에게서, 그리고 얼어붙은 피거품이 녹아 생긴 둥근 웅덩이에서 시체 냄새가 풍겨 났다.

금발의 남자가 부자연스럽게 머리를 옆으로 돌리고 누워 있었다. 눈을 꽉 누르고 있는 머리만 아니면, 그가 숨 쉬며 누워 있다고 생각할 수도 있었다. 그 정도로 그는 편안하게 두 다리를 포개고 있었다. 얼굴이 얽고 검은 콧수염을 기른 두 번째 남자는 머리를 어깨 사이에 파묻고 몸을 굽히고 있었는데, 비타협적으로 증오에 차서 이빨을 드러내 놓고 있었다. 세 번째 남자는 짚 속에 머리를 처박고는 움직이지 않고 눈 위를 헤엄치고 있는 듯했다. 엄청난 힘과 긴장이 죽은 사람의 손동작에서 느껴졌다.

가브릴라는 금발의 남자 위에 몸을 굽히고 까매진 얼굴을 들여다보면서 연민으로 몸을 떨었다. 자기 눈앞에 누운 남자는 찌르는 듯한 눈을 가진 성깔 있는 식량 징발 대원이 아니라 열아홉 살가량의 소년이었다. 노리끼리한 솜털 같은 콧수염 아래 입술 언저리에는 성에가 맺히고 슬픈 주름이 잡혔고, 단정하고 깊게 파인 거뭇한 주름살 하나가 이마를 가로지르고 있었다.

한 손으로 드러낸 가슴을 무심코 만져 본 가브릴라는 깜짝 놀라서 몸을 휘청거렸다. 얼음장 같은 냉기 속에서 식어 가는 온기가 손바닥에 느껴졌던 것이다……

가브릴라가 피로 검게 물든 나무토막 같은 몸뚱이를 등에 메고 끙끙거리면서 질질 끌고 집 안으로 들어왔을 때, 노파는 비명을 지르고 성호를 그으면서 페치카 쪽으로 물러섰다.

가브릴라는 소년을 긴 의자에 눕힌 뒤 찬물로 씻기고, 지치고 땀이 날 때까지 까칠까칠한 털양말로 소년의 발과 손과 가슴을 문질러 댔다. 그리고 혐오감이 들 정도로 차가운 가슴에 귀를 갖다 대고, 긴 간격을 두고 불규칙적으로 뛰는 심장의 희미한 고동 소리를 간신히 들었다.

*　　*　　*

사프란처럼 창백하고 죽은 사람이나 다름없는 소년은 나흘 동안 방 안에 누워 있었다. 이마에서 뺨까지 난 상처에 피가 말라붙어 검붉은 색을 띠었다. 꽁꽁 동여맨 가슴으로 가르랑거리며 색색 숨을 쉴 때마다 모포가 움직였다.

매일 가브릴라는 소년의 입속에 딱딱하고 갈라진 손가락을 집어넣어 앙다문 이를 칼끝으로 조심스럽게 벌렸고, 노파는 따뜻하게 데운 우유와 양 뼈로 우려낸 국물을 갈대로 만든 빨대를 통해 입속으로 부어 넣었다.

나흘째 아침부터 금발 소년의 뺨에는 분홍빛이 감돌기 시작했다. 낮이 되자 그의 얼굴은 추위로 불타오르는 산사나무 숲처럼 타올랐고 온몸을 벌벌 떨었다. 셔츠 밑에서 차갑고 끈적끈적한 땀이 배어 나왔다.

이때부터 소년은 나직하게 더듬더듬 헛소리를 하기 시작했고, 침상에서 벌떡 일어나려고 했다. 밤이나 낮이나 가브릴라와 노파는 교대로 소년 곁을 지켰다.

긴 겨울밤에 동풍이 돈강 유역에서 불어와 어두운 하늘을 흐리게 하고, 마을 위에 차가운 먹구름을 낮게 드리웠다. 가브릴라는 환자 곁에서 두 손으로 머리를 받치고 환자가 '아'를 '오'로 낯설게 발음하며 헛소리를 해 대고 뭔가 연결되지 않는 얘기를 하는 걸 들으면서 앉아 있곤 했다. 그리고 가슴에 난 거무스름한 삼각형 모양의 햇볕에 그을린 자국과 회청색 발굽 모양으로 둘러싸인 감긴 눈의 눈꺼풀을 오랫동안 바라보곤 했다. 창백한 입술에서 길게 늘어지는 신음 소리, 쉰 목소리의 명령, 상스러운 욕설이 새어 나오고 분노와 고통으로 얼굴이 일그러질 때, 가브릴라의 가슴에서 뜨거운 눈물이 치밀어 올랐다. 그런 순간에는 자신도 모르게 연민의 정이 생겨났다.

가브릴라는 늙은 아내가 환자의 침상 곁에서 매일매일, 밤마다 잠을 못 자서 창백해지고 시들어 가는 걸 보았고, 깊게 주름진 아내의 뺨에 눈물이 고이는 것도 보았다. 그리고 아무리 울어도 사라지지 않는, 죽은 아들 표트르에 대한 아내의 사랑이 불길처럼 타올라 죽음의 키스를 받고 꼼짝 않고 누워 있는 남의 아들에게로 옮겨 붙었다는 걸 가슴으로 느끼며 알아챘다.

어느 날 마을을 지나던 적위군 연대장이 가브릴라의 집에 들렀다. 연대장은 말과 전령을 대문가에 남겨 두고 칼과 박차를 절그럭거리며 현관 계단으로 뛰어 올라왔다. 그는 방 안에서 모자를 벗고 침상 곁에서 오랫동안 잠자코 서 있었다. 환자의 얼굴에 창백한 그림자가 어른거리고 열로 타들어 간 입술에서 피가 스며 나오고 있었다. 연대장은 나이에 비해 하얗게 센 머리를 끄덕이고 눈물로 흐려진 눈으로 가브릴라의 눈을 피하면서 말했다.

"동지를 보살펴 주시오, 노인장!"

"그렇게 하지요!" 가브릴라가 확고하게 대답했다.

하루하루가 지나가고 몇 주가 흘러갔다. 크리스마스 주간도 지나갔다. 십육 일째에 처음으로 금발의 소년이 눈을 떴다. 가브릴라는 거미줄처럼 가는 목소리를 들었다.

"할아버지, 당신이군요?"

"나야."

"내가 호되게 당했나요?"

"다시는 그런 일이 없어야지!"

가브릴라는 투명하고 종잡을 수 없는 시선에서 악의 없는 소박한 미소를 느꼈다.

"그런데 동료들은요?"

"그 사람들은…… 광장에 묻혔어."

소년은 모포 위로 조용히 손가락을 움직이고, 페인트칠을
하지 않은 천장의 판자로 시선을 옮겼다.

"자네를 뭐라고 불러야 하지?" 가브릴라가 물었다.

소년은 정맥이 보이는 하늘빛 눈꺼풀을 피곤한 듯이 떨어뜨
렸다

"니콜라이."

"그럼 우린 표트르라고 부르겠네……. 아들이 있었어……
표트르라는……." 가브릴라가 말했다.

가브릴라는 잠시 생각하고 나서 뭔가 더 묻고 싶었지만 코
로 고르게 숨 쉬는 소리를 듣고는, 두 팔로 균형을 잡으면서
발꿈치를 들고 침상에서 물러났다.


*　*　*


마치 마지못해 돌아오는 것처럼, 생명은 소년에게 천천히
돌아왔다. 또 한 달이 지나서야 소년은 간신히 베개에서 머리
를 들어 올렸다. 등에는 욕창이 생겼다.

날이 갈수록, 가브릴라는 새 표트르에게 혈육처럼 애착을
느꼈고, 마치 농가의 운모 창문에 비친 석양의 반사광처럼 친
아들의 모습이 아물거리고 희미해지는 걸 두렵게 느꼈다. 예
전의 우수와 아픔을 되돌리려고 노력했지만, 이전의 것들은
더욱더 멀리 사라져 갔다. 그래서 가브릴라는 부끄럽고 거북했

다……. 가브릴라는 축사에 가서 몇 시간씩 일을 했지만, 늙은 아내가 표트르의 침대 곁에 계속 앉아 있다고 생각하면 질투심이 생겨났다. 그래서 집으로 돌아와 환자의 머리맡을 말없이 서성거리며 구부러지지 않는 손가락으로 베갯잇을 서툴게 고쳐 주기도 했다. 그러다가 노파의 화난 시선을 받으면 조용히 의자에 앉아서 가만히 있었다.

노파는 표트르에게 마멋 기름과 꽃이 피는 5월에 캔 약초로 만든 즙을 먹였다. 이 때문인지 아니면 젊음이 병을 이겼는지 상처가 차차 아물었고, 통통해진 볼에 핏기가 돌았다. 다만 오른손 팔뚝의 부러진 뼈는 잘 붙지 않았다. 아마도 뼈의 수명이 다한 것 같았다.

그러나 재계(齋戒) 기간의 두 번째 주에 표트르는 처음으로 남의 도움 없이 혼자서 침상 위에 일어나 앉았다. 그는 자신의 힘에 놀라며 오랫동안 믿을 수 없다는 듯이 미소를 지었다.

그날 밤, 부엌의 페치카 위에서 기침을 하면서 이렇게 속삭이는 소리가 들렸다.

"할멈, 자?"

"왜 그류?"

"우리 애가 두 다리로 일어섰어……. 내일 궤에서 표트르의 바지를 꺼내 놔……. 모든 장비를 준비해 둬……. 그 애가 입을 게 하나도 없어."

"나도 알어유! 며칠 전에 다 꺼내 놨슈."

"참, 빠르네! 반외투도 꺼내 놨남?"

"그러믄유. 애가 알몸으로 다니게 할 순 없잖유?"

가브릴라는 페치카 위에서 잠시 수선을 피우다가 막 잠이 들려고 했다. 그러나 뭔가를 생각해 내고는 머리를 쳐들며 의기양양하게 말했다.

"운두가 높은 털모자는? 아둔한 할망구야, 아마 털모자는 잊었겠지?"

"그만해유! 마흔 번이나 그 곁을 지나다니면서 그걸 못 봤구려. 어제부터 저기 못에 걸려 있었는데."

가브릴라는 화가 나서 기침을 하고는 입을 다물었다.

성급한 봄은 벌써 돈강을 움직이고 있었다. 얼음은 마치 벌레 먹은 듯이 거무스름해졌고, 구멍투성이가 되어 부풀어 올랐다. 눈 녹은 산이 제 모습을 드러냈다. 초원의 눈은 녹고 벼랑과 계곡의 눈만 남았다. 햇볕에 녹은 얼음물에 잠긴 돈강 유역은 기쁨에 취해 있었다. 초원에서 불어오는 바람을 타고 되살아난 쑥의 쑥쓰레한 냄새가 진하게 풍겼다.

3월이 끝나 가고 있었다.


\*　　\*　　\*


"아버지, 오늘은 일어날 겁니다."

가브릴라의 집 문지방을 넘은 적위군 병사들은 누구나 새하얀 머리를 보고 그를 아버지라고 불렀다. 그런데 지금 가브릴라는 소년의 목소리에서 따스한 정감을 느꼈다. 가브릴라가 그렇게 느낀 것인지, 아니면 표트르가 정말로 자기 말에 아들의 사랑을 실었는지는 모를 일이다. 그러나 가브릴라는 얼굴이 새빨개져서 기침을 해 댔고, 당혹스러운 기쁨을 숨기면서 중얼거렸다.

"석 달이나 누워 있었어……. 이제 일어날 때다, 폐챠!"

표트르는 어색하게 다리를 떼며 현관 계단으로 걸어 나갔다. 바람을 타고 폐 속으로 밀려드는 많은 공기에 숨이 막힐 것만 같았다. 가브릴라는 뒤에서 표트르를 붙잡아 주었고, 노파는 습관적으로 흘리는 눈물을 앞치마로 닦으면서 현관 계단 주변을 우왕좌왕했다.

새가 깃털을 곤두세운 듯한 창고 지붕 곁을 지나면서 양자인 표트르가 물었다.

"그때 곡식을 가져갔나요?"

"가져갔지……." 가브릴라가 떨떠름하게 중얼거렸다.

"그거 잘하셨어요, 아버지!"

다시 '아버지'란 말에 가브릴라의 가슴은 따스해졌다. 매일 표트르는 다리를 절뚝거리며 지팡이에 의지하여 마당으로 걸어 나왔다. 가브릴라는 탈곡장이든 창고의 처마 밑이든 어디에서나 불안하고 탐색하는 시선으로 새 아들을 바라보았다. 새 아들이 발을 헛디뎌서 넘어질까 봐 걱정했던 것이다!

서로 말은 많이 안 했으나, 두 사람의 관계는 단순하고 정이 넘쳤다.

표트르가 처음 밖으로 걸어 나온 지 이틀쯤 지난 어느 날이었다. 페치카에서 잠자리를 준비하다가 가브릴라가 물었다.

"얘야, 넌 어디서 태어났니?"

"우랄에서요."

"농민 출신이냐?"

"아뇨, 노동자 출신입니다."

"그래? 넌 뭘 했지? 구두를 만들었어, 아니면 통을 만들었어?"

"아뇨, 아버지. 전 공장에서 일했습니다. 주물공장에서요. 어렸을 적부터."

"그런데 어떻게 곡물을 징발하러 다니게 되었지?"

"군대에서 파견되었어요."

"네가 그들의 지휘관이었니?"

"예."

묻기가 어려웠지만 결국은 물어보았다.

"그럼, 넌 당원이냐?"

"공산당원입니다." 표트르는 환하게 웃으면서 대답했다.

이 티 없는 미소 때문에 이 낯선 단어가 가브릴라에게는 무섭게 느껴지지 않았다.

자기 차례를 기다리고 있던 노파가 재빨리 물었다.

"가족은 있니, 페츄시카?"

"아무도 없어요! 하늘의 달처럼 혼자입니다!"

"부모님은 돌아가셨나 보지?"

"아직 어렸을 때요. 일곱 살 적에…… 아버진 술에 취한 채 살해되었고, 어머닌 어딘가에서 떠돌아다니고 있어요……."

"에이, 나쁜 년! 불쌍한 널 버린 거 아니냐?"

"어떤 청부업자하고 달아났어요. 그래서 전 공장에서 자랐지요."

가브릴라는 페치카에서 다리를 늘어트리고 오랫동안 아무 말도 하지 않다가, 또박또박 천천히 말하기 시작했다.

"애야, 네게 혈육이 없다면 우리 집에 머물러라…… 우리에게도 아들이 있었다. 그 애 이름을 따서 널 표트르라고 부른 거야…… 아들이 있었지만 다 옛날 얘기지. 지금은 이렇게 할멈하고 둘이 살고 있다…… 그동안 너와 많은 슬픔을 나누어 왔다. 그래서인지 우린 널 좋아하게 되었어. 비록 네가 남의 자식이지만, 우린 친자식을 걱정하듯이 널 진심으로 걱정하고 있단다…… 우리 집에 남아라! 우리와 함께 땅을 갈면서 살자꾸나. 우리 돈강 유역의 땅은 비옥하고 넉넉하단다…… 널 잘 키워서 장가도 보낼 거야…… 난 살 만큼 살았다. 네가 집안일을 맡아서 해라. 다만 우리 늙은이들을 존경하고, 죽을 때까지 먹여 주면 되는 거야…… 표트르야, 이 늙은이들을 버리지 마라……."

페치카 뒤에서 귀뚜라미가 시끄럽고 단조롭게 울어 댔다.

바람결에 덧문이 괴로운 듯 신음 소리를 냈다.

"나와 할멈이 벌써 네 신부를 찾고 있단다!" 가브릴라는 짐짓 기쁜 표정을 지으며 눈을 깜빡였지만, 떨리는 입술이 가련한 미소로 일그러졌다.

표트르는 발밑의 상처투성이 마룻바닥을 고집스럽게 바라보며 왼손으로 의자를 재미없게 두드렸다. 마음을 흥분케 하는 '툭탁! 툭탁!' 소리가 이따금씩 울렸다……

대답을 궁리하고 있는 모양이었다. 결심한 표트르가 의자 두드리는 걸 멈추고 머리를 한 번 흔들었다.

"아버지, 전 여기에 기꺼이 남겠어요. 그러나 보다시피 좋은 일꾼은 될 수 없어요……. 절 먹여 살리는 오른손 뼈가 붙지 않아요. 제기랄! 그러나 힘이 닿는 데까지 일을 할게요. 여름을 보내고, 그때 두고 보죠."

"여름이 아니라 영원히 같이 살자!" 가브릴라가 말을 맺었다.

노파의 다리 밑에서 물레가 섬유성 털실을 굴대에 감으면서 흥겹게 덜컹덜컹 소리를 내기 시작했다.

물레가 자장가를 불렀는지, 잠이 오게 하는 규칙적인 소리를 내며 편안한 생활을 약속했는지 나는 모른다.


\*   \*   \*


봄에 뒤이어 햇볕이 내리쬐고, 굵은 초원의 먼지로 똘똘 말린 희끗해진 나날이 계속되었다. 맑은 날씨가 오랫동안 지속되었다. 젊은이처럼 사나워진 돈강은 파도를 일렁이며 깊은 골을 만들었다. 마을 끝에 있는 집들도 들판의 물로 젖어 버렸다. 푸르스름하고 희끄무레한 돈강 유역에 부는 바람은 꽃이 만발한 포플러의 달콤한 향기로 가득했다. 야생 사과나무에서 떨어진 꽃잎으로 덮인 초원의 호수는 장밋빛 노을로 물들었다. 밤에는 마른 번갯불이 처녀처럼 서로 윙크를 했지만, 밤은 마른 번갯불의 섬광처럼 짧았다. 황소들은 길고 긴 하루의 노동으로 쉴 겨를이 없었다. 방목장에서는 털이 빠지고 말라서 늑골이 툭 튀어나온 가축들이 풀을 뜯었다.

가브릴라와 표트르는 일주일 동안 초원에서 지냈다. 밭을 갈아서 써레질을 하고, 씨를 뿌렸으며 짐마차 밑에서 가죽 외투만 덮고 밤을 보냈다. 그러나 가브릴라는 자신과 새 아들이 눈에 보이지 않는 끈으로 얼마나 단단히 묶여 있는지 결코 말하지 않았다. 즐겁게 일을 하는 금발의 사내가 죽은 표트르의 모습을 가려 버렸다. 가브릴라는 죽은 표트르를 점점 더 드물게 떠올리게 되었고, 일을 할 때는 떠올릴 새도 없었다.

하루하루가 도둑이 흔적을 남기지 않고 걸어가듯이 지나갔다. 어느덧 풀 베는 시기가 다가왔다.

하루는 표트르가 아침부터 풀 베는 기계와 씨름을 했다. 표트르가 대장간에서 칼을 매만져서 이 빠진 칼날을 새 칼날로 만드는 걸 보고 가브릴라는 깜짝 놀랐다. 아침부터 풀 베는 기계를 매만지느라 바빴던 표트르는 어둠이 내리자 마을의 집행위원회로 갔다. 무슨 회의에 불려 간 것 같았다. 그사이에 물을 뜨러 갔던 노파가 우체국에서 편지 한 통을 가져왔다. 더러워진 낡은 봉투에는 가브릴라의 주소와 함께 니콜라이 코시흐 동지에게 전해 달라는 메모가 적혀 있었다.

알 수 없는 불안으로 고통스러워진 가브릴라는 볼펜으로 조잡하게 휘갈겨 쓴 애매한 글이 적힌 편지를 오랫동안 손으로 만지작거렸다.

가브릴라는 편지를 들어 올려 빛에 비춰 보았다. 그러나 봉투는 누군가의 비밀을 열심히 지키고 있었다. 가브릴라는 일상의 평온을 깨트린 이 편지에 대한 증오가 점점 더 커지는 걸 자신도 모르게 느꼈다.

순간적으로 편지를 찢어 버리자는 생각도 들었지만 표트르에게 건네기로 결심했다. 가브릴라는 편지를 가지고 대문에서 표트르를 맞이했다.

　　"얘야, 어디서 네게 편지가 왔다."

　　"제게요?" 표트르가 깜짝 놀랐다.

　　"그래, 읽어 봐!"

　　집 안에 불을 켜고 나서 가브릴라는 날카롭고 탐색하는 눈으로 표트르의 기쁨에 찬 얼굴을 지켜보다가 끝내 참지 못하고 물었다.

　　"어디서 온 편지냐?"

　　"우랄에서요."

　　"누가 썼니?" 노파가 호기심을 보였다.

　　"공장의 동료들이요."

　　가브릴라는 긴장되었다.

　　"뭐라고 썼어?"

　　표트르의 눈이 어두워지고 흐려졌다. 그는 내키지 않는 듯 대답했다.

　　"공장으로 오라고요…… 공장을 다시 돌린대요. 1917년부터 공장이 멈춰 있었거든요."

　　"그래? 그럼, 갈 거냐?" 가브릴라가 약한 목소리로 물었다.

　　"모르겠어요……."

＊　　＊　　＊

표트르는 얼굴에 각이 질 정도로 비쩍 마르고 낯빛이 누렇게 되었다. 밤마다 가브릴라는 표트르가 한숨을 쉬고 침상에서 뒤척이는 소리를 들었다. 오랜 생각 끝에 가브릴라는 표트르가 마을에서 살 수 없고, 개간되지 않은 초원의 흑토를 쟁기로 갈아엎을 수 없다는 걸 깨달았다. 표트르를 길러 준 공장이 조만간 그를 빼앗아 갈 것이고, 다시 즐거움이 없는 외로운 나날이 암담하게 흘러갈 것이다. 가브릴라는 그 증오스러운 공장의 벽돌을 하나씩 다 흩어 버리고 땅을 평평하게 골라서, 그 위에 엉겅퀴와 잡초가 무성하게 자라도록 하고 싶었다!

사흘째 되는 날, 건초를 베다가 물을 마시러 임시 야영장 곁에서 둘이 만났을 때, 표트르가 말문을 열었다.

"아버지, 여기에 머물 수가 없어요! 공장으로 갈래요……. 공장이 잡아당기고, 마음이 아파요……."

"여기서 사는 게 나쁘냐?"

"아뇨……. 콜차크가 왔을 때, 우리는 열흘 동안이나 우리 공장을 지켜 냈어요. 콜차크 병사들은 마을을 점령하자마자 아홉 명을 교수형에 처했어요. 그런데 지금, 군대에서 돌아온 노동자들이 다시 공장을 일으켜 세우고 있어요……. 자신도 가족도 죽도록 배를 굶어 가면서 일하고 있어요……. 그런데 여기서 내가 어떻게 살아갈 수 있나요? 양심이 허락하지 않아요……."

"네가 뭘 할 수 있겠니? 한 손을 못 쓰는데."

"이상하게 말씀하시네요, 아버지! 거기선 손 하나도 가치가 있어요."

"붙잡지 않겠다. 가거라!" 가브릴라가 기운을 내면서 대답했다. "그러나 할멈에게는 거짓말을 해라……. 다시 돌아오겠다고 말해……. 거기에서 잠시 살다가 돌아온다고 해……. 안 그러면 괴로워하다 죽을 거야……. 우리에겐 너뿐이란다……."

마지막 희망을 붙잡고 격하고 탁하게 숨을 쉬면서 노인이 속삭이는 소리로 말했다.

"그래, 정말로 돌아올 거지? 응? 정말로 우리 늙은이들이 불쌍하지 않니? 응?"

\* \* \*

짐마차가 삐걱거리고 황소들은 보조를 맞추지 않고 걸어갔다. 마차 바퀴 밑에서 보드라운 백토가 사각사각 소리를 내며 무너졌다. 돈강을 따라 꾸불꾸불 나 있는 길이 작은 예배당 곁에서 왼쪽으로 구부러졌다. 구부러진 길모퉁이에서 관구(管區) 내의 마을 교회들과 정교한 푸른 레이스처럼 손질이 잘된 정원들이 보였다.

가브릴라는 길을 가는 내내 쉬지 않고 말하면서 웃으려고 애를 썼다.

"삼 년 전 이 자리에서 처녀들이 돈강에 빠져 죽었지. 그래서 여기에 작은 예배당이 있는 거야." 가브릴라는 채찍으로 예배당의 음울한 꼭대기를 가리켰다. "여기서 헤어지자. 더 가면 길이 없어. 산이 무너졌거든. 여기서 마을까지는 1킬로미터쯤 된다. 천천히 가거라."

표트르는 음식물이 든 주머니를 가죽끈에 고쳐 매고 짐마차에서 내렸다. 큰 소리로 울고 싶은 것을 간신히 참고, 가브릴라는 땅에 채찍을 내던지고 떨리는 두 손을 내밀었다.

"잘 가라, 내 아들아! 네가 없으면 맑은 태양도 빛을 잃을 거야……." 고통으로 일그러지고 눈물에 젖은 얼굴을 찡그리면서, 가브릴라는 거의 외치듯이 날카롭게 목소리를 높였다. "얘야, 길 가다 먹을 과자 잊지 않았지? 할멈이 널 위해 구운 거야……. 잊지 않았지? 그럼, 잘 가라! 안녕, 내 아들아!"

표트르는 다리를 절뚝거리며 좁은 길가를 따라 거의 달리다시피 걸어갔다.

"돌아와!" 짐마차를 붙들고 가브릴라가 소리쳤다.

'돌아오지 않을 거야!' 아무리 울어도 사라지지 않는 이 말이 가슴을 메게 했다.

길모퉁이에서 그 사랑스러운 금발이 마지막으로 잠깐 나타났고, 표트르가 마지막으로 모자를 흔들었다. 그리고 표트르가 밟고 간 자리에서 바람이 장난스럽게 휘몰아치더니 연기같이 희끄무레한 먼지를 공중으로 말아 올렸다.

# 처자식이 있는 남자

마을 변두리 너머, 연푸른 가시덤불숲 사이에 태양이 걸려 있었다. 나는 마을에서 돈강 나루터를 향해 가는 중이었다. 발밑에서 물에 부풀어 오른 축축한 모래가 썩은 나무처럼 부패한 냄새를 풍겼다. 길은 덤불숲을 따라 토끼가 다니는 구불구불한 오솔길로 이어졌다. 태양이 팽팽하게 긴장하고 진홍빛으로 변하면서 마을 공동묘지 너머로 져 버렸다. 덤불숲을 지나온 내 뒤를 따라 어둠이 푸르스름하게 깔리기 시작했다.

나룻배는 배를 매어 두는 곳에 묶여 있었다. 연보랏빛 물이 배 밑바닥에서 찰랑찰랑 소리를 냈다. 노대(弩臺)의 노가 춤을 추고 옆으로 흔들리면서 삐걱거렸다.

나룻배 사공은 이끼투성이의 배 밑바닥을 국자로 긁어서 물을 퍼내고 있었다. 그는 머리를 쳐들면서 노르스름한 사팔

눈으로 날 힐끗 쳐다보고 마지못해 웅얼거렸다.

"저쪽으로 건너가오? 지금 출발하지. 밧줄을 풀어요!"

"우리 둘이서 노를 젓자는 겁니까?"

"그래야만 될 것 같아. 어두워지는데, 사람이 올지 안 올지도 모르겠고."

사공은 통이 넓은 바지를 걷어 올리면서 다시 날 쳐다보고서 물었다.

"보아하니 우리 마을이나 지역 사람은 아닌데…… 어디서 왔소?"

"군대에서 집으로 돌아가는 길입니다."

사공은 모자를 벗고 머리를 끄덕이며 카프카스 은과 흑금이 섞인 듯한 머리칼을 뒤로 넘기고, 날 향해 눈을 껌뻑이면서 썩은 이를 드러내 보였다.

"집으로 돌아간다니, 휴가요 아니면 몰래 가는 거요?"

"제대병입니다. 일 년 빨리 제대했어요."

"그렇다면 잘된 일이고……."

우리는 자리에 앉아서 노를 잡았다. 돈강은 강변 숲에서 물에 잠긴 어린 나무숲 쪽으로 장난치듯이 우리를 끌고 갔다. 물이 나룻배의 거친 밑바닥을 무미건조하게 긁어 댔다. 푸른 정맥이 길게 드러난 사공의 맨발은 근육 덩어리처럼 부풀어 오르고, 파래진 발바닥은 미끈미끈한 횡목(橫木)을 단단히 디디고 있었다. 사공의 손은 길고 뼈가 앙상했으며, 손가락 마디는 울퉁불퉁했다. 키가 크고 어깨가 좁은 사공은 등을 구부리고 어설프게 노를 저었다. 그러자 노는 빗살무늬 파도의 등에 공손히 올라타고 물을 깊이 가르며 앞으로 나아갔다.

나는 사공의 고르고 흐트러짐 없는 숨소리를 들었다. 털실로 짠 셔츠에서는 지독한 땀 냄새, 담배 냄새, 밋밋한 물 냄새가 풍겨 났다. 사공은 노를 내던지고 날 향해 얼굴을 돌렸다.

"배가 숲속으로 떠밀릴 것 같아! 재수 없는 일이지만 어쩔 수 없어, 젊은이!"

강 한가운데는 물살이 더 세었다. 나룻배가 빨라지더니 고집스레 뒤로 방향을 틀고 옆으로 흔들리면서 숲 쪽으로 떠내려갔다. 반 시간 후에 우리는 물에 잠긴 버드나무 사이로 밀려 들어갔다. 노는 부러졌다. 노대에서 부러진 노 조각이 화난 듯이 흔들거렸다. 배 밑바닥에 난 구멍으로 물이 질척거리며 흘러들었다. 우리는 밤을 나기 위해 나무로 자리를 옮겼다. 나룻배 사공은 발로 나뭇가지를 휘어잡고 내 곁에 앉아서 찰흙으로 만든 파이프로 담배 연기를 뿜어 댔다. 사공은 끈적끈적한 어둠을 가르는 거위들의 날갯짓 소리에 귀를 기울이면서 말했다.

"자네는 집으로, 가족에게로 가는구먼……. 아마도 어머니는 '부양해 줄 아들이 돌아오면 노년이 편해지겠지.' 하고 자넬 기다리겠지. 그러나 어머니가 낮에는 자네를 걱정하느라 몸이 쇠약해지고, 밤이면 밤마다 모성의 눈물을 흘린다는 걸 자네는 진실한 마음으로 받아들이지 않을 거여……. 자식들이란다 그래…… 자기 자식을 낳기 전까지는 부모의 고통을 진심으로 이해할 수 없어. 부모들은 모두 엄청난 고통을 견뎌 내야만 하지 않는가?

어떤 여자는 생선의 배를 째면서 쓸개를 짓눌러 버리는데, 그런 수프를 먹으면 지독하게 쓰지. 내 인생이 바로 그랬다네. 살면서 쓴맛만 보았으니까. 어떤 때는 참고 또 참다가 이렇게 말하곤 하지. '인생아, 인생아, 언제 너는 더 나빠지느냐?'

자네는 우리 마을 사람이 아니고 타향 사람이니까 지혜롭게 판단해 보소. 어떤 올가미에 내 머리를 처박아야 하는지 말이오.

내겐 나타시카란 딸이 있는데, 올해로 열여섯 번째 봄을 맞게 되지. 그런데 이 딸년이 이렇게 말하는 거여.

'아버지, 아버지랑 한 식탁에 같이 앉는 게 역겨워요. 아버지 손을 볼 때마다 아버지가 그 손으로 오빠들을 죽인 게 즉시 떠올라요. 토할 것 같단 말이에요……'

그 계집애는 도대체 누구 때문에 이 모든 일이 일어났는지 이해하지 못하지. 모든 건 개들, 애들 때문인데도 말이오!

난 젊어서 결혼했소. 여편네가 애를 잘 낳아서 배불뚝이 애들을 여덟이나 낳고 아홉 번째 애를 낳다가 병이 나서 쓰러져 버렸어. 낳긴 낳았는데, 꼭 닷새 만에 열병으로 관 속으로 들어간 거여……. 늪지의 도요새처럼 나 혼자 남았는데, 하느님은 애들을 한 놈도 데려가지 않더라고. 데려가라고 그렇게 빌었건만……. 장남이 이반인데…… 날 닮아서 얼굴이 거무스름하고 잘생겼지……. 멋있는 카자크로 일도 열심히 했어. 둘째 놈은 이반보다 네 살이 어렸어. 이놈은 제 어미를 닮아서 작달막한 키에 살이 찌고 머리칼은 아마빛인데, 오히려 희게 보일 정도였고 눈은 까맸지. 내가 가장 좋아하고 사랑했던 놈이었소. 이름이 다닐라였어……. 나머지 일곱 개의 입은 조그만 계집애와 사내애들이었어. 난 이반을 같은 마을의 여자에게 장가를 들여서 데릴사위로 보냈는데, 곧 애가 생겼지. 다닐라도 막 결혼시키려고 했는데, 이때 그 혼란의 시절이 시작된 거지. 우리 마을에 소비에트 정권에 반대하는 봉기가 일어난 거요! 다음 날 이반이 내게로 달려왔소.

'아버지 적위군에게 가요. 하느님의 이름으로 부탁해요! 그들의 정부가 절대적으로 정당하니까 우린 그들을 지지해야만 해요.'

다닐라도 그래야 한다고 말했지. 애들은 오랫동안 날 꾀어내려고 했지만 난 이렇게 말했소.

'너희들을 막진 않겠다. 가거라. 그러나 난 아무 데도 안 간다. 너희들 말고 우리 집엔 일곱 명의 애가 의자에 앉아서, 모두가 먹을 것을 달라고 입을 벌리고 있어!'

이렇게 걔들은 마을에서 사라졌고, 우리 마을도 닥치는 대로 무장을 했지. 나도 맨손인 채로 전선으로 끌려갔어. 마을 회합에서 난 이렇게 말했지.

'어르신네들, 모두가 아시는 대로 난 애들이 있는 사람이오. 애들이 일곱이나 있어요. 내가 죽기라도 하면, 그땐 누가 내 가족을 건사한단 말이오?'

난 이렇게도 말해 보고 저렇게도 말해 보았지만 소용이 없었소! 전혀 신경도 안 쓰고 날 잡아서 전선으로 보냈지.

진지가 바로 우리 마을 주변으로 이동했어. 바로 이 일이 일어난 건 부활절 며칠 전이었다오. 아홉 명의 포로가 우리 마을로 끌려왔는데, 그중에 내 사랑하는 자식인 다닐라도 있었어……. 포로들은 광장을 지나 중대장에게 끌려가고 있었어. 카자크들이 거리로 쏟아져 나와 떠들어 댔지.

'저 악당들을 죽여 버려! 심문을 받고 나올 때 우리가 처단할 거야!'

카자크들 속에 서 있던 난 다리가 후들후들 떨렸지만, 내 아들 다닐라가 불쌍하다는 내색은 하지 않았소……. 주변을 둘러보니 카자크들이 속삭이면서 날 향해 머리를 끄덕이는 거요……. 기병 특무상사인 아르카시카가 내게 다가와서 이렇게 물었소.

'미키샤라, 자네가 공산당 놈들을 두들겨 주겠나?'

'그러죠, 저 악당 놈들을!'

'좋아, 여기 총검이 있다. 현관 계단에 서 있어.' 그는 내게 총검을 주고 이빨을 드러내더군. '미키샤라, 우리가 자넬 지켜보고 있다. 조심해, 안 그러면 좋지 않아.'

나는 문지방에 서서 생각했소. '성모 마리아여, 정말로 내가 아들을 죽여야만 합니까?'

나는 중대장 방에서 비명을 들었지. 포로들이 끌려 나왔는데, 맨 앞에 내 아들 다닐라가 있었소……. 난 그 애를 힐끗 쳐다보았지. 내 영혼은 싸늘하게 식었어……. 그 애의 머리는 양동이처럼 부어오른 것이 마치 가죽을 벗기고 내장을 꺼낸 짐승과 같았어……. 피가 덩어리져서 말라붙었고, 맨살을 얻어맞지 않으려고 털장갑을 머리에 얹어 놓았더군……. 털장갑이 피에 젖은 채 바싹 말라서 머리칼에 달라붙어 있었소……. 마을로 끌려오는 도중에 얻어터진 거였어……. 비틀거리며 현관으로 걸어 나오더군. 그 애는 날 보고 두 손을 내밀었고…… 웃으려고 했지만, 눈은 시퍼렇게 멍이 들었고, 한쪽 눈에는 피가 가득 고여 있었어.

난 즉시 깨달았지. 내가 그 애를 패지 않으면 내가 마을 사람들한테 맞아 죽고, 어린 새끼들은 천애의 고아로 남으리라는 걸……. 그 애가 내 옆에 왔소.

'아버지, 아버지, 안녕히 계세요!'

눈물이 그 애의 뺨에서 피를 씻어 냈지. 나는 간신히 한 손을 들어 올렸고…… 마치 온몸이 굳어 버린 것 같았어……. 나는 총검을 손아귀에 꽉 틀어쥐고 소총에 꽂힌 총검 끝으로 그 애를 내려쳤지. 여기, 귀 조금 윗부분을 내리쳤던 거여……. 그 애는 '오이!' 하고 비명을 지르더니 손바닥으로 얼굴을 가리고 문지방에서 떨어졌어……. 카자크들이 막 소리를 질러 대더군.

'미키샤라, 피로 적셔 버려! 다닐라를 봐주는 것 같아! 때려, 안 그러면 네가 피를 볼 거야!'

중대장이 현관 계단으로 나와 욕설을 퍼부어 댔어. 두 눈에 웃음을 띠고……. 카자크들이 총검으로 포로들을 마구 찔러 대기 시작했을 때, 난 정신이 흐려졌지. 나는 냅다 길 쪽으로 도망치다가 뒤를 돌아보았는데, 카자크들이 우리 다닐라를 땅바닥에 떼굴떼굴 굴리고 있었어. 기병 특무상사가 총검으로 그 애의 목을 찔렀고, 그 애는 그저 '끄윽' 소리만 냈을 뿐이야."

우리 발밑에서 나룻배의 밑바닥 판때기가 수압을 견디지 못하고 갈라지는 소리가 났고, 물이 배 안으로 막 흘러드는 소리가 들렸다. 버드나무가 흔들거리며 계속 삐걱대기 시작했다. 미키샤라는 위로 솟아 오른 고물을 한 발로 건드리고, 파이프에서 눈보라 같은 노란 불꽃을 만들어 내면서 말했다.

"나룻배가 가라앉는군. 우린 버드나무 위에 앉아서 내일 오전까지 당직을 서야만 하오. 에이, 도대체 이게 웬일이야!"

그는 오랫동안 잠자코 있다가, 이윽고 음성을 낮추어 쉰 목소리로 말하기 시작했다.

"이 일로 나는 선임하사로 진급했지…….

그때부터 돈강에서 많은 물이 흘러갔지만, 지금까지도 나는 이따금 누군가가 쉰 목소리로 흐느껴 우는 소리를 들어…….
그때 내가 도망가면서 다닐라의 비명을 들은 것처럼……. 이게 바로 양심이고, 난 양심으로 고통을 받는 거지…….

우리는 봄까지 적위군들에 대항하여 전선을 지켜 냈고, 그 뒤 세크레초프 장군이 우리와 합세하여 적위군들을 돈강 너머 사라토프 현으로 쫓아냈지. 나는 애들이 많이 있는 사람이었지만, 아들들이 볼셰비키에 가담했기 때문에 병역에서 어떤 면제도 받지 못했어. 우리는 발라쇼프 시까지 진격했지. 장남인 이반에 대해선 전혀 소식이 없었어. 그런데 어떻게 알아냈는지 모르지만, 카자크들은 이반이 적위군에서 넘어와 제36 카자크 대대에서 복무하고 있다는 걸 알아낸 거요. '이반 녀석 어디서 보기만 하면 고통스럽게 죽여 버리겠다.'고 마을 사람들이 위협했지.

우리가 어떤 마을을 점령했는데, 거기에 36대대가 있었어…….

카자크들이 이반을 찾아내어 꽁꽁 묶어서 우리 중대로 데려왔지. 카자크들은 이반을 지독하게 두들겨 패고는 내게 말했어.

'이놈을 연대 본부로 데려가!'

연대 본부는 이 마을에서 12킬로미터쯤 떨어져 있었지. 중대장이 내게 서류를 주면서 내 눈을 바로 보지 않고 이렇게 말하는 거야.

'여기 서류가 있다, 미키샤라. 아들을 본부로 데려가라. 자네라면 믿을 수 있다. 아버지한테서 도망칠 아들은 없을 테니까!'

그때 난 하느님 덕분에 내가 호송자로 지정된 이유를 알게 되었어. 내가 아들을 놓아주면, 아들은 아들대로 붙잡고 날 죽일 속셈이었던 거지…….

나는 아들이 포로로 붙잡혀 있는 오두막으로 가서 보초병에게 말했어.

'포로를 내주시오. 본부로 끌고 갈 거요.'

'데려가. 기꺼이 넘겨주지!'

이반은 외투를 어깨에 걸치고, 손으로 모자를 잠시 만지작거리다가 벤치로 내던졌어. 나와 이반은 마을을 빠져나와 언덕 위에 올랐지. 이반은 아무 말도 하지 않았고, 나도 아무 말도 하지 않았다오. 누가 우리를 뒤쫓고 있나 보려고 난 이따금 뒤를 돌아보곤 했지. 길을 반쯤 가서 예배당을 지났을 때, 뒤에는 아무도 보이지 않았소. 이때 이반이 날 돌아보고 너무나 애절한 목소리로 말했어.

'아버지, 본부에서는 날 죽일 겁니다. 아버진 날 죽이러 끌고 가는 거요! 정말로 아버지의 양심은 지금도 잠자고 있나요?'

'아니다, 바냐. 내 양심은 잠자고 있지 않아!'

'그럼 내가 불쌍하지도 않아요?'

'불쌍하다, 애야. 죽도록 가슴이 아프다……'

'불쌍하면 놔줘요……. 난 이 세상을 충분히 살지 못했다고요!'

이반은 길 한가운데 쓰러져 세 번이나 머리를 땅에 대고 내게 간청했어. 나는 이렇게 대답했다오.

'애야, 벼랑까지 가서 도망가라. 그러면 난 형식적으로 네 뒤에 총을 두어 방 쏘마……'

당신은 이해하지 못하겠지만, 아주 어릴 적부터 부드러운 말을 해 본 적이 없는 녀석이 내게 달려들어 손에 입을 맞추었다오……. 우리는 2킬로미터쯤 더 걸어갔는데, 아들도 말이 없고 나도 말을 하지 않았어. 벼랑에 가까이 갔을 때, 이반이 걸음을 멈췄지.

'그럼, 아버지 안녕히 계세요. 내가 살아남으면 죽을 때까지 아버지를 돌보겠어요. 이제 아버진 내게서 거친 말도 듣지 않을 거예요.'

이반이 날 껴안았지. 내 가슴은 에이는 듯했어.

'애야, 도망쳐라!' 내가 이반에게 말했소.

이반은 벼랑을 향해 뛰었고, 계속 뒤를 돌아보며 내게 손을 흔들었어.

난 그 애가 40미터쯤 가게 내버려 두었다오. 그러고 나서 어깨에서 소총을 내리고 손이 떨리지 않도록 무릎을 꿇었지. 그리고 그를 향해 총을 쏘았어…… 등에다 대고……."

미키샤라는 천천히 담배쌈지를 집어 들었고, 천천히 부싯돌을 쳐서 불을 일으켰다. 그리고 입술로 쪽쪽 소리를 내면서 담배를 빨기 시작했다. 부싯깃이 그의 움켜쥔 손바닥에서 빨갛게 타올랐고, 광대뼈가 움직였다. 부어오른 눈꺼풀 밑에서 사팔눈이 엄하게, 후회하는 기색도 없이 바라보았다.

"그래서…… 그 애는 튀듯이 몸을 날렸고, 분노하며 15미터쯤 더 달려가더니 두 손으로 배를 움켜쥐고 날 향해 몸을 돌렸어.

'아버지, 왜?!' 이반은 다시 넘어져서 다리를 바들바들 떨기 시작했지.

이반에게 달려가서 몸을 굽히고 보니 이미 눈을 치켜뜨고 입술에 피거품이 엉켜 있었다오. 죽어 간다고 생각했는데, 이반이 갑자기 몸을 반쯤 일으키더니 자기 손으로 내 손을 잡고 이렇게 말하는 거요.

'아버지, 난 애와 아내가 있어요…….'

이반은 머리를 옆으로 떨어뜨리고 다시 쓰러졌어. 손가락으로 상처를 눌렀지만 아무 소용이 없었지……. 피가 손가락 사이로 흘러나왔어……. 이반은 벌렁 뒤로 누워서 신음 소리를 내며 날 엄하게 쳐다봤지. 혀는 이미 굳어 버렸고…… 뭔가 말하려고 했지만 '아-버-어-지.' 이게 전부였소. 눈물이 내 눈에서 흘러내렸고, 난 그 애에게 말하기 시작했다오.

'바뉴시카, 날 위해 고통의 면류관을 써라. 네겐 아내와 아이 하나가 있지만, 난 의자에 앉아 있는 일곱 명의 아이가 있다. 내가 널 도망치게 하면 카자크들은 날 죽일 거고, 그럼 아이들은 거지가 되어 걸식하러 다닐 거야⋯⋯.'

그 애는 잠시 더 누워 있다가 죽었어. 한 손으로 내 손을 잡은 채⋯⋯ 난 그 애의 외투와 장화를 벗기고 나서, 얼굴에 손수건을 덮어 주고 마을로 되돌아왔다오⋯⋯.

자, 젊은이, 우리를 심판해 주구려. 난 내 애들 때문에 너무나 많은 슬픔을 겪었어. 이렇게 내 머리는 온통 백발이 되었지. 난 애들을 위해 한 조각의 빵을 벌려고 일했고, 낮이나 밤이나 편할 때가 없었다오. 그러나 애들은, 예컨대 딸년인 나타시카만 해도 이렇게 말하는 거요. '아버지, 아버지하고 한 식탁에 같이 앉는 게 역겨워요.'

내가 지금 이런 걸 어떻게 참을 수 있겠소?"

나룻배 사공인 미키샤라는 머리를 떨어트리고 무겁고 고정된 시선으로 날 쳐다보았다. 그의 등 뒤에서 흐릿한 여명이 뭉게뭉게 피어오르고 있었다. 오른쪽 강 언덕, 사방으로 가지가 뻗은 검은 포플러들 사이로 오리들이 꽥꽥 울어 대는 소리와 으스스하고 졸린 듯한 외침 소리가 뒤섞여 들려왔다.

"미-키-샤-라! 제기랄! 나룻배를 대⋯⋯."

처자식이 있는 남자

# 하늘색 초원

돈강 상류, 폭염으로 민둥민둥해진 작은 언덕 위, 야생 가시나무 덤불숲 아래에서 나는 자하르 노인과 누워 있었다. 한 줄로 늘어선 비늘 모양의 먹구름 아래에서 갈색 솔개 한 마리가 빙빙 돌고 있었다. 새똥으로 알록달록하게 장식된 가시나무 잎들은 시원한 기분을 들게 하지 않았다. 폭염 탓에 귓속에서 윙윙 소리가 났다. 돈강의 곱슬곱슬한 잔물결을 내려다보거나 발밑의 주름진 수박 껍질을 바라보아도 입안에는 끈적끈적한 침만 고였고, 침을 내뱉기도 귀찮았다.

저지대의 말라 가는 웅덩이 주변에 양들이 옹기종기 모여 있었다. 양들은 피곤한 듯 엉덩이를 들어 올리고 진흙이 묻은 꼬리를 흔들면서 먼지 때문인지 발작적으로 재채기를 하곤 했다. 둑 옆에서 건강한 새끼 양 한 마리가 뒷다리로 서서 진흙투성이가 된 노란 암양의 젖을 빨고 있었다. 이따금 새끼 양이 어미의 젖통을 머리로 눌러 댔고, 암양은 젖을 내뿜으면서 아픈 듯이 신음 소리를 내고 등을 굽혔다. 내가 보기에, 암양의 눈에는 고통의 표정이 어려 있었다.

자하르 노인은 날 향해 몸을 옆으로 돌리고 앉아 있었다. 노인은 털실로 짠 셔츠를 벗고서, 잘 보이지 않는 눈을 가늘게 뜨고 주름과 솔기에서 뭔가를 더듬어 찾고 있었다. 노인은 내년에 일흔이 된다. 벗은 등에는 주름이 복잡하게 얽혔고, 견갑골은 피부 밑에서 뾰족하게 튀어나왔다. 그러나 노인의 눈은 젊은이의 눈처럼 푸르고, 잿빛 눈썹 아래의 시선은 민첩하고 날카로웠다.

노인은 잡은 이를 딱딱하고 떨리는 손가락으로 간신히 쥐고서, 조심스럽고 부드럽게 잡고 있다. 그러고 나서 잡은 이를 자기에게서 더 멀리 떨어진 땅에 놓고, 성호를 작게 그으며 쉰 목소리로 중얼거렸다.

"기어가라, 이놈아! 너도 살고 싶겠지? 그렇지? 바로 그거야……. 이봐, 넌 피를 너무 많이 빨아 먹었어…… 여지주같이……."

노인은 끙끙 소리를 내며 힘들게 셔츠를 입고 머리를 뒤로 젖히면서, 나무로 만든 수통에서 미지근한 물을 마셨다. 한 모금씩 마실 때마다 목젖이 위로 올라갔고, 턱에서 목까지 두 개의 물렁물렁한 주름이 축 처졌다. 물방울이 턱수염을 타고 흐르고, 내리뜬 샛노란 눈꺼풀에 태양이 불그스레하게 비쳤다.

노인은 수통의 마개를 닫으면서 곁눈질로 날 쳐다보다가 내 시선을 포착하고는 심드렁하게 입을 우물거리며 초원을 바라보았다. 저지대 너머에서 아지랑이가 안개처럼 피어오르고, 태양빛에 시커멓게 탄 땅 위로 불어오는 바람에서 박하의 자극적인 꿀 냄새가 풍겨 났다. 노인은 잠시 잠자코 있다가 목동이 사용하는 지팡이를 옆으로 밀쳐놓고 담뱃진으로 물든 손가락으로 내 옆을 가리켰다.

"저 골짜기 너머에 포플러 꼭대기가 보이지 않나? 저게 토밀린 나리의 영지인 토폴료프카야. 그 근처에 농부들이 사는 마을인 토폴료프카도 있지. 전에는 농노들이 살았어. 내 아버지는 죽을 때까지 나리 집에서 마부 노릇을 했다네. 예브그라프 토밀린 나리가 집에서 기른 학을 주고 이웃 지주한테서 아버지를 데려왔다고 해. 아버지는 이런 얘기를 개구쟁이였던 내게 해 주곤 했지. 아버지가 죽고 나서 난 아버지 대신에 마부로 일하게 되었어. 그때 나리는 예순 살이 다 됐지. 뚱뚱하고 혈색이 좋은 사나이였어. 젊어서는 황제의 근위대에서 복무했고, 군 복무를 마친 다음에는 돈강 유역으로 와서 죽을 때까지 살았지. 카자크들에게 돈강 유역의 땅을 빼앗겼지만, 국가로부터 사라토프 현의 땅 3000헥타르를 받았어. 나리는 그 땅을 모두 사라토프 현의 농민들에게 소작을 주고 토폴료프카에서 살았어.

이상한 사람이었지. 항상 얇은 나사로 만든 베시메트[1]를 입고 단검을 차고 걸어 다녔어. 가끔 마차를 타고 손님으로 갈

---

1) 타타르인이나 카프카스 민족이 입는, 무릎까지 솜을 넣은 옷.

때도 있었는데, 토폴료프카를 벗어나자마자 이렇게 명령하곤
했었지.

'달려라, 이 밥통아!'

그럼 난 채찍을 휘두르는 거야. 마차가 나는 듯이 달려서 바
람에 눈물을 말릴 시간도 없지. 그러다 길 한가운데서 커다란
구덩이를 만나게 되는데, 봄물에 깊이 파인 구덩이야. 앞바퀴
에서는 아무 소리도 나지 않지만 뒷바퀴에서 '쾅!' 하는 소리
가 들리지. 500미터쯤 더 가서 나리는 '마차 돌려.' 하고 소리
치는 거야. 그럼 나는 마차를 돌려서 전속력으로 구덩이를 향
해 돌진하지……. 이 저주스러운 구덩이를 세 번쯤 지나면, 용
수철이 부서지든지 마차에서 바퀴가 떨어져 나가든지 하지.
그러면 나리는 투덜대며 자리에서 일어나 걸어가고, 나도 고
삐를 잡고 말을 데리고 뒤따라가는 거야. 나리에게는 또 다른
취미가 있었어. 마차를 타고 영지에서 나오면 나리가 나와 마
부석에 앉아서 내 손에서 채찍을 빼앗고 '가운데 말을 흔들어
라.' 하고 외쳤지. 내가 가운데 말을 전속력으로 달리게 하면
멍에는 조금도 움직이지 않아. 그리고 나리는 채찍으로 곁말
을 후려치곤 했어. 마차는 트로이카였고, 곁말은 순수 혈통의
돈 지방 산으로 뱀처럼 머리를 비스듬히 기울이고 달렸고, 흙
을 씹곤 했지.

나리는 그들 중 한 마리에게 채찍을 휘둘렀고, 불쌍한 그
말은 입에 거품을 가득 물곤 했어……. 그러면 나리는 단검을
뽑아 몸을 앞으로 굽히고, 면도칼로 머리칼을 자르듯이 멍에
와 끌채를 연결하는 끈을 싹둑 잘라 버렸지. 말은 4미터쯤 공

중으로 날아가서 쿵 소리를 내며 땅에 부딪히고 콧구멍에서 피를 줄줄 흘렸어······. 그걸로 끝이지! 그렇게 다른 곁말도 끝장냈어······. 가운데 말은 지쳐서 헐떡거릴 때까지 계속 달리게 했지. 나리는 조금이라도 즐겁기만 하면 이런 걸 아무렇지도 않게 여겼어. 뺨에 홍조까지 띠면서 말이야.

한 번도 목적지에 마차를 타고 도착한 적이 없었어. 마차가 부서지거나 말들이 죽거나 했거든. 그러면 걸어서 갔어. 참, 명랑한 나리셨지. 다 지난 일이야. 하느님이 우릴 심판하시겠지······. 나리는 내 마누라에게도 마음이 있었어. 마누라는 하녀처럼 일했지. 나리는 셔츠가 찢긴 채 하인방으로 뛰어와서 고래고래 소리를 질러 대곤 했어. 보니까, 마누라의 가슴이 물어뜯기고, 살갗은 리본처럼 매달려 있는 거야······. 한번은 밤에 의사를 불러오라고 날 보내더라고. 의사가 필요 없다는 걸 알고 난 무슨 일인지 금방 눈치챘어. 초원에서 잠시 돌아다니다가 돌아왔지. 탈곡장을 지나 영지로 가서 마당에 말들을 놔두고 채찍을 들고는 하인들이 사는 곳으로 가서 내 방으로 들어갔어. 삐걱 소리를 내며 문을 열고 일부러 불을 켜지 않았지. 침대 위에서 법석대는 소리가 들리더군······. 나리가 엉거주춤 일어났을 때, 나는 채찍으로 나리를 갈겼지. 내 채찍 끝에는 납이 달려 있었어······. 창문을 향해 기어가는 소리를 듣고, 난 어둠 속에서 다시 한 번 채찍으로 나리의 이마를 내리쳤지. 나리가 창문을 뛰어넘었고, 난 마누라를 좀 두들겨 주고 잠을 잤어. 닷새쯤 지나서 나와 나리는 카자크 마을에 가야만 했지. 내가 마차 무릎 덮개의 단추를 채우고 있는데, 나리가 채찍을 잡고 그 끝을 살펴보더군. 나리는 채찍을 손에 들고 빙빙 돌리면서 납을 더듬어 찾아내고는 물었어.

'너, 이 개자식, 왜 채찍에 납을 달았어?'

'나리께서 그렇게 하라고 분부하셨어요.' 난 이렇게 대답했지.

나리는 말이 없었고, 첫 번째 구덩이에 이를 때까지 내내 이 사이로 휘파람을 불어 댔어. 슬쩍 뒤돌아보니 나리의 머리칼이 이마를 덮고 있고, 챙이 있는 모자를 깊숙이 내려 썼더라고…….

이 년쯤 지나서 나리는 중풍에 걸렸어. 우리는 나리를 우스치-메드베지차로 데려가 의사들을 불렀지. 나리는 마루에 누워 있었는데 온몸이 검은색으로 변했어. 나리는 호주머니에서 100루블짜리 지폐를 다발로 꺼내어 마루에 내던지며 '고쳐라, 이 나쁜 놈들아! 모두 주마!' 하고 쉰 목소리로 소리쳤어.

명복을 빌 뿐이지. 나리는 돈 뭉치를 들고 돌아가셨어. 상속자로는 장교인 아들이 있었어. 이 젊은 주인은 어렸을 때, 산 강아지의 껍질을 벗겨서 달리게 하곤 했어. 부친을 닮았지. 그러나 성장해서는 그런 어리석은 장난을 그만두었어. 큰 키에 호리호리했는데, 여자들처럼 눈 밑에 동그란 검은 자국이 있었지……. 코에는 금테 안경을 걸쳤는데, 끈이 달린 코안경이었어. 독일과의 전쟁 중에 그는 시베리아에 있던 전쟁 포로 수용소 소장이었는데, 혁명 후에 우리 고장에 나타났어. 그 무렵에 내겐 죽은 아들에게서 낳은 성장한 손자들이 있었는데, 큰 놈 세몬은 결혼했고, 아니케이는 아직 청년이었어. 난 그 애들과 함께 살면서 내 인생의 말년을 작은 매듭으로 묶고 있었다네……. 그런데 봄에 또 혁명이 일어났어. 우리 농부들은 젊은 주인을 영지에서 내쫓았지. 그날 집회에서 세묜은 주인의 땅을 분배하고 가재도구도 모두 각자의 집으로 가져가자고 농민들을 설득했어. 모두가 그렇게 했지. 농부들은 가재도구를 몽땅 집으로 끌고 갔고, 땅은 경작용 용지로 잘라서 경작하기 시작했지. 일주일이 지나서, 아마 일주일이 채 되지도 않아서 주인이 카자크들을 데리고 우리 마을을 쓸어버리러 온다는 소문이 돌았어. 우리는 다시 집회를 열고, 무기를 가지러 짐마차 두 대를 역으로 보냈지. 부활절 전 주일에 적위군에게서 무기를 가져왔고, 토폴료프카 주변에 참호를 팠는데, 심지어 주인집 연못 근처에도 참호를 팠어.

박하가 둥글게 모여 자라는 저길 봐. 저 골짜기 너머에 토폴료프카 농민들이 참호 속에 엎드려 있었지. 거기에 우리 세묜과 아니케이도 있었어. 여자들은 아침부터 먹을 걸 날라다 주었지. 떡갈나무 위로 태양이 떠오르자 언덕 위에 기병이 나타났어. 그들은 라바 전법으로 포진했고, 장검들이 푸른빛을 내며 번쩍거렸지. 탈곡장에서 보니, 백마를 탄 사람이 맨 앞에서 기병용 긴 칼을 한 번 휘둘렀어. 그러자 기병들이 언덕에서 완두콩처럼 쏟아져 내려왔지. 나는 말의 걸음걸이를 보고 주인의 하얀 준마를 알아보았고, 그 말을 보고 말 탄 사람을 알아보았네……. 우리는 두 번이나 그들을 격퇴했는데, 세 번째에 카자크들이 뒤로 돌아와서 교활하게 우리를 덮쳤어. 대접전이 시작되었지……. 해가 지자 전투가 끝났어. 오두막에서 거리로 나와서 보니, 기병들이 사람들을 영지 쪽으로 끌고 가고 있었어. 나는 지팡이를 손에 들고 거기로 갔지.

토폴료프카 농민들이 저기 있는 양들처럼 마당에 무리를 지어 모여 있더군. 주위에는 카자크들이 있고……. 내가 다가가서 물었지.

'형제들, 내 손자들은 어디에 있소?'

무리들 가운데서 두 사람이 대답했어. 우리는 잠시 얘기를 나누었지. 그때 주인이 현관 계단으로 나오더군. 날 보고 이렇게 소리쳤어.

'아니, 자하르 노인 아닌가?'

'그렇습니다, 나리!'

'웬일로 왔나?'

난 현관 계단으로 다가가서 무릎을 꿇었어.

'손자들을 재난에서 구해 내려고 왔습니다. 나리, 자비를 베풀어 주십시오. 전 나리의 아버님을 위해 평생을 일했습니다. 그분이 하늘나라에서 평안하시길 빕니다. 나리, 제 열성을 기억하시고, 이 늙은이를 불쌍히 여겨 주십시오!'

주인이 이렇게 말하더군.

'이봐, 자하르 노인. 부친을 위한 자네의 공로는 나도 아주 존경하네. 그러나 자네 손자들을 풀어 줄 수는 없어. 그놈들은 골수 선동꾼이야. 마음을 편히 가지게.'

난 주인의 다리를 끌어안고 현관 계단을 기었어.

'나리, 자비를 베풀어 주십시오! 사랑하는 나리, 이 늙은 자하르가 어떻게 주인님께 봉사했는지 기억하시고, 죽이지 마세

요. 세묜에게는 젖먹이가 있습니다!'

주인은 향긋한 담배를 피우면서 연기를 위로 내뿜으며 말했지.

'가서 그 악당 놈들에게 내 방으로 오라고 해. 만약 용서를 구한다면 그렇게 해 주지. 부친을 생각해서 그놈들을 태형에 처하고 내 부대에 입적시키겠다. 충성을 다해 자신의 수치스러운 죄를 씻을 수 있을 거야.'

나는 마당으로 달려 나가 손자들에게 말하고 녀석들의 소매를 끌어당겼지.

'가라, 이 멍청한 녀석들아. 용서할 때까지 땅에서 일어나지 마!'

세묜은 머리도 들지 않았지. 쪼그리고 앉아서 나뭇가지로 땅을 파고 있었어. 아니케이가 날 빤히 쳐다보면서 이렇게 입을 놀렸어.

'주인에게 가서 말해요. 자하르 노인은 평생 무릎을 꿇고 기어다녔고, 그의 아들도 기어다녔지만, 이제 손자들은 기어다닐 수 없다고요. 그렇게 전해요.'

'이놈아, 가지 않겠다는 거냐?'

'안 가요!'

'이 나쁜 놈아, 네놈에겐 죽고 사는 게 하찮은 것일 수 있다. 그러나 넌 세묜을 어디로 끌고 가느냐? 세묜은 누구에게 아내와 자식을 내맡길 거냐?' 나는 세묜이 손을 떨고 나뭇가지로 땅을 파면서 뭔가 찾고 있는 걸 보았지. 그러나 세묜은 아무 말도 하지 않았어. 마치 황소처럼.

'가요, 할아버지. 우릴 약 올리지 말아요.' 아니케이가 부탁했어.

'안 간다, 이 나쁜 놈들! 무슨 일이 생기면 세묜의 아내 아니시야는 스스로 목숨을 끊을 거다!'

세묜의 손에서 나뭇가지가 뚝 소리를 내며 부러졌지. 난 계속 대답을 기다렸지만, 세묜은 아무 말도 하지 않았어.

'세묜, 넌 날 먹여 살려야 해. 정신 차리고 주인에게로 가라.'

'우린 정신 멀쩡해요! 안 가요! 할아버지나 기어가요!' 아니케이가 흉악하게 말했어.

나도 이렇게 말했지.

'주인 앞에서 무릎을 꿇었다고 날 비난하는 거냐? 그래, 난 늙은이다. 어머니 젖 대신에 주인의 채찍을 맞으며 자랐어…… 그러니 설사 친손자들 앞에서 무릎을 꿇어도 부끄럽지 않다.'

난 무릎을 꿇고 땅에 머리를 조아리며 부탁했지. 다른 농부들은 못 본 체 등을 돌리더군.

'가요, 할아버지…… 가. 안 가면 죽여 버릴 거야!' 아니케이가 고함을 질렀지. 마치 덫에 걸린 늑대처럼 입에 거품을 물고 눈을 번득이면서 말이야.

난 다시 주인에게 돌아가서 주인의 발을 내 가슴에 꼭 눌렀어. 주인은 날 밀어내지 않더군. 내 손은 돌처럼 굳었고, 난 한마디도 할 수 없었어. 주인이 물었지.

'손자들은 어디 있나?'

'걔들은 두려워하고 있습니다, 나리……'

'두려워한다고…….' 주인은 더 이상 아무 말도 하지 않았지. 주인은 장화로 내 입을 정면으로 걷어차고 현관 계단으로 나갔어."

자하르 노인은 자주 발작적으로 숨을 쉬기 시작했다. 순식간에 노인의 얼굴에 주름이 잡히고 낯빛이 창백해졌다. 노인은 짧은 흐느낌을 간신히 억제하고 나서, 손바닥으로 마른 입술을 훔치고 돌아섰다. 옆쪽에 있는 작은 계곡 너머에서 솔개한 마리가 날개를 옆으로 활짝 펴고 풀밭으로 내려오더니 가슴이 하얀 너새 한 마리를 채어서 땅 위로 솟아올랐다. 깃털들이 눈송이처럼 떨어졌고, 풀밭 위에 떨어진 깃털의 광채가참을 수 없을 만큼 날카롭고 찌르는 듯했다. 자하르 노인은코를 풀고 털실로 짠 셔츠 자락에 손가락을 문지르고 나서 다시 말하기 시작했다.

"난 주인을 뒤쫓아 현관 계단으로 나갔지. 보니까, 세묜의 아내 아니시야가 애를 안고 달려오고 있더군. 아니시야는 솔개처럼 남편에게 뛰어들어 그의 팔 안에서 얼어붙어 버렸어…….

주인이 특무기병상사를 불러서 세묜과 아니케이를 손으로가리키더군. 특무기병상사는 카자크 여섯 명과 함께 그들을붙잡아서 주인의 작은 숲으로 데리고 갔어. 난 그들을 뒤따라갔지. 그런데 아니시야가 마당 한가운데서 아이를 내팽개치고주인의 뒤를 쫓아다녔어. 맨 앞에서 빠르게 걸어가던 세묜이마구간에 다다라서 그 자리에 주저앉더군.

'왜 그래?' 주인이 물었지.

'장화가 발을 죄서 더 이상 견딜 수가 없다…….' 세묜은 이렇게 말하고 웃음을 지었어.

세묜은 장화를 벗어서 내게 주었지.

'할아버지, 건강을 위해 이 장화를 신어요. 이중 밑창에 좋은 겁니다.'

난 이 장화를 받아 들었고, 우리는 다시 걸었지. 울타리 옆까지 오자, 카자크들은 세묜과 아니케이를 울타리에 세우고 총에 장전을 했어. 주인은 근처에 서서 작은 가위로 손톱을 다듬고 있었지. 주인의 손은 아주 희더군. 내가 주인에게 말했어.

'나리, 손자들의 옷을 벗기게 해 주십시오. 쟤들이 입고 있는 옷은 좋아서, 가난한 우리에게 소용이 있고, 그 옷을 입을 수 있습니다.'

'저놈들의 옷을 벗겨라.'

아니케이가 통이 넓은 바지를 벗더니 그것을 뒤집어서 울타리의 말뚝에 걸었지. 호주머니에서 담배쌈지를 꺼내어 불을 붙였고, 두 다리를 벌리고 서서 고리 모양의 담배 연기를 토해내면서 울타리 너머로 침을 뱉었어……. 세묜은 옷을 홀랑 벗었지. 삼베 속바지까지 벗었는데, 모자를 벗는 건 잊어버렸어. 분명, 잊어버렸어……. 난 한기로 몸을 떨다가 열기로 몸이 불타오르곤 했지. 난 머리를 움켜쥐었는데, 왠지 땀이 샘물처럼 차가웠어……. 바라보니 애들이 나란히 서 있더군……. 세묜의 가슴에는 온통 털이 무성하게 자라 있었어. 알몸에다 머리에는 모자를 쓰고 있었지……. 아니시야는 아내의 입장에서 벌거벗은 몸에 모자를 쓴 남편이 서 있는 걸 힐끗 쳐다보고는, 냅다 남편에게 달려가 떡갈나무를 휘감은 호프처럼 남편을 부둥켜안았지. 세묜이 아내를 밀쳐 내며 말했어.

'저리 가! 미쳤어! 정신 차려, 사람들이 보고 있잖아! 이렇게 달라붙다니. 내가 벗은 게 안 보여? 부끄럽지도 않아!'

아니시야는 머리칼을 풀어 헤치며 있는 힘을 다해 소리쳤어.

'우리 둘을 쏴 죽여라!'

주인은 작은 칼을 호주머니에 넣고 물었지.

'너도 쏴 죽이라고?'

'쏴라, 이 나쁜 놈아!'

아니시야는 주인에게 그렇게 말했어!

'저년을 남편과 함께 묶어라!' 주인이 명령했지.

아니시야는 정신을 차리고 뒤로 물러났지만 너무 늦었어. 카자크들이 웃으며 그녀를 세묜과 함께 고삐를 매는 밧줄로 묶었지……. 멍청한 아니시야는 땅바닥에 쓰러지면서 남편도 땅에 쓰러트렸어……. 주인이 다가와서 이 사이로 물었지.

'혹시 남은 아이를 위해 용서를 빌 수 있겠나?'

'용서해 주오.' 세묜이 신음 소리를 냈어.

'그래, 하느님에게만 용서를 빌어라……. 내게 용서를 구하기는 너무 늦었다!'

카자크들은 땅에 엎드린 그들을 살해했지……. 총을 맞은 아니케이는 다리를 휘청거렸지만 금방 땅에 쓰러지지는 않았어. 처음엔 무릎을 꿇었고, 갑자기 넘어져서 얼굴을 위로 한 채 누워 버렸어. 주인이 다가와서 아주 다정하게 물었지.

'살고 싶나? 살고 싶으면 용서를 빌어라. 용서를 빌면 태형

50대에 처하고 전선으로 보내마.'

아니케이는 입 안에 침을 가득 모았지만 주인에게 내뱉을 힘이 없었어. 턱수염을 타고 침이 흘러내렸지……. 분노로 얼굴이 새하얘졌지만 어쩔 수가 없었어……. 총알 세 방이 그 애의 몸에 구멍을 냈지…….'

'그놈을 길바닥으로 끌고 가라!' 주인이 명령했어.

카자크들이 그 애를 끌고 가서 울타리 너머 길 한가운데로 던져 버렸어. 그 시각에 카자크 중대가 대포 두 대를 가지고 토폴료프카에서 마을로 들어오고 있었지. 주인은 수탉처럼 울타리로 뛰어올라서 낭랑한 목소리로 소리쳤어.

'마부는 빠른 속도로 가! 우회하지 마라!'

내 머리칼이 곤두서더군. 난 세묜의 옷과 장화를 손에 들고 있었는데, 다리가 날 지탱하지 못하고 구부러졌어……. 신의 불꽃을 가진 말들은 한 마리도 아니케이를 짓밟지 않고 그의 몸을 뛰어서 넘어가더라고……. 난 울타리에 기대고 넘어졌지만 눈을 감을 수가 없었어. 입안은 바싹 말라붙었고…… 대포 바퀴가 아니케이의 발을 타고 넘어갔어……. 입안에서 호밀 건빵이 잘게 부서지듯이 뼈가 바스락 소리를 냈지……. 아니케이가 심한 고통으로 죽겠구나 생각했지. 그러나 아니케이는 비명도 신음 소리도 내지 않았어……. 그 애는 머리를 꼭 누르고 누워서 도로의 흙을 한 움큼씩 떠서 입으로 쑤셔 넣었지……. 그리고 흙을 씹으면서 주인을 바라보고 눈 하나 깜빡이지 않았어. 눈은 하늘처럼 맑고 투명했지…….

그날, 토밀린 나리는 서른두 명을 사살했는데, 아니케이만이 자존심 때문에 살아남았어……."

자하르 노인은 수통의 물을 오랫동안 게걸스럽게 마셨다. 색이 바랜 입술을 훔치면서 노인은 내키지 않는 듯 말을 끝맺었다.

"이게 다 옛날 옛적의 일이야. 참호만 남았어. 이 참호에서 우리 농민들은 스스로 싸워서 땅을 얻어 냈지. 지금 참호에는 잡초와 초원의 풀이 자라고 있어. 두 다리가 잘린 아니케이는 두 손으로 걸어 다니며 몸뚱이를 땅 위로 끌고 다니지. 겉으로는 명랑해 보여. 문의 위쪽 중방(中枋) 옆에서 아니케이와 세묜의 작은아들은 매일 키 재기를 해. 이제 아이가 아니케이보다 키가 더 클 거야……. 겨울에 아니케이는 골목길로 기어 나오곤 해. 사람들이 물을 먹이러 강으로 가축을 끌고 나오면 길 위에 앉아서 두 손을 들어 올리는 거야……. 깜짝 놀란 황소들이 얼음 위로 도망치다가 미끄러운 빙판에서 거의 만신창이가 되어 버리지. 그럼 그 애는 그저 웃고……. 내가 딱 한 번 보았는데…… 봄에 우리 코뮌의 트랙터가 카자크 경계 지역 너머에서 땅을 갈고 있었는데, 아니케이가 트랙터에 자신을 묶게 해서 거기로 갔었지. 나는 근처에서 양들을 방목하고 있었어. 내 손자 아니케이가 경작된 땅 위를 기어다니더라고. 난 그 애가 뭘 할지 궁금했어. 아니케이는 주변을 돌아보고는 근처에 사람들이 없는 걸 보고 땅 위에, 트랙터가 갈아엎은 흙덩어리에 얼굴을 대고 엎드렸어. 그리고 흙덩어리를 가슴에 꼭 껴안고 손으로 보듬으며 입맞춤을 하더라고……. 걔도 이제 스물다섯 살이지만 결코 땅을 경작할 수는 없어……. 바로 그게 그에게는 괴로운 거지……."

하늘색 초원은 뿌연 잿빛의 푸르스름한 황혼 속에서 졸고
있었다. 시들어 가는 둥그스름한 박하풀 위에서 벌들이 하루
의 마지막 수확물을 거둬들이고 있었다. 보풀이 일어난 희끗
희끗한 나리새풀이 깃털 장식 같은 원추 꽃차례를 거만하게
흔들었다. 양 떼가 산 밑으로 내려와 토폴료프카 쪽으로 이동
하고 있었다. 자하르 노인은 방목용 지팡이에 몸을 기대고 말
없이 걸었다. 길을 따라 섬세하게 수놓은 먼지 천 위에 자국이
보였다. 하나는 손바닥 모양의 희귀한 늑대의 발자국이고, 다
른 하나는 비스듬한 띠처럼 길을 잘게 썰어 놓은 토폴료프카
의 트랙터 자국이었다.

질경이가 무성한 잊힌 게트만 대로와 여름에만 다닐 수 있
는 비포장 길이 만나는 곳에서 두 자국이 갈라져 있었다. 늑
대의 발자국은 옆으로 구부러져서 사람이 다닐 수 없는 푸르
른 잡초와 가시나무 덤불로 뒤엉킨 벼랑을 향하고 있어서, 길
위에는 석유 찌꺼기 냄새가 나고 구획이 잘된 둔중한 자국 하
나만이 남아 있었다.

# 미하일 숄로호프의 삶과 문학

## 1

미하일 알렉산드로비치 숄로호프는 1905년 5월 11일(양력 5월 24일)에 돈강 중류 지역에 위치한 뵤셴스카야 촌의 크루질린 마을에서 랴잔 출신의 아버지 알렉산드르 미하일로비치 숄로호프(1865~1925)와 반(半) 카자크인 어머니 아나스타시야 다닐로브나 쿠즈네초바(1871~1942) 사이에서 태어났다. 원래 어머니는 카자크의 아타만(수령)인 S. 쿠즈네초프와 억지로 결혼했다가 사별한 후, 숄로호프의 아버지를 만나 재혼했다. 사생아로 태어난 숄로호프는 부모가 정식으로 결혼식을 올린 1913년에야 쿠즈네초프라는 성을 버리고 숄로호프라는 진짜 성을 찾았다.

중개 소상인, 농부, 점원, 증기 제분소 관리인 등의 직업을 전전한 아버지는 어린 숄로호프의 교육에 각별한 관심을 기울여 가정교사 T. 미리힌을 고용했고, 1912년에 교구 소속 초등학교 2학년에 숄로호프를 편입시켰으며, 1914년에는 눈병이 난 숄로호프를 치료하러 모스크바에 데리고 갔다가 모스크바 제9 중학교의 입학 준비반에 넣었다. 1915년에 보로네시의 보구차르 중학교에 입학한 숄로호프는 1917년 볼셰비키 혁명으로 학업을 중단하고 고향으로 내려왔다가, 1918년에 다시 묘센스카야 남녀중학교에 들어갔지만 내전(1918~1920)으로 학업을 마치지 못했다. 내전이 끝날 때까지 숄로호프는 어린 나이에도 불구하고 보센스카야 혁명군사위원회에서 문맹 퇴치를 위한 교사, 회계원, 사무원, 저널리스트로 일했다. 이때 직권 남용죄로 혁명재판소에 의해 총살형을 선고받았지만 미성년이란 이유로 풀려났다. 1922년에 숄로호프는 로스토프에 있는 농산물 검사 속성 과정을 마치고 부카노프 카자크 촌에서 세금 감독관으로 잠시 일하다가, 그해 가을 노동자를 위한 대학 예비학교에 입학하기 위해 모스크바로 가는데, 노동자 이력 증명서나 콤소몰 회원증이 없어서 이 학교에 입학하지 못하고, 직업소개소를 통해 크라스나야 프레스나 지역의 주택 관리부 회계원 자리를 간신히 구했다. 이때부터 숄로호프는 독학으로 문학을 공부했으며, 친구이자 신진 작가인 바실리 쿠다셰프의 추천으로 문학 서클 '젊은 근위대'에 가입했고, 1923년 9월 19일자 신문 《청년 프라브다》에 펠리에톤 「시련」을 처음으로 발표했다.

1924년 1월 11일에 카자크 대장의 딸 마리야 페트로브나 그로모슬라프스카야(1902~1992)와 결혼한 후에 숄로호프는 창작에 전념하여, 1925년 2월 14일자 신문《젊은 레닌주의자》에 「배냇점」을 발표하고, 자기가 태어난 돈강 유역을 배경으로 주로 내전의 비극을 다룬 일련의 단편들(「식량위원회 위원」, 「목동」, 「시발로크의 씨」, 「소용돌이」 등)을 계속 발표한다. 이해에 '라프'(러시아 프롤레타리아 작가 동맹)의 회원이 된 숄로호프는 1926년에 20편의 단편과 중편을 묶은 작품집『돈강 이야기』와『하늘색 초원』을 출판한다. 1926년 이후, 숄로호프는 초기 단편집의 테마를 확장하여 1차 세계대전, 볼셰비키 혁명, 내전의 격랑에 휩쓸린 돈강 카자크들의 비극적인 운명을 그린 4부작 대서사시『고요한 돈강』(1928~1940)과 볼셰비키 혁명 이후 농촌의 복잡다단한 농업 집단화 과정을 그린『개간된 처녀지』(1932~1960)를 완성했다. 두 작품은, 혁명과 농업 집단화에 대한 숄로호프의 다소 불분명한 입장 때문에 출판 지연, 부분적인 수정이라는 수난을 겪었지만 스탈린이 숄로호프의 손을 들어 줌으로써 숄로호프는 소비에트 문화를 대표하는 작가가 되었다. 2차 세계대전 중에는 종군기자로 전선을 누비면서 많은 기사를 썼고, 이때의 경험을 바탕으로 새로운 형식의 르포 소설인『그들은 조국을 위해 싸웠다』(1943~1969)와「인간의 운명」(1957)을 썼다. 1965년에『고요한 돈강』으로 노벨 문학상을 수상한 숄로호프는 알렉산드르 솔제니친과 로이 메드베제프가 제기한 표절 시비에 휘말려 곤욕을 치르기도 했다. 그러나 1999년에『고요한 돈강』의 원고가 발견되고, 이 원고에 기초한 방대한 연구 성과(F. 쿠즈네초프, 『고요한 돈강: 위대한 소설의 운명과 진실』, 모스크바, 2005)가 출판되면서 표절 논란은 어느 정도 진정된 것으로 보인다.

1932년 이후 공산당원이 된 숄로호프는 문학적 영광을 누렸을 뿐만 아니라 현실 정치에서도 큰 영향력을 행사했다. 1933년에 돈강 지역에 심한 기근이 들었을 때, 스탈린을 설득하여 기근이 든 지역으로 곡식을 보내 수천 명의 생명을 구했고, 곤경에 빠진 많은 작가들을 알게 모르게 도와주기도 했다. 그는 당중앙위원회 의원과 최고 소비에트 의원, 소련과학아카데미 회원으로 활동했고, 사회주의 노동 영웅으로 스탈린 상과 레닌 상을 받았다. 숄로호프의 작품은 세계 84개 언어로 번역되었으며, 소련에서만도 900판 이상을 거듭하며 8000만 권 이상이 팔려 나갔다. 오늘날 숄로호프는 현대 러시아 문학을 대표하는 대작가이자 세계의 대문호로 사랑받고 있다.

1926년 이후, 숄로호프는 돈강 중류의 뵤셴스카야 촌에 영원한 둥지를 틀고 카자크의 비극을 가슴에 품고 유유히 흐르는 '고요한' 돈강과 함께 영욕의 세월을 살다가 1984년 2월 21일 암으로 영면하여 고향 집 정원에 묻혔다.

2

숄로호프의 대부분의 작품의 주인공은 카자크이다. 특히 『돈강 이야기』와 『고요한 돈강』은 볼셰비키 혁명과 내전에 휩쓸린 돈강 카자크들의 비극적인 운명을 직접적으로 다루고 있다. 그러므로 숄로호프의 작품을 올바로 이해하기 위해서는 카자크의 역사, 전통, 생활 방식을 알 필요가 있다.

우선 '카자크'란 단어의 어원을 알아보자. 유명한 사전 편찬 자인 V. 달리는 '카자크'라는 단어가 '방랑하다', '떠돌아다니다'를 의미하는 중앙아시아의 '카즈마크'에서 나왔다고 생각한다. 유목 생활을 한 중앙아시아의 키르기스인들은 스스로를 '카즈마크'라고 불렀다고 한다. 한편, 유명한 러시아의 사학자인 V. 클류체프스키와 N. 코스토마로프는 이 단어가 러시아인들과 우크라이나인들이 러시아의 남쪽과 남동쪽을 집중적으로 식민지화했던 14~15세기에 타타르인들로부터 차용되었다고 생각한다. P. 골루보프스키 같은 사학자는 폴로베츠인들 사이에서 '수호자', '경비원'으로 사용되었던 '카자크'란 단어가 러시아어로 사용되었다고 생각한다. 20세기 초에는 기존의 견해들을 뭉뚱그려 '카자크'란 단어가 몽골어 '코'(갑옷)와 '자흐'(경계, 국경)에서 나왔고, 그 의미는 '국경의 수호자'라는 의견이 제시되었다.

15~16세기 무렵의 모스크바 러시아 시대에는 국경선(볼가 강 중류의 랴잔과 툴라에서 드네프르강까지)을 지키기 위해 고용되어 군무에 종사했던 사람들이 카자크로 불렸다. 국경선 남쪽에는 국경을 수비하는 카자크들의 독립 촌이 존재하기도 했다. 16~17세기에 군무에 종사한 카자크들은 국경선의 남동쪽으로 국토를 확장하고, 시베리아와 극동을 정복하는 데 큰 역할을 했다. 이 시기에 군무에 종사하던 카자크들과 함께 스스로를 '떠돌이'라고 불렀던 '자유로운' 카자크들이 있었다. 이들

은 국가의 기존 질서에 불만인 사람들, 모험가들, 돈 벌러 돌아다니는 사람들, 지주의 횡포를 견디지 못하고 도주한 농노들, 라스콜리니키(구교신자들)로 군무에 종사하는 카자크들과 뒤섞여 일정한 거처나 사유재산 없이 돈강, 테레크강, 야이크강 유역에서 카자크 공동체를 이루며 자유롭게 살면서 이웃한 공국 및 유목민들과 항상 싸움을 했다. 카자크 공동체에서는 누구나 평등하게 땅을 공동으로 경작했고, 세금이나 연공도 없었다. 그들은 임기제의 아타만(대장)과 원로회의 의원을 뽑았다. 평상시에 아타만은 카자크들의 뜻을 받들고 실행했지만 전쟁 시에는 무제한의 전권을 행사했고, 원로회의는 법이 아니라 카자크의 전통과 풍습으로 공동체를 운영했다. 그러나 일련의 농민 봉기(스테판 라진 봉기, 푸카초프 봉기, 불라프 봉기)가 일어나자 러시아 정부는 18세기 초부터 아타만과 원로회의 의원 선출 제도를 폐지하고 그들을 군 계급으로 서열화하고, 아타만에 의한 카자크군 지휘권을 점차 박탈하기 시작했으며, 카자크의 상층부에게 러시아 귀족의 권한을 부여하여 회유하기도 했다. 러시아 정부는 카자크 군대를 개혁하면서 국가의 영토 확장에 용감하고 호전적인 카자크들을 이용했다.

1861년 농노해방 이후 많은 농민들이 일자리를 찾아 러시아의 남동 지역으로 이주하면서 카자크 촌에 급격한 변화가 일어난다. 카자크 촌에 분여지가 증대하면서 부자와 가난한 사람이 생기고, 관직을 얻은 카자크가 생기고, 군무에 종사하지 않는 농민 출신의 비카자크인이 부유한 카자크에게서 땅을 임대하여 경작하면서 카자크 촌에는 계층 분화가 빠르게 진행된다. 이후에 땅을 둘러싼 카자크 계층들 간의 불화, 카자크의 가부장적인 전통과 풍습을 지키려는 노인 세대와 보다 자유분방한 젊은 세대 사이의 갈등이 내연된다. 결국 볼셰비키 혁명 이후 내전이 발발하면서 카자크들은 각자의 이해관계에 따라 좌우(적위군과 백위군)로 갈라져 피비린내 나는 동족상잔의 비극에 휘말리게 된다.

3

돈강 유역의 뵤센스카야 카자크 촌에서 태어난 반(半) 카자크인 숄로호프는 누구보다도 카자크들의 전통과 풍습을 잘 알았고, 특히 내전 중에 일어난 돈강 카자크들의 참상과 비극을 직접 보고 겪었다. 숄로호프의 『돈강 이야기』(1926)는 피비린내 나는 내전의 와중에서 카자크들의 전통과 가족 관계가 어떻게 파괴되고, 이념 때문에 아버지가 아들을, 아들이 아버지를, 형이 동생을 살해하는 참혹한 현실에 대한 생생한 기록이자 고발이다.

『돈강 이야기』의 첫 번째 작품인 「배냇점」에는 비극을 바라보는 작가의 입장이 잘 나타난다. 독일과의 전쟁에서 아버지와 어머니를 잃은 어린 니콜카는 홀로 잡초처럼 자라나 열여덟 살에 적위군 중대장이 되어 반혁명 도당의 아타만이 된 아버지와 전장에서 만난다. 아타만은 용감하지만 미숙한 니콜카를 장검으로 베어 버리고 장화를 벗겨 내다가 복사뼈에서 배냇점을 발견한다. 자기가 죽인 젊은이가 오래전에 헤어진 아들임을 알아채고 "아들아! 니콜루시카! 내 자식! 내 피붙이……. 한마디라도 해 봐라! 이게 어찌된 일이냐, 엉?" 하고 절규하며, "아들의 차가워진 두 손을 가슴에 꼭 대고 입을 맞추고는 땀에 젖은 모젤 권총의 강철을 이로 물고 자기 입속을 향해 총을 쏘았다." 아버지의 자식 살해와 자살로 끝나는 이 장면은 사회적-정치적인 갈등이나 이념적 대결의 관점에서 단순히 설명될 수 없다. 내전은 가족 관계와 인간관계를 파괴하는 악이자 재앙일 뿐이며, 여기에는 의인도 죄인도 없고, 승자도 패자도 없으며, 모두가 희생자일 따름이다.

「배냇점」의 자식 살해가 우연적인 비극이라면, 「식량위원회 위원」과 「처자식이 있는 남자」의 비극은 카자크 공동체의 분열과 갈등 상황에서 주인공의 의식적인 선택의 결과이다. 어린 시절 집에서 쫓겨난 보쟈긴은 적위군 식량위원회 위원이 되어 육 년 만에 고향으로 돌아와 아버지와 만난다. 아버지는 식량위원회 위원들의 곡식 징발에 반발하여 열심히 일군 재산(식량)을 지키려고 하고, 결국 아들은 아버지에게 총살형을 내리는 혁명재판소 의장의 결정에 따른다. 「처자식이 있는 남자」에서 미키샤라는 끝내 살아남아서 일곱 명의 나머지 자식들을 살리기 위해, 자신이 적위군에 반대한다는 것을 동료 카자크들 앞에서 증명하기 위해, 적위군에 가담했다가 사로잡힌 두 아들 다닐라와 이반을 총검으로 찌르고 총으로 쏘아 죽인다. 이념에 따라 아버지와 아들이, 형제들이 적위군과 백위군으로 갈라져 서로에게 총부리를 겨누는 비극적인 상황은 「소용돌이」에서 절정에 이른다. 아버지 파호미치와 두 아들 이그나트와 그리고리는 땅의 균등한 분배를 약속하는 적위군에 가담하고, 막내 미하일은 백위군에 가담한다. 이그나트는 전쟁 중에 사망하고, 미하일 부대에 포로로 잡힌 아버지와 형은 미하일의 명령으로 이송 중에 사살된다. 여기에서 작가는 적위군과 백위군의 잘잘못을 따지거나 어떤 이념을 지지하는 것이 아니라, 이념적인 차이와 선택으로 카자크 공동체와 가족 공동체가 어떻게 파괴되는지 객관적이고 사실적으로 보여 줄 뿐이다. 그러나 「공화국 혁명군사회의 의장」, 「알료시카의 심장」, 「시발로크의 씨」, 「목동」에서는 내전의 참상과 기아 상황에서 반혁명군의 이념보다 혁명과 볼셰비키의 이념에 공감하는 작가의 태도가 직간접으로 나타나기도 한다.

숄로호프는 「망아지」와 「타인의 피」에서 사회적-정치적 및 이념적 갈등의 극복과 화해의 가능성을 모색한다. 적위군 중대장은 망아지 주인 트로핌에게 이렇게 말한다. "자네의 망아지를 없애야만 해! 전투에 혼란을 일으켜……. 그놈을 보면 손이 떨려서…… 적을 벨 수가 없어. 그놈이 가족의 모습을 하고 있기 때문이야. 전쟁에서는 그런 게 바람직하지 않아……. 돌 심장도 흐물흐물한 수세미로 변하거든……." 실제로 트로핌은 갖은 구실을 대며 전쟁 중에 망아지를 데리고 다니다가 도하 중에 물살에 휩쓸려 백위군 쪽으로 떠내려가는 망아지를 소총으로 사살하고 초인적인 노력으로 망아지의 시체를 강변으로 끌어 올린다. 그 순간에 백위군은 잠시 사격을 중지한다. 「타인의 피」에서 가브릴라 노인은 백위군으로 내전에 참여한 외아들을 잃고 꿈도 희망도 없이 살다가, 자신의 곡식을 징발하려다 백위군의 습격을 받아 치명상을 입은 아들 또래의 적위군 니콜라이를 지극한 간호로 살려 내어 아들로 삼고 영원히 같이 살기를 바라지만, 고향으로 내려가 폐허가 된 공장을 재건하려는 니콜라이의 길을 막지 않는다. 피아의 총성을 멈추게 하는 가족의 모습을 한 망아지, 적위군 소속의 남의 자식에 대한 가브릴라 노인의 진정한 사랑만이 전쟁의 상처를 치유하고, 계급적 갈등과 이념적 대립을 종식시킬 수 있는 길이 아닐까?

내전의 비극에서 비켜서 있는 「일류하」와 「콜차크, 엉겅퀴에 대하여」는 각각 젊은이의 동지적 사랑과 우정, 혁명 이후 가부장적인 카자크 가정에 불어닥친 아내들의 여권신장을 희극적으로 다룬 작품이다.

알렉산드르 세라피모비치는 『돈강 이야기』에 부친 발문에서 이렇게 말하고 있다. "숄로호프 씨의 단편들은 초원의 꽃처럼 살아 있는 반점으로 일어서고 있다. 단순하고 선명한 이야기가 우리 앞에 있다. 카자크들은 생생하고 다채로운 언어로 말하고, 압축된 이야기는 생명, 긴장, 진실로 가득 차 있다. 묘사 대상에 대한 엄청난 지식, 사태를 재빨리 파악하는 섬세한 눈, 많은 특징들 중에서 가장 특징적인 것을 골라내는 능력으로 숄로호프 씨는 훌륭한 작가로 성장할 것이다." 숄로호프는 자신이 직접 보고 체험한 것, 무언가 새로운 것을 새로운 방식으로 이야기하고자 했다. 『돈강 이야기』의 단편들은 대개 중층 구조, 즉 액자소설 형식을 띠고 있는데, 거의 모든 이야기가 작가-화자와는 다른 일인칭 화자의 고백으로 진행된다. 이 '스카즈' 기법은 카자크의 생생하고 다채로운 구어체 방언을 통해 이야기에 개성적이고 사회적인 특색을 부여한다. 자연의 변화를 통한 등장인물들의 심리 묘사, 돈강과 초원에 대한 서정적인 자연 묘사는 카자크들의 갈등과 반목, 피로 얼룩진 이야기의 비극성을 더욱 강화한다. 『돈강 이야기』의 기본 플롯은 카자크들의 비극적 대서사시인 『고요한 돈강』에서 확대-심화되어 되풀이된다.

독소전쟁에 참전하여 포로가 되고 천신만고 끝에 탈출하지만, 전쟁의 와중에 아내와 자식을 다 잃고 외톨이가 된 안드레이 소콜로프의 비극을 그린 「인간의 운명」은 모든 면에서 완벽한 작품으로, 전쟁의 파괴성과 잔혹성에 대한 생생한 고발이자 저주이다. 슬픔과 절망으로 "마치 재를 흩뿌린 것 같고, 쳐다보는 게 괴로울 정도로 죽음의 고통으로 가득 찬 눈"을 한 소콜로프는 역시 전쟁 중에 부모를 잃고 고아가 된 바냐를 통해 고통의 실체와 비극의 보편성을 깨닫고 바냐를 사랑하고 자식으로 삼는다. 이것은 "이미 고아가 되어 버린 두 사람, 미증유의 힘을 가진 전쟁의 광풍에 의해 낯선 지방에 내던져진 두 개의 모래알"이 서로 전쟁의 상처를 치유하고 새로운 삶의 희망을 발견하는 과정으로, 야만과 폭력에 대한 사랑과 휴머니즘의 승리인 것이다. 소콜로프와 바냐의 비극적 운명은 단순한 개인의 비극이 아닌 이념과 전쟁의 광풍에 내몰린 러시아 민중과 전체 인류의 비극인 것이다. 헤밍웨이와 레마르크가 이 작품을 쓴 숄로호프에게 직접 축하의 말을 전

**작품 해설**

하고, 프랑스의 작가 알랭 보스케가 「인간의 운명」을 '우리 시대의 최고의 단편'이라고 극찬한 것은 결코 지나친 말이 아니다.

4

「인간의 운명」과 26편으로 구성된 『돈강 이야기』에서 13편의 단편을 뽑아 우리말로 옮기면서 카자크들과 러시아인들의 비극과 부모님과 책을 통해 알게 된 한국전쟁의 비극이 중첩되어 두 배, 세 배로 고통스러웠지만, 이념과 민족을 뛰어넘는 보편적 사랑과 인류애만이 전쟁의 상처를 치유할 수 있고, 어떻게 해서든 전쟁만은 피해야 한다는 단순한 사실을 다시 확신하게 되었다. 아직도 지구 유일의 분단국가로 남아 있고, 이념의 대립과 갈등이 내연하고 있는 사회에서 살고 있는 우리에게 이 책이 주는 메시지는 남다르다.

번역 대본으로는 2004년 모스크바 RAGS 출판사에서 출간된 숄로호프 작품 선집을 사용했다. 역자가 숄로호프의 작품을 번역한다는 것을 알고 『숄로호프 언어 사전』(모스크바, 2005)을 구해 주신 고리키세계문학연구소의 우샤코프 교수에게 특별히 감사를 표하고 싶다. 이 사전이 없었다면 카자크 방언으로 엮인 『돈강 이야기』의 번역은 거의 불가능했을 것이다. 마지막으로 번역 출판 계약을 위해 모스크바의 집으로 찾아간 역자를 따스하게 맞아 주고 흔쾌히 번역을 허락해 주신

숄로호프의 딸 마리야 미하일로브나 숄로호바-마노히나와 그
녀의 남편에게도 진심으로 고마움을 전한다.


2008년 여름
이항재

# 작가 연보

1905년   5월 11일(양력 5월 24일. 이하 연, 월, 일은 양력으로 표기), 돈강 중류 지역에 위치한 뵤셴스카야 촌의 크루질린 마을에서 랴잔 출신의 아버지 알렉산드르 미하일로비치 숄로호프(1865~1925)와 반(半) 카자크인 어머니 아나스타시야 다닐로브나(1871~1942) 사이에서 태어났다.

1910년   가족이 카르긴 마을로 이사했다.

1912년   교구 소속 카르긴 남자 초등학교 2학년에 편입했다.

1913년   어머니가 첫 남편과 사별한 후, 부모가 정식으로 결혼식을 올렸다. 숄로호프는 아버지의 성을 이어받고 호적에 '소시민의 아들'로 등록됐다.

1914년   모스크바의 스네기레프 안과 병원에서 눈병을 치료하고, 모스크바의 사립 중학교 예비 과정에 입학했다.

1915년 보로네시 현의 보구차르 남자 중학교에 입학했다.

1918년 6월, 독일군이 보구차르 부근까지 진격했고, 8월에 보구차르 중학교에서 뵤셴스카야 중학교로 전학했다.

1919년 3~6월, 뵤셴스카야에서 돈강 상류의 카자크들이 중심이 된 반혁명 반란이 일어났다. 숄로호프 가족은 소비에트 정권이 정착되고 있던 카르긴 촌으로 다시 이주했다.

1920년 카르긴 촌에서 성인들의 문맹 퇴치를 위한 교사와 사무원으로 활동했다. 카르긴 민중 극장의 연극에 출연하고, 연극 대본을 썼다.

1921년 카르긴 조달 사무소에서 경리 조수로 일했다.

1922년 2월, 돈 지역 식량위원회 지시로 로스토프의 농산물 검사 속성 과정에 등록했다. 5월, 속성 과정을 마치고 부카노프 촌으로 가서 잠시 세금 감독관으로 일했다. 10월, 공부를 계속하려고 모스크바로 가서 노동자 예비학교에 입학하려 했지만 자격 미달로 입학하지 못했다. 잡일을 하면서 문학 공부를 계속했다.

1923년 문학 서클 '젊은 근위대'에 가입했다. 9월, 《청년 프라브다》에 펠리에톤 「시련」을 발표했다.

1924년 돈강 유역의 부카노프 마을로 돌아와 카자크 촌의 아타만의 딸이자 교사인 마리야 페트로브나 그로모슬라프스카야와 결혼하여 모스크바로 가서 잠시 생활했다. 12월, 《젊은 레닌주의자》에 「배냇점」을 발표했다.

| 1925년 | 아버지가 사망했다. 알렉산드르 세라피모비치와 교제했다. 콤소몰 간행물에 「목동」, 「시발로크의 씨」 등을 발표했다. |
|---|---|
| 1926년 | 단편 모음집 『돈강 이야기』와 『하늘색 초원』을 출간했다. 뵤센스카야 촌에 둥지를 틀고 『고요한 돈강』 집필에 착수했다. |
| 1928년 | 1월, 《10월》지에 『고요한 돈강』 1권을 발표했고, 같은 해에 2권도 발표했다. |
| 1929년 | 『고요한 돈강』 3권 발표를 시작했다. 이 소설의 표절에 대한 소문이 유포되자, 숄로호프는 소설의 초고를 특별 위원회에 제출했다. 4월, 특별 위원회는 소문이 거짓이고 작가에 대한 중상모략이라고 신문에 발표했다. '라프'의 지도자들이 숄로호프가 돈강 상류 카자크들의 반란을 정당화했다고 비난하면서 소설 3권의 발표가 중지됐다. |
| 1930년 | 소렌토를 방문해 달라는 고리키의 초청을 받지만, 베를린 비자를 받지 못해 다시 뵤센스카야로 돌아왔다. |
| 1931년 | 1월, 돈강 유역의 집단화 과정에서 일어난 악행에 대해 스탈린에게 편지를 보냈다. 6월, 고리키의 중재로 스탈린과 만났고, 이 만남에서 『고요한 돈강』의 3권 발표를 허락받았다. 이 소설이 최초로 영화로 만들어졌다. |
| 1932년 | 『고요한 돈강』의 3권을 모두 발표했다. 『개간된 처녀지』의 1권이 《신세계》에 게재되기 시작했다. |
| 1933년 | 돈강 지역에 기근이 발생하자, 스탈린에게 농민들의 구 |

호를 요청하는 편지를 썼다.

1934년   9월, 1차 소련작가동맹회의에 대표로 참석하여 이사회
         임원으로 선출됐다. 스위스, 덴마크, 영국, 프랑스를 여
         행했다.

1936년   『고요한 돈강』이 볼쇼이 극장에서 오페라로 초연됐다.

1937년   10월, 돈강 지역에 대한 탄압을 비난하는 내용의 편지
         를 스탈린에게 보냈다. 11월, 『고요한 돈강』의 4권 7부
         를 《신세계》에 발표하기 시작했다.

1938년   소연방 최고회의 대의원으로 선출됐다.

1939년   12월, 소련과학아카데미 준회원으로 선출됐다.

1940년   1~3월, 『고요한 돈강』의 마지막 몇 장을 《신세계》에 발
         표하여 소설을 완성했다.

1941년   『고요한 돈강』으로 스탈린 상을 수상했다. 6월, 《붉은
         별》의 종군기자로 활동했다.

1942년   6월, 『증오의 과학』을 발표했다. 7월, 뵤센스카야가 폭
         격을 당해 어머니가 사망했고 소설의 원고와 편지가
         거의 소실됐다.

1943년   5월, 『그들은 조국을 위해 싸웠다』의 몇 장을 《프라브
         다》에 발표했다.

1945년   동프로이센에서 종전을 맞이했다. 5월, 「소비에트 젊은
         이에게 보내는 호소」와 「역사가 모르는 승리」를 발표
         했다.

1946년   소련작가동맹을 이끌어 달라는 스탈린의 제의를 거절
         했다. 소연방 최고회의 대의원으로 선출됐다.

1949년   『고요한 돈강』의 내전을 묘사한 몇몇 부분을 비판한 스
         탈린의 편지(1929)가 공개되면서 지적된 부분에 대한
         수정을 강요당했다.

1954년   2차 작가동맹대회 대표로서 작가동맹 활동의 개선 방
         안에 대해 연설했다.

1956년   1월, 전소 청년작가회의의 사업에 참여했다. 2월, 20차
         당대회에서 작가동맹의 시대에 뒤진 활동에 대해 비판
         했다. 「인간의 운명」을 발표했다.

1957년   S. 게라시모프가 감독한 영화 「고요한 돈강」이 상영됐다.

1958년   『개간된 처녀지』 2권 중 몇 장을 발표했다.

1959년   흐루시초프를 수행한 대표단의 일원으로 미국을 방문
         했다. S. 본다르추크가 감독한 「인간의 운명」이 상영됐다.

1960년   『개간된 처녀지』가 단행본으로 출간됐다. 이 소설로 레
         닌 상을 수상했다.

1961년   22차 당대회에서 비판적인 연설을 했다. 소련공산당
         중앙위원회 의원으로 선출됐다.

1962년   솔제니친의 수용소 소설 『이반 데니소비치의 하루』의
         발표를 지지했다.

1965년   12월 11일, 『고요한 돈강』으로 스톡홀름에서 노벨 문학
         상을 수상했다.

1967년   7월, 뵤센스카야에서 최초의 우주인 유리 가가린과 대
         규모의 청년 작가 그룹을 맞이했다.

1968년   10월, 소련공산당 중앙위원회 서기장 브레즈네프에게
         『그들은 조국을 위해 싸웠다』의 새로운 몇 장에 대한

검열을 지지하지 말라는 편지를 보냈다.

1974년    여름, 『그들은 조국을 위해 싸웠다』를 영화로 찍은 본 다르추크 감독과 배우들을 만났다. 외국에서 솔제니친 이 숄로호프의 표절을 비난했다.

1975년    여름, 볼쇼이 극장에서 숄로호프 탄생 70주년 기념의 밤이 열렸다.

1978년    3월, 브레즈네프에게 문화 사업안을 비판하는 편지를 보냈다. 당중앙위원회는 이 편지를 격렬히 비판했다.

1980년    두 번째로 사회주의 노동 영웅 칭호를 받았다.

1981년    적극적인 사회 활동을 하면서 전쟁 3부작을 집필하려 는 꿈을 버리지 않았으나 건강이 악화됐다.

1983년    7월, 중병에도 불구하고 사회 정치 평론과 문학적 에세 이를 집필했다. 9월, 세계의 작가들에게 보내는 마지막 글 「늦기 전에 생명을 지키자!」를 썼다.

1984년    1월, 암 진단을 받고 모스크바 병원에 입원했다. 예술 문학출판사의 숄로호프 작품 선집 출간 계획에 동의했 다. 2월, 뵤셴스카야의 집으로 돌아왔다. 정치적인 이 유로 『고요한 돈강』에서 삭제된 몇몇 부분을 복원하는 전권과 함께 선집 출판 편집자로 막내딸 마리야 미하 일로브나 숄로호바-마노히나를 지정한다는 전보를 출 판사로 보냈다. 2월 21일, 밤 1시 45분에 사망했다. 돈 강의 높은 언덕에 자리한 자기 집 정원에 묻혔다.

세계문학전집 **188**

# 숄로호프 단편선

1판 1쇄 펴냄  2008년 8월 29일
1판 20쇄 펴냄  2023년 5월 30일

지은이  미하일 숄로호프
옮긴이  이항재
발행인  박근섭, 박상준
펴낸곳  (주)민음사

출판등록  1966. 5. 19. (제 16-490호)
서울특별시 강남구 도산대로1길 62(신사동) 강남출판문화센터 5층 (우편번호 06027)
대표전화 02-515-2000  팩시밀리 02-515-2007
www.minumsa.com

한국어 판 © (주)민음사, 2008, 2021. Printed in Seoul, Korea

ISBN 978-89-374-6188-0 04800
ISBN 978-89-374-6000-5 (세트)

# 세계문학전집 목록

세계문학전집은 계속 간행됩니다.